燃費が悪い聖女ですが、公爵様に拾われて幸せです！（ごはん的に♪）

1

Hungry saint meets the duke(eat♪)

CONTENTS

プロローグ

Hungry saint meets the duke (eat♪)

アルムガルド国でも広大な領地を有するヴァイアーライヒ公爵領の、公爵邸サロン。

上品な調度で整えられたサロンの窓の外では、時折木枯らしが落ち葉を巻き上げて通り過ぎていくけれど、暖炉で温められた室内はびっくりするほど暖かい。

父フリッツが公爵家で働いているとはいえ、娘の自分がお邸《やしき》に足を踏み入れる機会は非常に少なく――、フリーデはカチンコチンに緊張しながら、ローテーブルを挟んだ対面のソファに腰を下ろしている二人に視線を向けた。

何故か、ローテーブルの上には、わずかの隙間もないほどに大量のお菓子が並べられている。

これはすべて父が作ったらしいのだけど……料理人として雇われているのに、昔のように菓子職人でもはじめたのかと驚くほどの量だった。

（お父さんはここで何をしているのかしら？　趣味でお菓子作りでもさせてもらっているわけ？）

もしかしなくとも、公爵様――、対面に座っているリヒャルト・ヴァイアーライヒ公爵様に迷惑をかけているのではないかと少しばかり不安になった。

リヒャルト様は、王弟という身分もあわせもつ、二十一歳の若き公爵様だ。

その高すぎる身分はもちろんのこと、恐ろしく整った顔立ちは恐れ多すぎて、庶民のフリーデは直視することすらままならない。まあ、貴族を正面から見つめるなど不敬すぎるので、それはそれで構わないのだろうけど。

そして、その端正な公爵様の隣に座っている女性も、これまたびっくりするくらい綺麗な人だった。

こちらは、聖女スカーレット様。

少し前に一度会ったことはあるけれど、艶やかな赤い髪に神秘的な金色の瞳の、可愛さと美しさを併せ持つ女性だった。

スカーレット様は十五歳のフリーデと一歳しか変わらない十六歳だと聞いたけれど、住む世界が違うと思わせる独特の雰囲気がある。何と言えばいいのか……そう、浮世離れしているというか、俗世にまみれていないというのか、そんな感じのする女性だった。

そんなスカーレット様も、目の前の異常な量のお菓子に驚いているのか、大きな目をぱちぱちさせながらじーっとローテーブルの上を見つめている。

(お父さん、そのうちクビになるんじゃないの？)

平民のくせに、貴族のお邸で好き勝手をしすぎではあるまいか。

今日だって、きっと父が無理を言ったに決まっているのだ。

フリーデは、ワンピースの袖の上からそっと腕をさする。

この下には、幼いころに罹患した水疱瘡の痕が、ぽつぽつと残っている。

腕だけではなく全身に、それこそ顔にだって、茶色く変色した痕が広がっていた。

フリーデは七歳の時に水疱瘡に罹患した。

幼かったので覚えていないが、両親が言うには、フリーデの水疱瘡は症状が重たかったらしい。

何日も熱が引かず、全身に発疹があらわれて、父が全財産をはたいて聖女様の作った薬を買ったと聞いた。

だけど、水疱瘡が治っても、その時全身についた痕は消えなかった。

「スカーレット様、この娘の傷痕は、綺麗に治るんでしょうか？　いえ、もちろん、事情はわかってはいるのですが……」

両手を膝の上できつく組んですがるような声を出した父に、フリーデはそっと息を吐く。

スカーレット様は、特別な力を持ったとびきり優しい聖女様だと父が言っていた。

(でも――聖女様の力では、傷跡は癒せない)

聖女様が癒すことができるのは、病気や新しい怪我だけで、完治した後の「傷跡」は対象外のはずだ。それが常識なのである。

(もしあの時、お父さんが貴族のお邸に勤めていたら、聖女様のお力を借りることができたかもしれないのに)

聖女様の癒しは、平民には高額すぎる。

基本的に聖女様は神殿で暮らし、聖女様の力は神殿が管理している。

聖女様に癒しの力を使ってもらうには神殿への高額な寄付金が必要で、なおかつ神殿は貴族を優先するから、資産家でない限り平民は相手にしてもらえないのだ。

けれど、父はあの時、ヴァイアーライヒ公爵様とは別の貴族から料理人として働かないかと誘いを受けていたと聞いた。

それを蹴って、父は菓子職人として自分の店を持つという夢を優先させた。

もしあのとき父が貴族の邸で働く選択をしていたら、雇い主の口利きでフリーデも聖女様の癒しを受けられたかもしれない。そうすれば、こんな醜い痕を抱えて生きることにはならなかったかもしれないのに。

(そんなこと、考えたところで仮定の話でしかないのはわかっているけど)

それでも考えてしまうのは、こんな醜い痕を抱えていたら、恋愛にも結婚にも差し障るとわかっているからだ。

フリーデはスカーレットのように美人ではないが、母に似たおかげで顔立ちはそこそこ整っている。茶色い髪は平凡だけど、青緑色の瞳は大きくて綺麗ねと祖母に褒められた。

だからこんな傷痕がなければ、人並みの恋愛や結婚は望めたはずで、だからこそやり場のない憤りや悔しさが父に向いてしまうのだ。

フリーデが黙ったままでいると、ヴァイアーライヒ公爵様が言いにくそうに口を開く。

「スカーレット、まず前提としてだが、『聖女』は傷を癒すことはできても、古い傷跡を消し去ることはできない。私はそう聞いているが、違うのか？」

言葉は聖女スカーレット様に向けてのものだったけど、それはフリーデにも言い聞かせようとしているのだろう。フリーデが、下手な期待を抱かないように。

（……公爵様も優しいわよね。普通、使用人の家族にここまでしてくれるお貴族様はいないわ）

父は、とてもいい就職先を見つけた。

だけど、だからと言って雇い主の優しさに甘えすぎるのも良くないと思う。

（……って、お父さんに言われてここに来たわたしも大概だけどね）

図々しい行為だとわかっている。

だけど可能性があるのならばと縋りたくなったのは、スカーレット様が特別だからだろうか。

「あのー、フリッツさん……」

スカーレット様が何かを言いかけたようだが、それに気づくことなく父が真剣な顔でフリーデに向き直った。

「フリーデ、ここに来る前に言ったと思うが、本来であれば傷跡に聖女様の力は通用しない。スカーレット様のお使いになった風呂の残り湯で少し痕も薄くなっただろう？　それだけで、奇跡に近いものなんだ。あまり期待しすぎてはスカーレット様のご負担になる」

父の言う通り、スカーレット様には風呂の残り湯も借りた。

スカーレット様の使った湯には特別な力があるかもしれないとヴァイアーライヒ公爵様が気づいたらしく、フリーデも試させてもらったのだ。

おかげでフリーデの水疱瘡の痕も、色が少し薄くなった。完全には消えなかったけど、これはこれでフリーデにとっては奇跡に等しいことで、泣くほど嬉しかった。

それもこれも、父がヴァイアーライヒ公爵邸で料理人として働いているからこその恩恵だ。そして父が公爵様に頼み込んでくれたから実現したことだともわかっている。

わかっているのだけど、続く父の言葉で、これまでため込んでいた感情が爆発してしまった。

「お前には申し訳ないことをしたと思っている。だが、今日こうして機会をもらえただけでも大変な事なんだ。本来俺たち平民は聖女様のお力に縋れないんだから……」

「そういうけど、お父さんがあの時、お店をはじめることにこだわらなければ、わたしに痕が残ることもなかったかもしれないじゃない！」

（あ……）

言った後で、フリーデはハッと両手で口を押さえた。

たぶん、一生付き合うしかないと諦めていた傷跡が消えるかもしれないと、淡い期待を抱いてしまったからだろう。

期待と落胆と、それからやっぱり無理だったと言われることへの恐怖が胸の中でぐるぐるととぐろを巻いて、父は悪くないとわかっているのについ声を荒らげて八つ当たりしてしまった。

スカーレット様は、そんなフリーデにあきれてしまったのだろうか。ローテーブルの上からパンナコッタを手に取って、しげしげと見つめた後で食べはじめる。

ああ、これで終わりだなと、フリーデは思った。

図々しくも聖女様の恩恵に縋ろうとやって来ておいて、目の前で父娘喧嘩をはじめれば、いくら優しいスカーレット様であろうと嫌気がさすはずである。

これ以上迷惑をかけないうちに帰った方がいいだろう。

フリーデが父を促そうとしたとき。

「綺麗って、パンナコッタみたいな感じ？」

ぼそりと、スカーレット様がつぶやいた。

（パンナコッタ？）

唐突なつぶやきに、フリーデはきょとんとした。

（え？　何の話？　お父さんの作ったパンナコッタが気に入ったって、そういうこと？）

だけど、相手は聖女様だ。そして隣には公爵様もいる。下手なことは訊けない。

ヴァイアーライヒ公爵様も面食らったようだったけど、そのあとは何も言わずに黙々とパンナコッタを食べている聖女スカーレット様に、フリーデと同じようにパンナコッタが気に入っただけだと思ったのか、何も訊ねはしなかった。

ヴァイアーライヒ公爵様がコホンと咳ばらいを一つして、フリーデに優しい顔を向けた。

「フリーデ、そう父親を責めるな。今日のこの機会だって、フリッツが私とスカーレットに頼み込んだからこそ実現したんだ。君の痕を消したいのは、フリッツも同じだろう。いや、君以上に、そう強く願っているはずだ」

ああ、やはり公爵様はお優しい。

公爵様の厚意に縋っておいて、感情を爆発させて父に文句を言ってしまったことが急に恥ずかしくなってきて、フリーデはうつむいた。

「し、失礼しました」

「構わない。……誰しも、小さな希望を見つけたら縋りたくなるものだろうしな」

（そうですね……）

でも、その希望に過剰な期待を乗せてはいけないこともわかっている。

「それで、スカーレット、どうだ？」

ヴァイアーライヒ公爵様が聖女様に訊ねる。

スカーレット様は食べかけのパンナコッタの皿を置いて顔を上げた。

「治るかどうかは、正直やってみないとわからないです。……というか、一番の問題は『綺麗』なんだけど……うーん。まあいいや。とりあえず、やってみます」

サロンの中にはなかなか深刻な雰囲気が広がっていたけれど、スカーレット様だけはふわふわした笑顔でそう言った。

やはり、どこかほかの人と違うなと思っていると、聖女様が立ち上がってフリーデのそばまでやってくる。

つい、縋るように見つめてしまったのは、仕方がなかっただろう。

「じゃあ、全体的に癒しをかけてみますね。フリーデさん、ちょっと手を握りますよ」

スカーレット様はフリーデの両手をぎゅっと握りしめて、相変わらず可愛らしい笑みを浮かべていた。

いよいよだ。

フリーデが固唾を呑んだそのときだった。

「パンナコッタ～、つるつる～、パンナコッタ～、つるつる～！」

「「「……」」」

唐突にスカーレット様が唱えはじめた不可解な呪文に、この場にいた全員が唖然とした顔で沈黙した。

（え？　パンナコッタ？　つるつる？　ってなに!?）

そんなにパンナコッタが気に入ったのだろうか。

いや、でも、今は癒しの力を使っていて、パンナコッタを食べているわけではない。

これはあれだろうか。

パンナコッタの追加の催促だろうか。

わけがわからなくなって、フリーデの頭の中に「？」が大量発生する。きっとヴァイアーライヒ公爵様も父も同様だろう。

「スカーレット、その妙な呪文は……」

「えいやぁ！」

さすがの公爵様も突っ込まずにはいられなかったようだ。

けれど、その問いに答える前に、スカーレット様が可愛らしい声で叫んだ。

――その、直後のことだった。

「――――っ」

ひゅっと、フリーデは息を呑む。

スカーレット様の両手から――いや、全身から金色の光が溢れて、その光がフリーデをも包み込んだからだ。

「ス、スカーレット……？」

ヴァイアーライヒ公爵様の戸惑った声も聞こえる。

父なんて、目を見開いて硬直していた。

どれほどの時間が経っただろうか。

おそらく、三十秒も経過していないと思う。

だけど、目の前の光景に頭の中が真っ白になっていたフリーデには、スカーレット様のあまりの神々しさに時間が止まったように感じられた。

「これでどうですか？　つるつるぴかぴか！」

金色の光が消え、スカーレット様の楽しそうな声が聞こえて来て、ようやくハッと我に返る。

（え？　つるつるぴかぴか……って）

どういうことだろうかと恐る恐る自分の頬に触れて、フリーデは愕然とした。

少しへこんだような、または盛り上がったような、大嫌いな傷跡の感触がきれいさっぱり消えている。

それどころか、かさついていた肌が驚くほどしっとりしていて、指先にはつるりと滑るような感触があった。

慌てて袖をめくって腕を確認すると、傷跡どころか、日焼けの痕すらなくなっている。

何が起きたのかすぐには理解できなかった。

茫然と腕や頬を撫でていると、サロンの隅に控えていた侍女らしき女性が手鏡を持ってくる。

スカーレット様が、侍女から受け取った手鏡をフリーデに差し出した。

「フリーデさん、鏡ですよ。これで大丈夫かどうか確かめてみてもらっていいですか？　綺麗になってると思うんですけど」

恐る恐る手鏡を受け取って、そこに映る自分の顔を確かめる。

(嘘、でしょ……？)

鏡に映る自分は、本当に自分だろうか。

茶色い髪と、青緑色の瞳は同じ。顔の造形も、同じ。

でも、それ以外が明らかに違う。

ぽつぽつと顔に残っていた水疱瘡の痕も、日焼けの跡も、そばかすも、毛穴の開きだってなくなっていて——陶器のように滑らかな肌がそこにあった。

顔だけではない。

首も、腕も、足も、今確認できるところすべてが綺麗になっている。

例えるなら、そう、赤ちゃんの肌のように白くきめ細やかでぷるぷるだ。

——何が起きたのか、すぐには理解できなかった。

夢を見ているのだろうか。それとも、自分の目がおかしくなったのか。

あまりに驚きすぎて、自分の中の感情がどこか遠くに行ってしまったような気がした。

「フリーデ!!」

ただ何度も目をしばたたいて鏡を見つめていたフリーデの鼓膜が、父の大声でビリリと震える。

「ひゃうっ」

大きな声にスカーレット様がびっくりしたような声を上げて、ようやくフリーデの胸にじわりじわりと喜びが広がってきた。

振り向けば、父が泣いている。

太い腕で抱きしめられて、耳元で父の嗚咽が聞こえた。

ぽろり、とフリーデの目から涙が零れ落ちる。

そのまま堰を切ったように涙があふれて、父の背中に腕を回すと、ぎゅうっとしがみついた。

消えたのだ。

長らくフリーデを苦しめていた、あの醜い痕が、ついに消えた。

「ありがとうございます、ありがとうございます、スカーレット様!!」

「聖女様!　本当に、本当にありがとうございます……!」

父と抱きしめ合ったまま、フリーデは泣きながら「ありがとうございます」と繰り返す。

「よかった、大丈夫そうですね〜!」

スカーレット様はやっぱりふわふわとした笑みを浮かべていた。

奇跡を起こして、ただただ笑うのだ。

自分の力に驕るのでもなく、純粋に嬉しそうに、とても綺麗な笑顔で。

（これが、聖女様……）

聖女様は奇跡の力を使うけれど、フリーデには力ではなく聖女スカーレット様その人が奇跡のような気がした。

笑顔があまりに眩しくて、跪いて祈りを捧げたくなる。

スカーレット様は、純粋で高潔で、きっとフリーデとは全く違う特別な人なのだ。

そう感動した、そのときだった。


ぐうぅぅぅぅ～！


「お腹すいたあ～！」

パンナコッタのときと同じくらい唐突に、スカーレット様がお腹を押さえて言った。

（……え？）

フリーデは目を点にしたが、ヴァイアーライヒ公爵様も父もくすりと笑うだけで驚いているそぶりはない。

（え？）

さっきまでの神々しい笑顔はどこへやら。

ローテーブルの上のお菓子をロックオンしたスカーレット様が、「もう食べていいですか？」と無邪気な顔で主張しはじめる。

（え？　え!?　もしかして、ずっとお菓子を見ていたのは驚いていたからじゃなくて食べたかったからなの!?）

するとつまり、この場にあるお菓子は父がふざけて大量に作ったのではなく、スカーレット様のために用意されたものなのだろうか。

ヴァイアーライヒ公爵様が、その端正な顔をくしゃりとさせて「ぷっ」と噴き出した。

「スカーレット、食べていいぞ。フリッツもそのために用意したんだろうからな」

「ありがとうございます!!」

やはりこのお菓子は彼女のために用意されたんだ、とか、まさかこれ全部食べる気じゃなかろうかとか、何度も首を傾げるフリーデの目の前で、スカーレット様が勢いよく食べかけのパンナコッタを手に取った。

あっという間に口に入れて、すぐに次のケーキに手を伸ばす。

すごい勢いでスカーレット様の口に消えていくお菓子に、フリーデは先ほどと違う意味で茫然としそうになった。

聖女様とはいったい……、という疑問が頭の中をかすめる。

ぽかんとしていると、父が改めてスカーレット様に向かって頭をさげたので、フリーデも慌てて父にならった。

いきなりお菓子を食べはじめたのには驚いたけれど、スカーレット様がその尊い力をフリーデのために使ってくれたのは紛れもない真実だ。

カーレット様、本当に、本当にありがとうございました!!」

「ありがとうございました!!」

「ススカーレット様は、リスのように両頬を膨らませてもぐもぐと口を動かしながら、やっぱりふわふわと笑った。

「もぐもぐもぐ……成功したみたいでよかったです。フリッツさんも、こんなにおいしいお菓子をたくさんありがとうございます!!」

なんか、スカーレット様の返答がちょっとずれている気がしたけれど、気のせいだろう、きっと。

(聖女スカーレット様は、きっとお菓子が大好きなのね)

それにしてもものすごく食べている気がするが、昼食を抜いていたのかもしれない。うん、そうに違いない。だって、明らかに食べる量がおかしい。

(それにしても、神殿から出た聖女様か。もしかしたら、公爵様と結婚されるのかな? ……だったら、嬉しいな)

優しい聖女様が、同じく優しい公爵様と一緒にいてくれたら、すごく嬉しい。

スカーレット様に柔らかい視線を向けるヴァイアーライヒ公爵様に気づいて、フリーデは、きっと二人の間には素敵なロマンスがあったのだろうなと、勝手に想像を働かせた──

一、ご飯の神様は公爵様でした

Hungry saint meets the duke (eat♪)

——それは、数週間前のこと。

……捨てる神あれば拾う神ありってことわざは、本当だったんだな～。

わたし——スカーレットは目の前にドンと積まれた豪華な食事にごくんと口の中の唾液を飲み込んだ。

「いっただっきまーす!!」

丸いテーブルを挟んで目の前に座っているイケメンさんからは好きなだけ食べていいという言質をいただいたので、ナイフとフォークを握り締めて、わたしはさっそく、目の前のお肉にかぶりつく。

……むぐむぐむぐ、美味しい、美味しい、幸せ～!!

トマトで煮込んだ塊肉は、大きいからちょっと固そうに見えたんだけど、ものすごく柔らかかった。

ナイフがスッと、本当にすーっと入っていく!!

口の中に入れると、柔らかく、じゅわっとジューシーで、トマトの酸味とお肉のうまみが絶妙にマッチしていて最高だ。

……お～い～し～い～!!

極限までお腹がすいていたからなのかどうなのかはわからないが、わたしがこれまで食べたどのご飯より美味しいと思う。

お肉の皿をぺろりと平らげ、玉ねぎのうまみたっぷりのスープを一気に飲み干し、ガーリックバターを塗ってカリッと香ばしく焼き上げてあるバゲットにかぶりつく。

「ん～～～～～!!」

口に入れた途端にふわりと広がるガーリックバターとパンの香ばしい香りがたまらない!

お野菜も食べないとダメだよねと、次はニンジンサラダ。

サラダを食べたらまたお肉を食べて、今度はガレット。ジャガイモとひき肉のグラタンに、ドーンと大皿に置かれた鶏の香草焼き。

「うぐっ」

あまりに一気に口に詰め込みすぎて、食べ物をのどに詰まらせかけたわたしに、目の前のイケメンさんがすっと水の入ったコップを差し出してくれる。

……あ、ご飯に夢中になりすぎて、イケメンさんをすっかり忘れてた!

ごくごくと水を飲み干し、お腹が三割くらい満たされてようやく生命の危機を脱したわたしは、改めてイケメンさんを見やった。

艶々の金色の髪に、どこか愁いを帯びて見えるラベンダー色の瞳。

シンプルなシャツを無造作に羽織っているように見えるけど、聖女として神殿で暮らしてきたわたしは、これでも多くの貴族たちを見てきた。その経験則から、それがかなり上等な絹で作られた服だとわかる。

ただまあ、上等かそうでないかの区別はつくけど、なんで上等なのかと理由を聞かれるとよくわからない。たぶん綿や麻に比べて絹が高いからだと思うけど、自分でお金を使ったことがないからわからないのだ。


わたしは、二歳で親に捨てられた。

だから親の記憶はまったくなく、どうして親がわたしを捨てたのか、その理由もよくわからない。育てるお金がなかったのか、望まぬ妊娠だったのか、それともただ単に邪魔だったのか。

わからないけれど、物心ついたときからわたしは孤児院にいて、孤児院の仲間たちと元気に庭を駆け回っていた。

このまま孤児院にいられる上限である十五歳までここにいて、そのあと仕事を見つけて細々と生活するのだと信じていたわたしの運命が変わったのは、六歳のときだった。

この国アルムガルドでは、貴賤問わず基本的に六歳で洗礼式を受ける。

かつては例外があって、それが孤児だった。

六歳を過ぎて孤児院に預けられたものは洗礼を受けているが、それ未満で預けられたものは洗礼を受けない。

そして、孤児院へ預けられる子供は、圧倒的に六歳未満の子が多かった。

というのも、洗礼式を受けると一人の人間として扱われるため、どこの親から生まれた子であるかという記録が残る。

記録が残ると、当然、その親たちは子を捨てたという記録もつけられる。

アルムガルド国で信仰されている神は、何よりも肉親の情を重んじる神だ。

ゆえに、子を捨てたと記録された者たちは、世間からの風当たりも冷たく、平民であればいい仕事につきにくくなる。場合によってはそれまで働いていたところから追い出されることもあった。

だからこそ、子を育てる気がない親たちは、記録がつかないうちにその子を捨てたがる。

わたしが二歳で捨てられたのも、そういう理由だろう。

そして、洗礼式は、親子のつながりを登録する場でもあるため、孤児は受けられない。

——これが、つい十年ほど前までの常識だった。

だが、その常識は、国王陛下の鶴の一声で覆されることとなる。

というのも、この世界には聖女と呼ばれる癒しの力を持った女性が稀に誕生する。

その聖女は年々数を減らしていて、アルムガルド国でも例外ではなかった。

聖女は洗礼式の際に適性のあるなしを判断されるため、洗礼式の対象でない孤児はもちろん適性を調べられていない。

国王陛下はその点に着目され、孤児の中からも聖女を探そうと考えた。

しかし、女の子だけ洗礼式を受けさせるというのは平等ではないと、孤児であっても男女ともに洗礼式が受けられるようになり、その際は等しく「国の子」として登録されることとなった。

この「国の子」というのはとても素敵な制度だ。

洗礼式では、その子は「貴族の子」「平民の子」と区別して登録されていた。

そこに新たに「国の子」という基準が設けられたわけだが、この「国の子」は、身分が曖昧に設定されている。

何故なら孤児たちの中には、人品卑しからぬ生まれの子も混じっている可能性があるからだ。

貴族の生まれだが何らかの理由で孤児になった子もいるわけで、だからこそ、孤児を十把一絡げ「平民の子」とするのは問題があった。

だからこその「国の子」――状況によっては貴族にも平民にもなれる子、として登録された。

この制度により、貴族は孤児を引き取ることにためらいがなくなった。

これまでは孤児を養子にしたところで、その子を貴族にすることはできなかった。

つまりは、跡を継がすことも、他の貴族に嫁がせることもできなかったのだ。

けれども「国の子」制度により、養父母が望めば貴族として遇することが可能となったのである。

わたしも、六歳で洗礼式を受けた時に、もしかしたら素敵な養父母が迎えに来てくれるかもしれないと期待した。

だが――わたしを迎えに来たのは、素敵な養父母ではなく、いかめしい顔つきをした神官たちだった。

わたしはどうやら、六歳の洗礼式で聖女の資格ありと認定されてしまったようなのだ。


「むぐむむ、んぐぐぐむぐぐううう！」

「何を言っているのかさっぱりわからん」

対面に座っている、推定・貴族のイケメンさんは、わずかに眉を寄せてテーブルの上に頬杖をついた。

両方の頬がパンパンになるだけご飯を詰め込んでいたわたしは、もぐもぐもぐもぐごっくんっと急いで飲み込んでから、もう一度口を開く。

「この度は、すっごく美味しいご飯をありがとうございました！」

「もういいのか？」

「いえ、まだまだ入ります!!　だから食べます!!」

「……そうか。好きなだけ食べなさい」

何とも微妙な間のあとで、イケメンさんがこくりと頷いた。

六歳で神殿に連れていかれたわたしは、聖女としての訓練を受け、聖女として働きはじめた。

仕事は主に薬を作ることと、傷を癒すことである。

聖女は無償奉仕をしながら神殿で暮らすのが基本だ。まあ、例外もあるが、その例外になる聖女はとても少ない。

わたしは朝から晩までせっせと働いて、ついこの前まで、神殿で聖女仲間たちと楽しく暮らしていた。

だが――

「その格好、聖女だろう？　名は？　何故あんなところで行き倒れていた」

お礼を言ったことでやり切った感いっぱいで次のご飯を口に運ぼうとしていたわたしは、イケメンさんの質問に元気よく答えた。

「はい、聖女スカーレットです。そして、行き倒れていたのはお腹がすいたからです！」

「…………」

イケメンさんはまたわずかに眉を寄せて、そして沈黙した。

なにかおかしなことを言っただろうか？

イケメンさんは、少し考えて言いなおした。

「聖女が、どうして空腹で行き倒れる？」

ああなるほど、イケメンさんが気になっていたのはそっちだったのか。

なので、わたしはまた元気よく答える。

「はい！　わたしが神殿に捨てられたからです！」

「…………」

また、微妙な顔で沈黙された。

「……何か、規律違反でも？」

「むぐむぐむぐ、聖女に対して厳しい規律はありませんよ」

そう、聖女は神殿で無償奉仕をさせられているが、修道女のように厳しい戒律の中で生活させられているわけではない。

国としても、聖女は保護する対象と考えているため、仕事さえしていたら結構甘やかされていた。修道女は男性とお付き合いをしたら罰せられるが、聖女はそんなことはないし、むしろ結婚して子を産むことを推奨されていたりする。聖女から生まれた女子は、三割の確率で聖女だからだ。結構確率が高い。

もぐもぐもぐもぐ、と必死に食事を続けていると、目の前に積みあがっていく皿を唖然と見ながら、イケメンさんがレストランの店員を呼んで食事を追加してくれる。

……イケメンさんは心までイケメンなのね!!　初対面なのにこんなにご飯をくれるなんて!!

わたしは感動して「むぐぐぐぐぐぐっ」と言った。訳・「ありがとうございます」。

しかしリスのようにご飯を口の中に詰め込んだわたしの言葉は、イケメンさんにはわからなかったらしい。また妙な顔をされる。

「ではなぜ、聖女が神殿から捨てられる？　……待て、口の中のものを飲み込んでから答えなさい」

わたしはこくこくと首を縦に振って、急いで口の中のものを咀嚼して飲み込む。

水で喉を潤してから、またまた元気よく答える。お腹がいい感じに膨れてきたので、とっても元気が出てきたのだ。

「はい！　お前がいたら神殿の食糧庫が空になるから出て行けと言われました！」

「…………なるほど？」

イケメンさんが、わかったのかわかっていないのか微妙な顔をして、丸いテーブルの上に積みあがっている大皿を見る。そして「……まあ確かに」と付け加えた。理解したようだ。

わたしは、自分で言うのも何だが、細いのによく食べる。

十六歳のわたしと同じくらいの年ごろの聖女仲間は「ダイエット」とか言って、鳥のご飯くらいの量しか食べないので、それと比べたら何十倍もの量だ。

いつも聖女仲間からは「なんでスカーレットは太らないの？」と変な顔をされたものだ。

どうやらわたしは、人一倍の食事が必要な人間らしい。

だが、孤児院で暮らしていたときは普通だったはずなので、もしかしたら、聖女の力と空腹に関係があるのかもしれないが、とにかくわたしは燃費が悪い。

三食では足りず、おやつももりもり食べるし、何なら聖女の仕事中にもお菓子をつまんでいる。

これまでの神殿長様は、そんなわたしの食欲を「仕方がないねえ」と笑いながら許してくれていた。

けれども先月。

晩秋に、神殿の人事異動があって、神殿長様が交代した。

新しい神殿長様はわたしの食欲をよく思わなかったようで、再三、みんなの食事量に合わせるように言ってきた。

けれども、他の聖女たちと同じ量の食事だと、わたしは聖女としてほとんど動けない。空腹で動けなくなってしまうからだ。

そして、昨日、わたしはとうとう新しい神殿長様に神殿からたたき出されてしまったというわけだ。

曰く、「お前のように燃費の悪い聖女などいらん！　お前がいたら神殿の食糧庫が空になるから出て行け！」とのことである。

神殿の食糧庫は、そんなに大きくないらしい。知らなかったとはいえ、きっとものすごく迷惑をかけていたんだろうな、わたし。

神殿を追い出されたとき、聖女仲間たちがたくさんお菓子をくれたけれど、それもあっという間に底をつき、どうにかしてお金を稼いでご飯を食べなければとふらふらになりながら、わたしは適当な町を目指して歩いていた。

神殿は、大きな町と町の間に立っていたので、神殿を追い出されても周りに食事を売っている店はなかったからだ。

けれども、あっという間に空腹になったわたしの燃費の悪い体は、町に着くまでに限界に達した。

そして、うずくまっていたところを、たまたま馬車で通りかかった目の前のイケメンさんが拾ってくれたというわけだ。

……その上「お腹すいた」というわたしのつぶやきを聞いてご飯まで用意してくれたのよね！

このイケメンさんに神のご加護がありますように。というかもう、このイケメンさんが神様でいいんじゃないかしら？

わたしのご飯の神様である。

そう思うと後光がさして見えてきた。よし、祈ろう。

「よくわからないが、祈るのはやめなさい」

ダメらしい。

イケメンさんにお祈りをささげようとしたら注意されてしまって、わたしは仕方なく心の中で祈るだけにとどめておく。

「事情はおぼろげながら理解したが、君……ええっとスカーレットだったか？　たった一日食事を取らないだけで倒れる君が、この先、生きていけるのか？」

「うぐっ」

食事を再開していたわたしは、思わず呻いてしまった。

その通りである。

まさかわたしもこんなに早く行き倒れることになるとは思わなかった。せめて町で行き倒れれば、親切な誰かがご飯を恵んでくれたかもしれなかったのにと、あの時は心の底から神様を恨んだほどだ。なぜわたしの体はこんなに燃費が悪いのだと。

だらだらとわたしの背中を汗が伝う。

今のわたしは無一文。

だって、聖女は無償奉仕だからお金なんて持ってない。

けれども、一日ご飯を食べないだけで倒れるわたしである。早急に対策を取らなければ、きっとあっという間に餓死するに違いない。

もしくは道端で行き倒れて凍死だろうか。初冬とはいえ、夜は冷える。

……むぅ、わたしはまだ生きていたいな。

死にたくないので、イケメンさんの知恵をお借りすることにした。

「さ、三食ご飯がもらえて、なんならついでにおやつもついて来て、住み込みの割のいいお仕事ってないですかね……？　六歳の時から神殿で暮らしていたので、腕力には自信がないし、体力にもあんまり自信がないから、なんなら一日三時間くらいの仕事がいいんですが……」

自分でも都合がいいことを言っているとはわかっている。

でも、力仕事なんて無理そうだし、そんなことをすればすぐにお腹がすいて倒れるはずだ。雇った方もびっくりだろう。戦力外もいいところである。

ちなみに計算も得意じゃないから、あまり頭を使わない仕事だと嬉しい。

すると、目の前のイケメンさんが心の底からあきれた顔をした。

「なんだ、娼館で働きたいのか？」

「しょーかん？」

「……知らないのか。まあ、聖女はたいていい、世間知らずだからな」

どうやら、わたしの出した条件に一致するお仕事が「しょーかん」というところのお仕事らしい。

わたしが気楽に「じゃあそこで」と答えると、何故かイケメンさんが慌てだした。

「馬鹿か君は！　曲がりなりにも外でそのようなことを言うものじゃない。悪い人間に攫われて売られるぞ？」

「イケメンさんが言ったんじゃないですか」

「イケメンさん……」

イケメンさんはそこで、自分が名乗っていないことに気が付いたようだ。

「名乗らなかった私も悪いが、君は何故知らない人間から平然と施しを受けられるんだ」

と愕然とした顔をしつつ、「リヒャルト・ヴァイアーライヒだ」と教えてくれる。

姓があるということは、イケメンさん……ではなくリヒャルト様はやっぱり貴族だろう。

ほうほうと頷いていると、リヒャルト様がちょっと目を細める。

「驚かないのか。……ああそうか、知らないのか」

と、一人納得していらっしゃるので、わたしは流すことにした。それよりも目の前のご飯が食べたい。

……おしゃべりしている間にちょっと冷めちゃった！

ご飯は温かい方が美味しいのである。だから完全に冷める前に全部いただかなくては！

「しょーかん」とかいうお仕事の詳細を教えてもらうのは、お腹が膨れてからにしよう。

……次は、このキッシュにしよっと！

ほうれん草とベーコン、そしてチーズがたっぷり入ったキッシュはたまらなく美味しい！

フォークとナイフだと食べにくいので、手に持ってかぶりつく。

「……よく入るものだな」

キッシュをワンホールぺろっと平らげたわたしに、リヒャルト様が感心しているのかあきれているのかわからない顔をしているが、わたしのお腹はまだ半分くらいしか満たされていない。

リヒャルト様は少しの間考え込んで、はあ、と息を吐き出した。

「君をこのまま放置するのは危険だな。何をしでかすかわからないし、放っておけば明日の朝には死んでいそうな気もする」

その通りなので、わたしはこっくりと頷いた。

会ったばかりだというのに、わたしのことをよく理解していらっしゃる。

わたしの目の前の皿が減ってくると、リヒャルト様はまたレストランの店員を呼んで追加の食事を持ってこさせる。

新しくテーブルに並べられていく、ローストビーフ！　ムニエル！　魚介たっぷりのスープに、渦巻き型のソーセージ！　そしてデザートまで運ばれてきましたよ!!

……いいんだよね？　いいんだよね？　これ全部食べて、いいんだよね!?

ここは天国だろうか!?　ここが天国ならわたし、死んでもいいとか思っちゃうよ!!

……ああ、光輝いて見えます、わたしのご飯の神様!!

跪いて祈りを捧げたくなってくるが、祈るのはやめなさいと言われたので、今回も心の中でお祈りするにとどめておく。

「それでは改めまして、いっただっきまーす!!」

元気よく追加の料理に手を伸ばしたわたしに、リヒャルト様が額を押さえた。それから、仕方なさそうに言う。

「私は領地に帰る途中だったんだが、スカーレット、ついてくるか?」

ご飯の神様から離れたくなかったわたしは、もちろん即答した。

「行きます!!」

これで当面、わたしは行き倒れなくてすみそうである。

神様ありがとう!!

☆

「本当に君はよく食べるな」

とんでもなく豪華で、揺れの少ない馬車の中、わたしはリヒャルト様からもらったクッキーをもしゃもしゃと食べていた。

バターたっぷりのクッキーは、サクサクほろほろでとっても美味しい! というか、リヒャルト様がくれる食べ物は、ご飯もお菓子も全部美味しい! さすがはご飯の神様! もう一生ついて行きたい!!

わたしの道中のお菓子に加えて、着替えも必要だろうと、リヒャルト様はいろいろなものを買い

与えてくれた。

出会ったときに惜しげもなくご飯を与えてくれたことと言い、リヒャルト様はお金持ちだなあとは思っていたのだが、それもそのはず、彼は公爵様だったのだ。

しかもただの公爵様ではない。

国王陛下の年の離れた弟殿下なのである。

……道理で、変な顔をされたはずだわ。

この国で王弟殿下の名前を知らない人間はほとんどいないだろう。

平民の子どもだって、大半が知っているはずだ。

わたしの聖女仲間もたぶん名前くらいは聞いたことがあるだろう。ただ、わたしはご飯にしか興味がなかったので、聖女仲間たちよりももっと世間のことに疎いのである。

リヒャルト様は国王陛下より二十歳も年下の、二十一歳の若き公爵様だ。

国王陛下の即位に伴って臣下に下ったときにヴァイアーライヒ公爵の名と領地を賜ったらしい。

「食べるのは結構だが、そのリスみたいな顔はどうにかならないのか？　そんなに急いで口に詰め込まなくても、クッキーはなくなったりしないだろう？」

わたしは人より食事の量が多いため、急いで食べる癖がついている。そうしないと、みんなの食事の時間に食べ終わらないからだ。

……でも確かに、ここでは急いで食べる必要はないわよね？

今は馬車の中で、そして神殿から出たわたしは、何時までに食事を終えなければならないというルールから解放されている。

わたしはこくんと頷いた。

「失礼しました。ゆっくり食べます」

「そうしてくれ。いつか喉に詰まらせて窒息しそうで見ていてハラハラする」

生まれてこの方喉に食べ物を詰まらせて窒息したことはないけれど（喉に詰まらせかけたことはあるけど）、リヒャルト様が言うならそうなのだろう。

なんといってもリヒャルト様はわたしの神様である（ご飯の）。神様の言うことは絶対だ。だって逆らってご飯がもらえなくなったら嫌だもんね！

「その細い体のどこに、大量の食べ物が入るのだろう？」

「ちゃんとお腹に入ってますよ。ご飯をいっぱい食べると、ほら、お腹がぽっこりするんです」

お腹いっぱい食べるとお腹がぽっこりするけど、こんなにぽっこりするまで食べたのは久しぶりだった。というか、神殿に来てから経験していないかも。前の神殿長様はたくさんご飯をくれたけど、満腹になるほどではなかったもん。

「やめなさい。年頃の女の子がはしたない」

わたしがお昼ご飯と今食べているクッキーでぽっこり膨れたお腹を強調するようにドレスのお腹部分をさすると、リヒャルト様に顔をしかめられてしまった。

ちなみにこのドレスは、コルセット不要のゆったりしたドレスである。

どこも締め付けない、すとんとしたデザインで、ピンク色でふりふりしている。

孤児院生活を経て神殿に引き取られたわたしは、おしゃれとは無縁だったから、服なんて着られればそれでいいと思っていたんだけど、その考えはちょっと改めよう。

この服、さらさらしていて着心地がいいし、苦しくないからたくさん食べられるし、動きやすいし、とってもいい！

貴族のご令嬢はコルセットでウエストをぎゅうぎゅうに締め付けなければならない細いドレスが流行らしくて、リヒャルト様も最初はそれを買おうとした。

でも、コルセットでお腹をぎゅうぎゅうしめたら満足にご飯が食べられなくて倒れると主張したら、リヒャルト様がコルセット不要のドレスにしてくれたのだ。いい人である。さすが神様。

リヒャルト様のヴァイアーライヒ公爵領は、ここから南に馬車で十日ほどの場所にあるそうだ。

これから本格的に冬がはじまるので、領地が南なのはいいことである。その分暖かいだろうから。

リヒャルト様は王弟殿下で公爵様なので、馬車の周りには護衛の騎士たちがたくさんいるし、身の回りの世話をする侍女の方も、後ろの馬車に乗っている。

侍女のベティーナさんは三十を少し過ぎたくらいの外見で、とっても親切な女性だった。

ドレスを買いに行ったときも、あれこれと世話を焼いてくれて、可愛いドレスと下着を一緒に選んでくれたのだ。今食べているクッキーもベティーナさんが買ってきてくれたものである。もちろんお金はリヒャルト様が出した。だってわたし、無一文だから。

神殿に来るお貴族様の中には嫌なヤツもいたけど、リヒャルト様もベティーナさんもとっても親切で優しい。

「君がこれからどうやって生活するかについては、私の領地についてから改めて考えよう。聖女が神殿の外に出る場合の多くは結婚だが……、君は結婚したいか？　何なら誰かを紹介してやってもいいが……」

「どっちでもいいです」

「……そうか」

「はい。ご飯がたくさん食べられればわたしは満足ですので！」

「君の、その食事中心の判断基準は何とかならないのか？」

そう言うが、わたしは食事さえ満足に与えてもらえれば他に文句はないのだ。まあ、わたしに満足な食事を与えることができるという点で、お金持ちということになるのかもしれないが。

「空腹であえぐのは嫌なのでご飯優先です。なんなら……ええっと、そうそう、しょーかん？　というとこでもいいです。ご飯がもらえるなら」

リヒャルト様は「処置なし」と首を横に振った。

「君の結婚問題については今は考えずにおこう。君はいろいろ問題だ。まずは常識を身につけなくては、貴族に縁づかせようと思っても無理だろう」

わたしの答えはリヒャルト様の満足のいくものではなかったらしい。

……神様を困らせちゃった。

しょんぼりとうつむくと、リヒャルト様が優しく目を細める。

「そんな顔をするな。聖女に仕事ばかりさせて一般常識を学ばせなかった国の怠慢だ。君は悪くない」

……神様優しい！

「ほら、そろそろクッキーもなくなるだろう？　こっちに木の実のタルトがある」

リヒャルト様の隣には大きな箱が置いてあって、その中にはたくさんのお菓子が詰まっている。全部わたし専用に買ってくれたものだ。

ぱあっと顔を輝かせて、わたしはリヒャルト様から木の実のタルトの入った袋を受け取った。

もぐもぐと夢中で食べていると、「水分もきちんととるように」と注意を受けたので水を飲む。

リヒャルト様はしばらくの間わたしを見つめてから、また同じことを言った。

「本当に君はよく食べるな」

間違いではないので、わたしはもぐもぐしながらこっくりと無言で頷いた。

☆

(妙なものを拾ってしまったな)

さしずめ、子犬や子猫を拾ったらこんな気分になるのだろうか。

リヒャルトは、馬車の対面座席に座っているスカーレットを見て苦笑した。

目が覚めるほどの真っ赤な髪に金色の瞳の、十六歳の愛らしい少女だ。

その肢体はびっくりするほどほっそりしていて、行き倒れていたのを見つけたときは満足に食べていないのだろうと思った。

あまりに憐れだったのと、このまま見捨てていくとずっと胸の中に引っかかりそうだったので助けて食事を与えたところ——啞然を通り越して茫然とするほど、まあよく食べる女の子だった。

ドンドンドン！　と見る見るうちに空になった大皿が積みあがっていく様は、ある意味圧巻だった。

大男でもこんなに食べないだろう。あの細い体のどこに入るのだろうかと、リヒャルトは心の底から不思議に思った。食事風景を見て手品を見ている気分になったのは生まれてはじめてだ。

（貴族の女性は、あんなに食べないからな）

貴族女性は驚くほど少食で、むしろ食事の量が少ないことこそステータスだと思っているような節がある。

加えて、取ってつけたような微笑を浮かべて、淡々と食べ物を口に運ぶだけなので、彼女たちと一緒に食事をするとこちらの食事まで味気なく感じてしまうほどだった。

その点、スカーレットは実に美味しそうに食べるので、見ていて大変気分がよかった。

（それにしても、聖女が捨てられるなんてな……）

スカーレットは聖女が仕事のときに着る白いローブ姿だったので、恐らく聖女だろうとは思っていたが、本人から聖女だと聞いたときはやっぱり驚いた。

聖女が行き倒れることもそうだが、捨てられるなんてありえないだろう。

確かに、あの調子で神殿の食糧庫を空にされてはたまらないだろうとは思った。

ちょっぴり、食事の量があまりにも多くて捨てられたと聞いたときは、「なるほど」と思わなかったわけでもない。

だからと言って、彼女を捨てる決断をした神殿長には、同情なんてできないが。

聖女は無償奉仕が基本だ。

ゆえに神殿にも国にも、彼女たちに不自由のない暮らしを提供する義務があるのだ。

それを怠った神殿長は、近いうちに何らかの処罰をする必要がありそうだが、今は移動中であるので、その手続きも領地に戻ってからになるだろう。

とはいえ、今や大きな権力を有している神殿が、素直にこちらの言うことを聞くとは思えないけれど。

（しかし本当によく食べるな……）

昼に立ち寄ったレストランでも、スカーレットはリヒャルトの五倍は食べていた。

レストランにいた他の客や店員があんぐりと口を開けてスカーレットに見入るくらい、彼女の食欲は桁が違った。

これだけ食べても、間食を与えなければ夕食のときにはお腹を空かせて動けなくなるくらいなのだから、スカーレットの燃費の悪さは異次元である。

昨日、間食のことを失念していてスカーレットをぐったりさせてしまったリヒャルトは、侍女のベティーナに命じて大量の菓子を買いこませた。

成り行きとはいえ人を拾ってしまったのだ。面倒を見る義務がリヒャルトにはあるのである。

(あれだけずっと口を動かしていて、よく顎が疲れないものだ)

ひっきりなしに口に食べ物を入れて、夢中で食べているスカーレットに、リヒャルトは妙な感心の仕方をした。

動物には餌を与えると情が湧くというが、相手が人間でもその法則は適用されるのだろうか。目の前のスカーレットが、妙に愛らしく思えてくる。

(ちゃんと面倒を見てやらないとな)

聖女のほとんどは神殿で暮らす。

例外は聖女が貴族だった場合と、誰かに嫁いだ場合のみだ。

ゆえに神殿から出たスカーレットが、周囲から奇異の目で見られないためには、誰かと縁づかせる必要があった。

「君がこれからどうやって生活するかについては、私の領地についてから改めて考えよう。聖女が神殿の外に出る場合の多くは結婚だが……、君は結婚したいか？　何なら誰かを紹介してやってもいいが……」

なので、スカーレットに結婚の意思があるかどうかを訊ねてみた。

スカーレット本人が望んでいないのなら、無理やり誰かと結婚させるのは可哀そうな気がしたのだ。

するとスカーレットは、リヒャルトが想像していたものの斜め上の答えをくれた。

「どっちでもいいです」

「……そうか」

「はい。ご飯がたくさん食べられればわたしは満足ですので！」

「君の、その食事中心の判断基準は何とかならないのか？」

あきれたように返してしまったリヒャルトは悪くないと思う。

男女も貴賤も関係なく、結婚とはその人にとって人生における重要事項だ。何故なら結婚相手でその後の未来が決まると言っても過言ではないからである。

それなのに「どっちでもいい」。

もっと言えば、ご飯がたくさん食べられれば満足と来た。

（何故、結婚の判断基準が食事なんだ……）

もっと他にあるだろう。

例えばリヒャルトは結婚には乗り気ではない。女性があまり得意ではないからだ。

嫌いとまでは言わないが、香水のにおいをプンプンさせてすり寄って来る貴族女性とはできる限り距離を取りたい。

さらには、王弟という身分が、リヒャルトに結婚を躊躇わせていた。

現在この国アルムガルドでは、国王である兄の第一子イザークが王太子を名乗っている。

イザークは十七歳の、よく言えば素直で優しい、悪く言えば優柔不断な甥だった。

それゆえ、一部の貴族がイザークの優柔不断な性格を指摘し、王に向いていないと主張している。

兄にはほかに娘はいるが息子はおらず、そのせいで、一部の一派がイザークの代わりにリヒャルトを担ぎ上げようとしているのだ。

兄とも甥とも争いたくないリヒャルトは、結婚して後ろ盾を得るのをよしとしなかった。

少なくとも伯爵家以上の令嬢と結婚すると厄介だ。

とはいえ、領地を賜った以上結婚しないわけにもいかないので、下級貴族から妻を娶ろうと考えなかったわけでもない。

しかし、王弟で公爵という身分が邪魔をして、子爵家以下の令嬢を妻に迎えるのは難しかった。

周囲から猛反発があるのは目に見えていたし、リヒャルトがもし下級貴族の娘を相手に選べば、上級貴族がその娘を養女に迎えるだなんだと言い出しかねなかったからだ。そうなれば、政治的軋轢を考えて下級貴族から妻を選んだ意味がなくなる。

そういう理由で、リヒャルトは結婚に乗り気ではない。

リヒャルトにとって結婚は、それだけ重い決断なのだ。

（それなのに、満足に食事が与えられればそれでいいときたか……）

ペットではないのだ。その判断基準はどうかと思う。

リヒャルトがどうしたものかと頭痛を覚えていると、スカーレットはさらに信じられないことを言った。

「空腹であえぐのは嫌なのでご飯優先です。なんなら……ええっと、そうそう、しょーかん？　というところでもいいです。ご飯がもらえるなら」

この瞬間、リヒャルトは理解した。

スカーレットに必要なものは結婚ではない。一般常識である、と。

「君の結婚問題については今は考えずにおこう。君はいろいろ問題だ。まずは常識を身につけなくては、貴族に縁づかせようと思っても無理だろう」

リヒャルトの言葉に、スカーレットはよくわからないと言うように首をひねった。

その様は、さながら生まれたばかりの子犬や子猫のように、どこまでも無垢だ。

だからこそ不安になる。

きっと彼女は、一人では生きていけないタイプだ。少なくとも、世の中の仕組みを理解するまでは決して目を離してはいけないだろう。人の悪意どころか、世の中に悪人がいることすら知らないのではあるまいか。

(食べ物をやると言われたら、疑いもせずに誰にでもついて行くタイプだな)

スカーレットを最初に見つけたのが自分でよかったと心の底から思う。

もし、リヒャルトより早くほかの男がスカーレットを見つけていたらと思うとゾッとすらした。悪意にも下心にも気づかないだろうスカーレットである。食事に釣られて、ほいほいと何でも言うことを聞いていただろうことは想像に難くなかった。

(なんて厄介なものを拾ってしまったのだろうか、私は……)

これは相当骨が折れそうである。

しかし一度拾ったものを捨てるようなことは、リヒャルトは絶対にしたくない。それではスカーレットを捨てたという神殿長と同じだ。

というより、心配すぎて目が離せない。

リヒャルトが困っているのがわかったのだろう。

スカーレットはしょんぼりとうつむいた。

何故か彼女が悲しそうな顔をしていると胸が痛んで、リヒャルトは隣に置いてある箱の中から木の実のタルトを取り出す。

「ほら、そろそろクッキーもなくなるだろう？　こっちに木の実のタルトがある」

途端、スカーレットは機嫌を直した。

ぱあっと花が咲くように笑って、夢中になってタルトを食べはじめる。

「本当に君はよく食べるな」

……なんだろう。スカーレットが食事をしている様子は、妙に癖になる。

☆

馬車に十日ほど揺られて、わたしはリヒャルト様の領地ヴァイアーライヒ公爵領にやってきた。

わたしが暮らしていた神殿のあるあたりより、だいぶ暖かいように感じる。ここでは冬もあまり雪が降らないらしい。いいことだ。

ここに来る前にリヒャルト様から教えてもらったのだけど、公爵領はとっても広いらしい。公爵領内でたくさんの貴族が働いているそうで、領主であるリヒャルト様に会いに来ることもあるとのことだった。

誰かお客さんが来ても、お菓子をあげると言われてついて行ったりしないようにって注意されたけど、あれはどういう意味だったのかしら？

お菓子をくれるなら、ついて行かなくてもその場でくれるよね？

それとも、美味しいお菓子屋さんに連れて行ってくれるってことだったのかな。それならついて行きたいけど、ご飯の神様がついて行ったらダメだって言うから、仕方ない。

馬車は、お城のように大きい白亜の建物の前で停まった。

馬車から降りて、「ほえー」と大きな邸を見上げる。

ここが、リヒャルト様のお邸らしい。神殿の何倍あるんだろう。

わたしがぽけーっと邸を見上げたままでいると、玄関から使用人と思われる男女が大勢出迎えに出てきた。

「スカーレット、こっちに来なさい」

神様に命じられたので、わたしはもちろん従う。

邸を見上げるのをやめてリヒャルト様の隣に向かうと、リヒャルト様が使用人さんたちにわたしを紹介してくれた。

「わけあって面倒を見ることにしたスカーレットだ。……最初は驚くこともあるだろうが、丁重にな。彼女は聖女なんだ」

聖女は国によって保護される対象である。

だから、多くの人は聖女に好意的なんだと、聖女仲間が言っていた。

聖女と聞いた使用人さんたちは、驚いたように目を見張ってから、にこにこと優しそうに微笑んだ。

ベティーナさんも優しかったけど、ここの使用人さんたちはみんな優しそうで嬉しい。

「なるほど、聖女様であれば周囲も反対しませんでしょうな」

「妙な勘繰りはよしてくれ、アルム。そういうんじゃないんだ。その……まあ、成り行きだ。詳しいことはベティーナに訊いてくれ」

三十半ばほどの黒髪の男性を、リヒャルト様はアルムと呼んだ。彼はこの邸の家令だそうだ。

「スカーレット、君はこっちに。しばらくベティーナを君につける。何か困ったことがあれば彼女に訊くように」

リヒャルト様が歩き出したので、わたしは彼のあとをついて行く。そのあとをベティーナさんもついてきた。

玄関を入ってすぐの、びっくりするほど大きな階段を上って、リヒャルト様は二階へ向かう。

二階に上がると左手に折れて、これまた長い廊下を進んで行くと、ある部屋の前で足を止めた。

「君の部屋はここにしよう。隣は私の部屋だ。何かあった時のために近い部屋の方がいいだろう。客室だったから内装は大丈夫だろうが、欲しいものがあればベティーナに言え。ベティーナ、スカーレットが暮らしやすいように気を配ってやってくれ」

「かしこまりました」

暮らしやすいようにとリヒャルト様は言ったけれど、正直なところ、満足なご飯があればわたしはそれ以上を望まない。何なら馬小屋でもいいくらいだ。……あ、やっぱり馬小屋はなし。冬は寒くて凍えるかもしれないから、せめて玄関ホールがいい。

リヒャルト様が扉を開けると、そこはお姫様の部屋のようだった。

とにかく広い！

そして、天蓋付きのベッドに、可愛らしい猫足のソファ。カーテンは若葉色で、床にはふかふかの絨毯が敷かれていた。

「すごいふかふか！　ここで寝れそう」

「だめだ、床で寝るな」

何ならベッドなくてもいいんじゃないかなと呟いたわたしに、リヒャルト様が焦ったように注意をする。リヒャルト様の言うことは絶対なので、わたしは「はい！」と元気良く返事をした。

でも、ふかふかの絨毯の上をごろごろしてみたい。ごろごろするだけならいいだろうか。

真剣に悩んでいると、リヒャルト様がわたしの思考を読んだように付け加えた。

「絨毯の上に、寝ころんではいけない」

ごろごろも、だめらしい。ふかふかなのに。

「あちらの扉の奥は浴室だ」

「お風呂が部屋に!!」

「宿でもそうだっただろう？」

「宿限定かと」

「……貴族の邸の部屋には、だいたい浴室がついている」

「そうなんですか！　貴族すごい！」

「それから、風呂でおやつを食べるのは禁止だ」

「…………はい」

神様の言うことは絶対だが、ちょっとだけ抵抗してしまったわたしは悪くない、はずだ。

……お風呂に入っているとお腹がすいてくるんだもん。

宿でこっそりお風呂の中でケーキを食べていたのが、いつの間にか知られていたらしい。ベティーナさんから報告があったのだろうか。うぅ……。

「風呂から上がれば食べていいから、風呂の中ではやめなさい」

「はい」

わたしがしっかりと頷くと、リヒャルト様は「いい子だ」と微笑んで、他の部屋も案内してくれた。

図書室、ダイニング、サロン……。

いろいろ案内してくれたけど、わたしが一番興味があるのは、やっぱりあそこだ。そう、キッチン!!

「料理長のフリッツだ。フリッツ、そのうち理解すると思うが、スカーレットは大体いつも腹を空かせている。腹が減ったと言ってここを訪れることがあれば何か与えてやってくれ。あと、すまないが毎食のほかに、間食も頼む」

「間食というと、菓子ですか！」

フリッツさんがきらりと目を光らせた。

リヒャルト様によると、フリッツさんは昔菓子職人をしていたらしい。料理の腕も一流だが、何より菓子作りを得意にしているため、できれば毎日でも菓子を作りたかったそうだ。だけどリヒャルト様があまり食べないので機会が少なく残念に思っていたのだと言っていた。

「奥様！　いくらでも作りますよ！」

「奥様じゃない。勘違いするな」

「違ったんですか。じゃあ……」

「婚約者でもない。詳しくはベティーナに訊いてくれ」

ここでもベティーナさんに丸投げして、リヒャルト様は「次に行くぞ」と言って歩き出す。

……もう少しここにいたかったんだけど、残念。

わたしにお菓子を与えてくれる（予定の）フリッツさんとはぜひ仲良くなっておきたかったのだが、またの機会にしたほうがよさそうだ。

リヒャルト様が一通り邸の中を案内し終わると、わたしのお腹がくうと鳴った。

空腹を訴えたわたしの腹の音を聞いて、リヒャルト様が「くっ」と笑うと、ジャケットのポケットから飴を出してわたしの手に乗せてくれる。

「部屋に菓子を運ばせよう。長旅で疲れただろうから、ゆっくりするといい」

飴ちゃんを口の中でころころ転がしつつ、わたしは重要なことを思い出して、去って行こうとするリヒャルト様の袖を引っ張った。

「あのっ！　リヒャルト様、わたしは何のお仕事をしたらいいですか？」

これだけたくさんのものを与えられて何の仕事もしないのはおかしい。

そう主張すると、リヒャルト様は面食らったように目を丸くして、困ったように指先で顎を撫でた。

「あー……、ベティーナに訊いてくれ」

ベティーナさん、お仕事多いですね！


ベティーナさんによると、リヒャルト様はわたしに仕事を求めていないそうだ。

「旦那様は、スカーレット様にお仕事をしてもらうためにお連れしたのではありませんよ」

と、懇々と諭されたのだけど、そうはいきません！

聖女は無償奉仕が基本だけど、それは国や神殿が生活の面倒を見てくれていたからだ。

そして今は、リヒャルト様がわたしの生活の面倒を見てくれている。

神殿で暮らしていたときの何倍も美味しいものをたくさん食べさせてくれて、これまた美味しいおやつまでつけてくれているのだ。

もっと言えば、高そうなドレスも買ってもらった。しかもそのドレスの全部が、コルセットでお腹を締め付けないタイプのものである。いくら食べても苦しくならないとっても素敵なドレスだった。

ここまでしてもらって、何の仕事もしないのはおかしい。

「わたしは聖女なので、癒しの力があります。あと、お薬も作れますよ」

だから仕事をプリーズ。

燃費は悪いけど、それを除けばそこそこお仕事ができる聖女だったんですよ、わたし。

だって、聖女仲間たちよりもたくさんお薬が作れたし、前神殿長様も「これでもう少し食べる量が少なければ、言うことは何もないねえ」なんて言って笑っていたくらいだ。

……新しい神殿長様は、仕事の量と食事の量が見合わないって怒ってたけど。

わたしが「さあ、仕事を！」と両手を前に出すと、ベティーナさんはものすごく困った顔をした。

そして長く長く考え込んだ後で、諦めたように「それでは、時間が空いたときにお薬を作ってもらえますか？」とこれまたものすごく言いにくそうな声で言う。

「ですが、スカーレット様にはもう少しすると教師の方がつけられると思います。おそらく、リヒャルト様の教師のお一人だったサリー夫人がなさるでしょう。その、スカーレット様には一般常識が不足していらっしゃいますので、そのあたりを重点的に学んでいただくことになります」

「はい！」

それはリヒャルト様から聞いていたので、わたしは元気良く返事をする。

リヒャルト様から、わたしは神殿暮らしだったために常識を知らなすぎると言われていたのだ。

最低限、世の中の仕組みを理解しないとダメらしい。

「なので、お勉強で忙しくなるため、お薬は無理をして作っていただかなくても大丈夫です。……何かお仕事がないと落ち着かないようですので、一応お願いしておきますが、お薬は必要に駆られておりませんので、本当に暇さえあればでいいのです」

「わかりました！」

「決して無理はなさいませんよう。無理をしてスカーレット様が倒れられたら、わたくしが旦那様に叱られてしまいます」

「大丈夫です！」

わたしはお腹がすいてさえいなければ倒れたりはしない。

神殿で薬を作っていたときも、パンをもぐもぐしながら作っていた。だから何か食べていたら大丈夫なのだ。

先輩の聖女たちは、「そんなものを食べてお薬にパンくずが入ったらどうするの？」とあきれていたが、食べずに薬を作るとわたしが倒れるとわかってからは怒られなくなった。必要なことだと認識されたのである。

「空腹になったときにいつでも食べられるよう、部屋には常にお菓子を置いておくようにしますね。ですが、寝る前はちゃんと歯磨きをしてください。わかりましたね？」

「はい！」

幼い子供に言い聞かせるようにベティーナさんがいう。

……ベッドの中でもぐもぐお菓子を食べていたのを発見されてから、ベティーナさんは「食べたら歯磨き！」とお小言を言うようになったのだ。虫歯くらい聖女の力で治せるのだが、そういう問題ではないという。

言うことを聞かなくてお菓子を取り上げられたらいやなので、わたしは基本的にベティーナさんの言うことにも従う。

こうして、ひょんなことから、捨てられ聖女だったわたしは公爵家の客人として迎え入れられることになった。

閑話　子犬聖女（SIDEベティーナ）

Hungry saint meets the duke (eat♪)

リヒャルト様が、子犬ならぬ聖女様を拾った。

「ベティーナさんベティーナさん！」

リヒャルト様のヴァイアーライヒ公爵家で侍女をしていると挨拶したすぐあとから、人懐っこい子犬……ではなく聖女スカーレット様は、ベティーナの名前を呼んでちょこちょこと後をついてくるようになった。

リヒャルト様が、「困ったことがあればベティーナを頼れ」と言ったからであろう。

ついでに、スカーレット様のための衣服やお菓子も買うようにと指示を出されたため、余計に懐かれたのかもしれない。

「スカーレット様、先に下着やドレスを買いますよ。お菓子はあとです」

さすがに女性ものの服や下着を買うのでリヒャルト様には宿で待ってもらっている。

スカーレット様を連れて、彼女を拾った場所から近い町を歩けば、世間慣れしていない彼女はきょろきょろと視線を左右に動かしながらベティーナのすぐ隣にぺったりとくっついてついてくる。

「ベティーナさん、あっちにパンを揚げているお店がありました！」

「ベニエですね」

「ベニエ!!　お砂糖がたくさんかかってて美味しそうです!!」

ぱあっと金色の瞳を輝かせたスカーレット様が、ベニエを売っている店に顔を向ける。

その、おやつを前にした子犬さながらのきらきらとした目に、ベティーナはうっと小さく唸った。

食べたい、とその表情に書いてある。

「スカーレット様、先ほども言いましたが、先に下着とドレスを買いに行きますよ」

「……はい」

心なしか声がしょんぼりしている。

ものすごく心が痛むが、口の周りに砂糖をつけて服を買いに行くわけにはいかないので心を鬼にするしかあるまい。ベニエは粉砂糖がたくさんまぶしてあるので、食べていると砂糖が口の周りにつくしぽろぽろとこぼれるのだ。

（それにしても、さっき昼食を食べたばかりなのに、どこに入るのかしら？）

スカーレット様はよく食べる。

それはもう、大の男の何倍もの量を食べるのだ。

そして異常なほどに燃費が悪い。

リヒャルト様がスカーレット様を拾った昨日。

昼食と夕食の間の間食を用意しなかったら、夕食前にスカーレット様が倒れたのだ。

リヒャルト様もベティーナも、護衛騎士も使用人たちも真っ青になって慌てたが、ただ空腹で動けなくなっただけだと聞いてあきれたものである。

昼にあれだけ食べたのに、夕食までもたないなんて、いくらなんでも燃費が悪すぎる。

そのため、リヒャルト様は馬車で移動中にスカーレット様が倒れないように、道中で食べるおやつを買うようにベティーナに命じたのだ。衣服を買った後で、それらも買いに行かなくてはならない。

（ベニエは時間が経つと美味しくないからできれば焼き菓子がいいんだけど……）

すでにあとで食べる気満々の様子のスカーレット様に、ダメだとは言えない。

幸い、好きに使えとリヒャルト様からはまとまったお金を渡されているので、休憩がてらベニエを食べて帰るくらいはかまわないだろう。

早くベニエが食べたいのか、ちらちらと店のある方を振り返りながらついてくるスカーレット様を連れて、町で一番大きな仕立て屋に向かった。大きいとはいえ、公爵領や王都にある仕立て屋と比べるとかなり小さいが、道中のスカーレット様の衣服を用意するのには問題なかろう。時間がないので既製品になるけれど、本人はいたって気にしていない様子であるし。

仕立て屋に入ると、見本のドレスがずらりと並んでいる。

スカーレット様は店の中をぐるりと見渡して、そして、ベティーナのコートの袖をきゅっと摑んだ。

「ベティーナさんベティーナさん、お腹が苦しいのは、ちょっと……」

「ええ、旦那様から伺っております。コルセット不要のゆったりしたものがよろしいんですよね？」

着替えがないのでドレスを買うと宣言したリヒャルト様に、スカーレット様が、コルセットをつけたら思うように食事が取れなくて倒れると主張したらしい。リヒャルト様から微苦笑交じりに、腹回りのゆったりしたものを買ってやれと指示を受けていた。

ほっとした顔でこくこくと頷くスカーレット様を連れて、店主の元へ向かう。

コルセット不要で、かつお腹回りがゆったりしているAラインのワンピースやドレスを出してもらうと、ベティーナはその中で気になったものを次々と手に取っていく。

「スカーレット様、ここに立っていただけますか。あとで試着していただきますが、まずは雰囲気を……」

言いながら、スカーレット様にドレスを当てていく。

リボンがたくさん使われているもの、レースでふりふりしているもの、ピンクやイエローやグリーン、ブルー……。どうしよう、全部似合うから迷ってしまう。

「スカーレット様、試着しましょう。ええ、実際に着てみないと、わかりませんもの！」

無性にスカーレット様を着せ替えたくなって、ベティーナは店主に試着室を用意するように言うと、気になったドレスを十着ほど運ばせた。それからコートと、ブーツと、ティペットも用意させる。

そして、すぐに後悔した。

試着させたらさせたで、余計に選べなくなってしまったからだ。

「スカーレット様、くるりと一周回ってくださいませ」

ベティーナが言うと、スカーレット様は素直にくるりとその場で回転してくれる。

幾重にも生地を重ねたスカートがふわりと広がって、たまらなく可愛い。

「ベティーナさん、これ、全然苦しくないです！」

「胸の下で切り返しになっていますからね。では……」

今着ているものは買うとして、あとは……、と用意された十着を眺めて、ううむと唸った。どれも捨てがたい。そしてどれもスカーレット様は「苦しくない」と言っていた。

（リヒャルト様は、好きなだけ使えとおっしゃっていたわよね？）

預かったお金を確認し、ベティーナは少し悩んだ後で決めた。

（よし、全部買いましょう）

だって、似合っているのだもの。

全部可愛いのだから、全部買うべきだろう、そうに違いない。

ついでにブーツもコートもティペットも全部購入することにして、店主にドレスに合わせて下着類も用意してもらう。

抱えて帰れないので店主に宿まで配送を頼んで、試着で少々疲れた顔をしているスカーレット様を連れて店を出た。

約束通りベニエのお店に連れていくと、口の周りに砂糖をたくさんつけながら、スカーレット様が夢中でベニエにかぶりつく。

その様子は、やっぱり子犬に見える。

（リヒャルト様が聖女様を拾ったときはびっくりしたけど、こんなに可愛いのだから仕方がないわ）

スカーレット様は小さな女の子ではなく、適齢期の女性なのだけど――なんでこんなに可愛いのだろう。

「ベティーナさん、こっちはベリーで、こっちはなんでしょう？　美味しいっ」

「そちらは、中にキウイのジャムが入っているものですよ」

「キウイ！　生のものは食べたことがあります！　酸っぱいやつですね！」

キウイにも甘いものはあるのだが、神殿で出されていたキウイは酸っぱかったらしい。

（今は時期じゃないけど、来年は甘いキウイを用意してあげたら喜ぶかしら？）

領地に戻ったら、料理人のフリッツに伝えておこう。同じ年頃の娘がいるフリッツは、スカーレット様ともすぐに打ち解けるはずだ。

（……それにしても、本当に可愛い）

リヒャルト様はスカーレット様をどうするつもりだろうか。

とりあえず見捨てて置けなかったので保護したのだろうと思うけれど、スカーレット様を娶るつもりはあるだろうか。そうなれば、ずっと一緒にいられるのに。

「ベティーナさん、ベニエ、神さ――じゃなくて、リヒャルト様にお土産で買って帰りますか？」

美味しいからお土産を買って帰ろうと言うスカーレット様がたまらなく愛おしい。

「リヒャルト様はあまり甘いものは召し上がりませんから、お気持ちだけで大丈夫だと思いますよ。それより、あまり遅くなると心配なさると思いますから、ほどほどのところで日持ちのするお菓子を買いに行きましょう」

「わかりました！」

口の周りを砂糖で白くさせたスカーレット様がにこにこと笑う。

無邪気なその笑顔を見つめながら、ベティーナはポーカーフェイスを保ったまま、心の中でこう思った。

（こんなに可愛いスカーレット様を追い出した神殿なんて滅べばいいのに）

二、聖女の出汁は何の味?

Hungry saint meets the duke (eat♪)

「お腹すいたぁ〜」

わたしは、わたし自身のつぶやきと、ぐうと鳴ったお腹の虫で目を覚ました。

寝る前にお腹いっぱいご飯を食べても、朝になるとぐったりするほどお腹が減っている。

わたしは大きなベッドの上をごろごろと転がって、ベッドサイドの棚に手を伸ばした。

ベッドサイドの棚の上には美味しそうな焼き菓子が置かれている。

マドレーヌを一つ取って、わたしはベッドに寝ころんだままそれにかぶりついた。

もぐもぐもぐ、おいしぃ。

神殿にいたときも朝起きたらお腹が極限まですいていたけれど、さすがにこんなに贅沢なお菓子なんて食べられなかった。夕食のときにこっそりともらっておいたパンを口にするか、それもないときは飴を口に入れるかのどちらかだ。

聖女は無償奉仕のためお金はもらえないが、聖女にお世話になった人が神殿にお菓子などを差し入れしてくれることがあって、その多くは日持ちのする飴だった。

そうした飴は近くの孤児院に渡されるのだが、聖女たちにも分配があって、ダイエット中の聖女仲間はお菓子をもらうとわたしに回してくれていたのだ。

おかげで、わたしの部屋には飴の入った瓶がいくつも置いてあって、ご飯やおやつが手に入らないときは飴を食べてやり過ごしていた。

……でも、飴だとお腹は満たされないんだよね。

その点、ご飯の神様ことリヒャルト様は、常にお腹をすかせているわたしのためにお菓子を与えてくれる。

ベッドサイドの棚に置いてあるマドレーヌは定期的に邸を訪問する商人から購入してくれたものだ。

ほかにも、料理長のフリッツさんが作ってくれたお菓子もある。

フリッツさんはわたしが口に入れるお菓子は全部作ってくれると言ったけれど、まだわたしの食欲の底なしさを充分に理解できていない。そのため、フリッツさんが作ってくれるお菓子では足りないので、ベティーナさんが商人から買っておいてくれるのだ。

フリッツさんは「早くスカーレット様の『適量』を覚えて見せますよ！」と白い歯を見せて爽やかに言ってくれたので、きっとそのうち、わたしのとっても大きな食欲も満足するくらいのご飯やお菓子が提供されるに違いない。

……フリッツさん、ありがとう！　そして神様、とってもありがとう！

わたしの食事の量に合わせていたら食費が大変なことになるんだろうなと思うけど、リヒャルト様は嫌な顔一つしない。

ここは、感謝の意をしめすためにも頑張ってお薬を作らなくては!

聖女は薬学にも精通している。

というのも、怪我や病がひどい場合、薬と併用して聖女の力を使うことがあるからだ。

だから聖女は、癒しの力の使い方を学ぶとともに薬学の知識も叩き込まれる。

六歳から神殿で聖女になるべく励んでいたわたしも、例外ではないのだ。

……聖女の薬は、普通の薬師が作る薬よりよく効くって人気なのよね!

薬師は、薬草などを煮たりすりつぶしたりして必要な成分を抽出して薬を作るのだけど、聖女の作り方はそれとは違う。

聖女の力と薬草とを組み合わせて薬を作るから、効き目が段違いなのだそうだ。

……でも、その分、聖女の薬は値段が高いらしいのよね。

聖女は無償奉仕が基本だが、神殿は貴族たちの寄付だけで運営しているわけではない。寄付だけだと運営が厳しいらしいのだ。だから、聖女が作った薬を売ったりもしていて、これが高く売れると聞いたことがあった。

だから薬をたくさん作ってたくさん儲かると、神父様が行商人を呼んでくれることがあった。

聖女たちは行商人が持って来た中から好きなものがもらえる。支払いは、薬の儲けの中から神父様たちがしてくれた。

聖女仲間たちは綺麗な髪飾りとか服とかを選んでいたけれど、わたしはたいてい食べ物ばかりで、行商人が来たときはこれ幸いと日持ちしそうなお菓子を大量にいただいた。

年頃の女の子なんだから、美容にも気を使わないとダメよ〜なんて聖女仲間に言われたけれど、化粧品も髪飾りも服も食べられないもんね。わたしは食べられるものがいい。

薬の儲けが大きければ行商人を呼んでもらえると覚えたわたしは、暇さえあれば、せっせと薬作りに励んでいたから、薬を作ることには慣れている。

ベティーナさんにお願いして、商人から薬草を仕入れてもらった。ついでに種も仕入れてもらって、リヒャルト様にお庭の一部をお借りして薬草を育てることにした。

神殿の裏には薬草園があって、商人からでは手に入らない日持ちしない薬草も育てていたと言うと、リヒャルト様が苦笑しつつ育てていいと言ってくれたのだ。

だからわたしの日課は、薬作りと、庭で薬草を育てることと、そしてリヒャルト様の手配した教師とお勉強をすることである。

教師の方はベティーナさんの予想通りサリー夫人という六十歳前後のグレーの髪のご婦人だった。

彼女は家令であるアルムさんのお母様で、リヒャルト様が王子としてお城で暮らしていたころに教育係の一人を務めていた方だそうだ。

リヒャルト様がわたしのことを詳しく説明したようで、お勉強の最中にもお菓子を食べていいことになっている。

お菓子をもりもり食べるわたしを、サリー夫人は最初こそ「それだけのお菓子がいったいどこに入るんですか？」と奇異なものを見る目で見ていたけれど、今ではすっかり慣れたようだ。

サリー夫人はお邸から馬車で三十分ほどのところにある町で娘夫婦と一緒に暮らしているけれど、

最近では、手土産にお手製のお菓子を持ってきてくれるようになった。これがまた、とっても美味しい。フリッツさんのお菓子とは違った、家庭的な優しい味がする。

わたしが「リンゴのカップケーキが美味しかったです!」と言うと、また焼いてきましょうね、なんて言ってくれるのだ。

とってもいい人である!


ベッドの上でマドレーヌを三つ食べて、わたしはのそのそと動き出す。

まだお腹はすいているけれど、マドレーヌを食べたことで飢餓状態からは脱した。

ベッドから降りて、水差しの水をコップに注いでくぴっと飲むと、天蓋からぶら下がっているレースのカーテンの外に出る。

暖炉に火が入っていたので、わたしが寝ている間にメイドさんか誰かが火をつけてくれたのだろう。

パチパチと爆ぜる炎に温められた部屋の中はぽかぽかと暖かい。

絨毯の上でごろごろしたらダメと言われたので、ソファの上にごろんと寝そべる。これまたふっかふかで気持ちがいい。

……は～、幸せ～。

改めて、いいところに拾ってもらえたなあと思う。

神殿の中は常に寒かった。特に冬は凍えるような冷たさだ。

神殿にも暖炉はあったが、それは人が大勢集まるところ――例えばダイニングとか、礼拝堂とか、あとは神父さんたちの仕事部屋とかにしかなかった。

なので、冬は聖女仲間とダイニングに集まって、そこで過ごすことが多かったが、さすがに寝るときはダイニングで寝るわけにもいかず、厚着してベッドの中で震えながら眠りについていた。

それが、ここではそうではない。

寝る直前まで暖炉で温められていた部屋はぽかぽかと暖かく、お布団もふかふかの羽毛布団なので、夜中になっても寒くない。

そして朝はこうして起きる前に暖炉に火を入れてくれるので、震えながら着替えをすることもない。


……ずっとここにいられたらいいのに。

リヒャルト様はわたしの扱いに悩んでいるようだった。

客人であるわたしを永遠に置いておくことはできないが、かといって、わたしがあまりに常識知らずで燃費が悪すぎるために外に放り出すこともできないという。

最初はわたしを誰かに娶《めあわ》せようと考えていたようだけど、すぐさま非常識なわたしでは貴族の奥様は務まらないと考え直したそうだ。

けれども平民に嫁がせるには、よほどのお金持ちでない限り、わたしの食費問題があって無理だという。わたしだって、ひもじい思いはしたくない。

……ご迷惑をおかけして本当にすみません!

だから、しばらくはリヒャルト様が面倒を見てくれることになった。

拾ってしまったのだから面倒を見るのは当たり前だというリヒャルト様は、大変義理堅い性格をしていらっしゃる。

ちなみに「しょーかん」というところで働くのはなしだそうだ。

もう二度とその言葉を口にしてはいけないと、リヒャルト様がちょっと怖い顔で言ったので、きっとあまりよろしくない言葉なのだと思う。最初はリヒャルト様が言ったのに、変なの。

……さてと、いつまでもごろごろしてないで着替えないとね!

暖炉の前は気持ちがいいので、ここで二度寝がしたくなるが、二度寝して朝ごはんが食べられなかったら大変である。フリッツさんの作るご飯はとっても美味しくて、三食(ついでに間食も)わたしはとっても楽しみにしているのだ。

……今日のご飯は、なにかな~。

それを想像するだけで、スキップしたくなるくらいに楽しくなる。

「スカーレット様、起きていらっしゃったのですね」

クローゼットを開けて、ずらっと並ぶドレスの中から、今日はどれを着ようかしらと悩んでいると、ベティーナさんがやって来た。

「おはようございます、ベティーナさん」

「おはようございます。いつも申しますが、もう少し寝ていてもいいのですよ?」

神殿暮らしだったわたしは早起きが身についている。加えて、お腹が極限まですくと目が覚めるため、ベティーナさんがわたしの支度を手伝いに来るより先に目を覚ましていることが多い。

「お腹がすいたので……」

答えると、ベティーナさんが苦笑した。

「どうすればその燃費の悪さが改善するのでしょうか。いえ、たくさん食べることが悪いと言っているわけではないのですが、ゆっくりお休みになれないのは問題かと。せめて空腹で目を覚ますことがない程度には改善できればいいですね」

「どうやったら改善するのか、わからないです」

「そうですね……。わたくしにも名案は浮かびませんので、おいおい旦那様にご相談してみましょう。何か名案を思い付いてくださるかもしれません」

リヒャルト様は公爵様で王弟でもあるので、いろんなところにツテがあるらしい。

そのツテを使えば、もしかしたら改善策が見つかるかもしれないとベティーナさんは言う。

ベティーナさんはわたしの隣にやって来て、クローゼットの中から暖かそうなレモン色のドレスを出した。

「今日はこちらになさいませんか？　今日は特別冷えるので、こちらであれば首元も詰まっていますし、暖かいと思います」

ドレス選びに苦戦していたわたしは二つ返事で了承した。

おしゃれよりも食い気のわたしにはドレス選びは荷が重い。正直、お腹を締め付けなければ何でもいいと思ってしまう。

ちなみに、クローゼットに入っているドレスはすべてコルセットを必要としないものだ。ご飯をたくさん食べるとぽっこりお腹になるわたしは、コルセットが身につけられない。身につけたらご飯が食べられなくなるからだ。

優しいリヒャルト様とベティーナさんはそれを考慮して、すべてお腹を締め付けないタイプのドレスを買ってくれた。

ドレスに着替えて支度をすませると、ベティーナさんとともにダイニングへ向かう。

ダイニングにはすでにリヒャルト様がいらっしゃって、コーヒーを飲みながら新聞を読んでいた。新聞を読んだりお仕事をするときだけ眼鏡をかけるリヒャルト様が、銀縁の眼鏡を置いて顔を上げる。

……ちょっと難しい顔をなさっていたけど、何かあったのかしら？

リヒャルト様の対面がわたしの定位置だ。

リヒャルト様が新聞をたたんで脇に置くと、すぐさま朝食を乗せたワゴンを押して使用人たちが入って来る。

「よく寝られたか？」

大きなダイニングテーブルの上に、大量のご飯が並べられていく。

そのほとんどがわたし用だ。

「はい！　よく眠れました！」

「そうか。寒かったら言ってくれ。布団を新調するなり、温石をベッドに入れるなり方法を考える」

「寒くないですよ。とってもぽかぽかです」

「それならいい」

ふっと、リヒャルト様が柔らかい笑みを口元に乗せる。

……神様の微笑み！　神々しい!!

食事が運ばれてきたところで、リヒャルト様が食事前のお祈りをされる。

神殿でいつもしていたことなので、お祈りはわたしにもわかるから指を組んで一緒にお祈りした。

食事は逃げないからゆっくり食べていいと言われているので、わたしはもう口いっぱいにご飯を詰め込むようなことはしない。

リヒャルト様も、わたしの食事に合わせてゆっくりと食べてくれる。

「いやあ、スカーレット様は本当にいい食べっぷりだ。作り甲斐があるってものです」

食事が足りているかどうか様子を見に来た料理長のフリッツさんが、顎を撫でながら笑う。

「もぐもぐ、フリッツさん、今日もとってもおいしいです！　いつもありがとうございます！」

口にものを入れてしゃべってはいけないと教えられたので、わたしは口の中のものを飲み込んでからフリッツさんにお礼を言う。

今日の朝ごはんは、半熟でふわふわのスクランブルエッグに、ベーコンをカリッと焼いたやつ。

じゃがいものポタージュに、ほんのり甘いパンケーキ。それから彩り豊かなサラダである。

……しかも、何回お代わりしても怒られない!!

わたしの食べる速度を見ながらフリッツさんやメイドさんたちがお代わりを用意してくれるのだ。

最初から一度にどーんと出さないのは、冷めたら美味しくないからだと言う。

……フリッツさんもメイドさんたちも、優しい!!

美味しいご飯はフリッツさんという素晴らしい料理人がいるからこそである。感謝しなくては。

「いやあ、スカーレット様は可愛いなあ。ねえ、旦那様」

「いくら可愛くてもお前はもう四十二だ。年を考えろ」

「そういう意味で言ってるんじゃないですよ。それに俺は妻子持ちです」

「そう言えばそうだったな」

「……忘れていたんですか」

がっくり、とフリッツさんがうなだれる。

フリッツさんには美人な奥さんと可愛い娘さんがいるらしい。だが、その可愛い娘さんは、七歳の時に水疱瘡にかかったそうで、その時の痕が体に残ってしまったそうだ。現在十五歳のお年頃である娘さんはその痕をとっても憂いているんだって。

……そうだよね。女の子は小さな跡でも気になるよね。聖女仲間たちも、ニキビとかシミとかそばかすとかに敏感だったもんね〜。

わたしはどういうわけか、ニキビとかシミとかそばかすとは無縁で生きてきたので気になったことはないし、たぶんニキビができてもあまり気にしなかった気もするけど、「普通の女の子」は違うらしい。聖女仲間はよく「スカーレットは普通じゃない」と言っていたので、わたし基準で考えてはダメだろう。

ふむふむとフリッツさんとリヒャルト様が話すのを聞いていたわたしは、口の中の食べ物をごっくんしてから口を開く。

「水疱瘡にかかった時に、聖女に治療してもらわなかったんですか？」

すると、フリッツさんとリヒャルト様の二人が二人とも驚いたような顔をした。

「スカーレット様、聖女様は平民の治療をされることはほとんどありませんよ」

「え？」

「聖女の数が減っているせいもあり、聖女の力は貴族優先で使われている。……正直思うところもあるが、神殿が貴族優先で対応しているんだ。寄付の問題もあるのだろう。だから、よほどの金を積まない限り平民は相手にされない」

「そうなんですか!?」

「むしろ聖女だったお前が何故知らない」

「えっと……」

わたしは神殿での生活を思い出した。

聖女であるわたしたちは、神殿からほとんど出なかった。

聖女に癒してもらうことを希望する患者は、ベッドに寝たきりだとか、神殿まで足を運ぶ元気がないとか、特別な理由がない限り患者の方から神殿に来る。

神殿に来られない患者の治療にあたる際は聖女がその家に向かうこともあったが、燃費の悪いわたしにその役が回ってきたことはない。場所によっては往復に何日もかかるため、わたしが外食すると高くつくからだ。

わたしたち聖女は、神官に呼ばれて患者の治療にあたるが、思い出してみる限り、わたしが担当した患者は皆、身なりのいい人たちばかりだった。

……なるほど。

深く考えていなかったけど、治療希望者の選り分けが神殿で行われていたのだろう。貴族か、そうでなければお金持ちが優先されていたのだ。

「考えたことなかったですが、思い出してみるとそうかもしれません」

「まあ、聖女が患者を選ぶわけではないからな。ただ、普通は気が付くと思うが。スカーレットは食事以外のことには本当に興味がないな」

「俺もダメもとで神殿にお願いしたんですよ。でも断られました。せめて薬だけでもと、何とか金をかき集めて聖女様が作った薬を買いましたがね。水疱瘡が悪化するのは防げましたが、痕までは……」

当時、フリッツさんは王都で菓子職人をしていて、リヒャルト様の専属料理人ではなかった。ただの菓子職人にはツテがなくどうすることもできなかったという。

「命にかかわる問題ではないにはないんですが、女の子なんで、可哀想なことをしたなって思いますよ」

わたしはちょっと考える。

傷や病気を治すことはできるが、聖女の力でずいぶん前についた傷跡を消すことはできるのだろうか。試したことがないからわからない。

……でも、試したことがないだけで、できないわけではない気がするんだけどな～。

わたしが考え込んでいると、フリッツさんが慌てたように首を横に振った。

「スカーレット様が思い悩むことではありませんよ！　平民にはそれが普通なんです！　どうぞお気になさらず」

「患者の選り分けは神殿が行っていることでスカーレットは関係ない。気に病むな」

リヒャルト様にも言われて、わたしはとりあえずこくんと頷いた。神様の言うことは絶対。……う～ん、でも、気にするなと言われてもこれは難しいかもしれない。

……だけど、娘さんをわたしが診たところで、古い傷跡を治せるかどうかの確証はないし。

期待させて治せなかったら、娘さんは傷つくかもしれない。

どうするのが正解だろうか。

神殿では神官たちに言われるままに力を使っていたため、わたしは考えることが苦手だ。

考えても、正解がわからない。

……むぅーん……。

「スカーレット、手が止まっているぞ」

「あ、はい！」

いつのまにか食べるのをやめていたようで、指摘されたわたしは食事を再開した。

わたしの食事が終わらなければ、リヒャルト様はいつまでも席を立てない。義理堅い彼は、いつもわたしがご飯を食べ終わるのを待ってくれるのだ。

もぐもぐもぐもぐ……、わたしはどうしたらいい？

ご飯を食べながらずっと考えてみたけれど、やっぱり、正解はわからなかった。

☆
「サリー夫人、貴族って、どうして偉いんですか？」

数日、ずっとフリッツさんの娘さんのことを考えていたわたしは、思い切ってサリー夫人に訊ねてみた。

貴族が優遇されて平民が満足に聖女の治療を受けられないのは何故なのか。

お金の問題もあるのだろうが、どうしても納得いかなかった。

するとサリー夫人はとっても困った顔をして頬に手を当てる。

……は！　サリー夫人も、男爵夫人だった！

サリー夫人の旦那様は男爵だが、貴族でも、子爵とか男爵はほとんど領地を持たないらしい。

せいぜい高位貴族の領地の、町の一つとか、一部の地域とかの管理を任されるくらいで、子爵領、男爵領と名乗れるような領地を持っているのは、本当にごく一部なのだそうだ。

なんでも、昔武勲を立てたかなにかして封土してもらった人だけだという。

そのため、サリー夫人の夫である男爵様も土地を持たない貴族だ。

王都に小さな邸を構えていて、お城で働いているサリー夫人の夫は王都に住んでいる。

ただ、サリー夫人の娘さんがここヴァイアーライヒ公爵領で役人をしている男爵様に嫁いで、去年子供が生まれたため、しばらく娘さんの産んだ子の面倒を見るためにこちらにいるそうだった。

娘さんはすでに三人の息子さんがいて、去年生まれた女の子が四人目のため、娘さんと少ない使用人では手が回らなくて大変だからだという。

……わたし、貴族のご婦人相手になんてことを！

大変失礼な質問をしてしまったと理解してわたしは青くなったけれど、サリー夫人は困った顔をしたまま、「なかなか難しい質問です」と言った。

「貴族は、国が国であるために重要な仕事をしています。そのため、特権階級……ええっと、国によって、一定の地位と権力が約束されているのです。でも、偉い、というのとは少し違うと思います」

よくわからない。

わたしが首をひねると、サリー夫人はますます困ったようだった。

「貴族は平民より優遇される立場です。国がそれを認めています。けれど、身分が約束されているから、人間は偉くなるわけではありません。……それを勘違いしている方は、大勢いらっしゃいま

すけどね」

「つまり？」

「貴族は貴族であるための義務を求められます。その義務を怠れば、貴族の身分を剝奪されることもあります。最近では義務を怠ったからと言ってすぐに身分を奪われるようなことはありませんが、相応の罰金などが科せられる場合があります」

「ええっと？」

「貴族は貴族だからではなく、貴族の義務を果たして、はじめてその権力が約束されるのです。わたくしはそう思っております。そのため、貴族が偉いのではなく、その義務を正しく果たされている方が偉いのです」

「……ふむふむ」

「わかっていませんね。では言い換えましょう。リヒャルト様は、大変偉い方です」

それはわかったので、わたしは大きく頷いた。

……だって、わたしのご飯の神様だからね！

行き倒れていたわたしを拾って食事と住む場所を与えてくれた優しくてとっても偉い人だ。

リヒャルト様が偉くなかったら、きっとこの世界の誰も偉くない！

「リヒャルト様が偉いのは、リヒャルト様が貴族の義務をきちんと果たしていらっしゃるからです。さらに、そのお人柄もあります」

うんうん、とわたしは頷く。

「リヒャルト様は公爵様で、王弟殿下でもいらっしゃるので、彼に課せられる義務は大変重たいものです。けれどもリヒャルト様はその義務を怠ったことはございません」

義務が何なのかはわからないが、リヒャルト様が素晴らしいというお話なのはわかったので、わたしは首振り人形のように首を縦に振り続ける。

「リヒャルト様がいなくなると、国が大変なことになります。そのため、リヒャルト様は平民よりも、そして他の貴族たちよりも優遇されています」

「わかりました!」

なるほど、それならよくわかる。

「ただ、勘違いしてはならないのが、貴族が優遇されるからと言って、平民が冷遇されてはならないということです。平民がいなくなっても、やはり国は立ち行かないのですよ」

また難しい話に戻って来た。

サリー夫人は微笑んで「少し難しかったですね」と言う。

聖女として世の中のことに疎い生活を送っていたわたしがサリー夫人の言うことを本当の意味で理解するには、まだまだ時間がかかるようだ。

「ところで、突然そのような質問をなさったのは何故ですか?」

大体いつもサリー夫人の言うことを聞いて頷いているだけのわたしが、唐突に質問をしたことに、サリー夫人は疑問を持ったようだ。

わたしがフリッツさんの娘さんが水疱瘡の治療を受けられなかった話をすると、サリー夫人はさつきよりも困った顔をした。

「そうですか。……そうですね。それはもっと難しい問題でしょうね」

「そうなんですか？」

「ええ。……わたくしは、聖女様のお力は貴賤問わずに使われるべきものだと、常々思っております。しかし、聖女様の数が減り、一日に使えるお力にも上限があるため、神殿は、寄付金で聖女様にお診せする患者を決めているのです。貴族が優遇されているというよりは、寄付金額で選り分けられているのですよ。現に、多額の寄付ができない下級貴族は後回しにされる傾向にあるようです」

なんと、貴族の中でも優劣が決められていたらしい。

「聖女様は、一日に一度しか癒しのお力を使えないのですから、どうしても、患者に優劣をつけざるを得ないのですよ」

……うん？

ほうほう、と頷きかけたわたしはそこで首をひねった。

「聖女は一日に一度しか癒しの力が使えないんですか？」

「そう聞いておりますが、違うのですか？」

「……んー？」

確かに、思い出す限り癒しの力を求められるのは一日に一度だった。

それ以外はせっせと薬作りをしていたのだ。

……でも、一日に一度しか使えないなんてことは、ないよね？

お仕事で聖女の力を使ったあとで、わたしは個人的な理由で癒しの力を使ったことがある。

神殿の裏庭に住み着いていた猫が怪我をしていたからだ。

怪我をした野良猫はほかの野生動物に狙われやすくなるので、わたしは可愛がっていたその猫のために癒しの力を使った。

ほかにも、神殿の下働きをしているおじさんやおばさんが怪我をしているのを見つけたら癒してあげていた。

だから、一日に一度ということはないはずだ。

「ほかの聖女がどうかはわかりませんが、たぶん、一日に一度ということはないと思います。少なくともわたしは一日に何度でも使えたはずです」

「そうなのですか？」

「はい」

わたしが首肯すると、サリー夫人が愕然として目を見開いた。

「それは……知りませんでした。もしかしたら、聖女様が無理をしないように、神殿側が決めたことかもしれませんね」

「なるほど？」

だが、暇があったら薬を作れと言っていた神官たちが、そのような気づかいをするだろうか。

まあ、無理はさせないようにはしていたと思うけれど、普通に薬は作らされていた。

……薬が、儲かるからかしら？

聖女の仕事は無償奉仕。けれども聖女が作った薬は神殿の運営費にするために販売されていた。そして聖女の力を、お金持ち限定にして寄付をもらっていたのであれば——あれ？　聖女の無償奉仕の精神はどこにいったのかしら？

聖女は確かにお金をもらっていないけれど、実際に治療を受けた人が寄付という名でお金を払っていたのなら、それはもう無償奉仕じゃないよね？

……だめだ。わたしの常識知らずの頭ではチンプンカンプンだよ。

正解が知りたくても、よくわからずに頭の中がぐるぐるしているわたしでは、サリー夫人に的確な質問ができない気がした。

よし、今度リヒャルト様に訊いてみよう。リヒャルト様はいつもわたしのとりとめのない話を聞いてくれるので、わけのわからない話をしても要点を理解してくれるかもしれない。

ひとまず、リヒャルト様のような貴族が偉いというのはわかったので、今日のところはそれでいい。

わたしの頭は一度にたくさんの知識を詰め込むことに向かないのだ。

いろいろ考えてお腹がすいたわたしは、机の上に置いてあるクッキーに手を伸ばす。

今日のクッキーはラズベリージャムが挟んであって、甘酸っぱくてとっても美味しい！　何枚でも……それこそ百枚だって千枚だって食べられるお味だ。

もしゃもしゃと夢中になってクッキーを食べていると、コンコンと部屋の扉を叩く音がした。

部屋の中にいたベティーナさんが扉を開けてくれると、そこに怖い顔をしたリヒャルト様が――

「スカーレット、君はいったい、何をした」

もぐもぐもぐごっくん、とクッキーを飲み込んだ後で、

「ほえ？」

わたしは、間抜けな返事をした。


「リヒャルト様、何かあったのですか？」

そう訊ねたのはサリー夫人だ。

リヒャルト様は険しい顔のまま部屋に入ってくると、わたしの前に仁王立ちになる。

「聖女の力を惜しげもなく使うな。倒れたらどうする！」

「ほえ？」

わたしはまた間抜けな返事をした。

聖女の力を使うな？

倒れたらどうする？

……倒れるどころか、リヒャルト様に拾われてからわたしはすこぶる快調ですけど？

だって、神殿にいた時と違って毎日お腹いっぱいご飯が食べられるのだ。

強いて言えば朝起きたときはお腹がすいているけど、すぐそばにおやつが置いてあるので飢餓状

態で倒れることはないのである。

わたしが理解していないことがわかったのだろう、リヒャルト様が額に手を当てて嘆息した。

「いったい何人に聖女の力を使った」

「えっと、これまでにですか？　数えたことないのでわかりませんが……」

わたしは六歳で神殿に引き取られ、十二歳で聖女デビューした。それから神殿を放り出されるまでの四年間で癒した人の数はたくさんいるけど、何人かと聞かれると数えていないので困る。

……一年で三百五十人くらい診たと計算して……うん、細かい数字はわからないけど、軽く千人は超えているよね？

すると、リヒャルト様が頭が痛そうにこめかみを指先でぐりぐりする。

「そんなにか……」

「ええっと、だって、四年間聖女だったので……」

「四年の経験があっても、いくら何でも無茶しすぎだろう」

「無茶ってほどじゃないと思いますよ？　お仕事では一日に一人でしたし」

まあ、わたしがこっそり癒していた人を入れると、その限りではないのだが。

リヒャルト様はわたしの言葉を聞くと、ぐっと眉を寄せる。

「一日に一人なはずがないだろう。君をこの邸に住まわせて二週間が経ったが、私が把握している限り三十人はいるぞ！」

わたしがリヒャルト様の邸に滞在している期間と、これまで癒してきた人の数には関係があるのだろうか。

うーんと首をひねっていると、サリー夫人が見かねて口を挟んだ。

「リヒャルト様。おそらくですが、お話がかみ合っていません」

「……そうなのか？」

「もう少し詳しくご説明された方がいいと思います」

うーんうーんと考え込んでいるわたしを見て、リヒャルト様はサリー夫人の判断が正しいと理解したらしい。

はあ、と息を吐き出して、言いなおす。

「スカーレット。君がこの邸に来て二週間が経ったが、その間に、君は何人の人間の治癒を行った？」

わたしはこてんと首を傾げた。

「ここに来てからですか？　誰も治癒していませんよ」

どうやらわたしのこの答えはリヒャルト様のお気に召さなかったらしい。怒った顔で片方の眉を跳ね上げる。

「怒らないから正直に言いなさい」

すでに怒った顔で言われても、信用できない。

でも神様の言葉は絶対なので、わたしはもう一度言う。

「誰も治癒していません」

「そんなはずはないだろう?」

するとおずおずとベティーナさんが話に入って来た。

「旦那様。わたくしは一日の大半をスカーレット様と共にすごしておりますが、スカーレット様が癒しの力を使ったところを一度も見ておりません」

「そんなはずは……」

「リヒャルト様。何があったのか、詳しくお聞かせくださいませ。スカーレット様が癒しの力を使ったと思われる出来事があったのでしょう?」

サリー夫人に促されて、リヒャルト様は「それもそうか」と頷く。

そして話し出そうとしたとき、わたしのお腹の虫がくうと鳴った。

リヒャルト様が苦笑して、クッキーを食べていいと言ったので、もぐもぐしながらお話を聞くことにする。

「私が違和感を覚えたのは、この邸の使用人たちの怪我が癒えていることに気が付いたからだ。例えばキッチンメイドは二日前に腕にやけどを負って包帯を巻いていた。庭師は十日前に木の枝から落ちて足首を骨折していた。それなのに、キッチンメイドの火傷も庭師の骨折も治っている。普通ではあり得ない治癒の早さだ」

確かに、治るにしては早すぎる。

もぐもぐしながらこくこくと頷くと、「わかっているのか?」と軽く睨まれた。だが、睨まれてもわたしが何かした記憶はない。

「疑問を持った私は、アルムに使用人たちを調べさせた。すると、新しい傷から古い傷、傷の大小に関係なく癒えている使用人とその家族が三十人ばかり見つかった。どう考えてもおかしい。……最初は君が作った薬の効果かと思ったが、アルムに聞くと、君が作った薬を使用人に渡していないと聞いた。薬はすべて、別室にて管理していて、一本たりとも欠けがない」

「え、せっかく作ったんだから売るなり使うなりしてください！」

「……聖女の薬は、神殿を通さずに販売するのが難しいんだ」

……そうなの!?

じゃあ、わたしは無意味に薬を作り続けていたってこと!?

わたしがショックを受けると、リヒャルト様がぽりぽりと頭をかきながら付け加えた。

「そのうち、兄上――国王陛下を通して活用方法を考えるつもりではいる。君の厚意を無駄にするようなことはしないので、そこは安心しなさい。聖女が作った薬は貴重だ。とても助かるよ」

わたしはホッと息を吐き出した。とりあえず迷惑にはなっていないらしい。

「とにかく、使用人の怪我が癒えたのは薬の影響ではなかった。では、君が癒しの力を使ったとしか考えられない」

「ほかに聖女がいらっしゃるんじゃないですか？」

「この邸にか？　いるはずがない。……本当に心当たりはないのか？」

わたしは本当に心当たりがないので、こっくりと頷く。

「嘘をついていないな？　聖女の力は使いすぎるととても疲れるという。君が無茶な力の使い方をしていないのか心配なんだ。誤魔化したりしないでくれ」

「使ってませんし、疲れてもいません」

「……そうか」

腑に落ちない顔をしながらも、リヒャルト様は首を縦に振ってくれる。

「あの」

ベティーナさんが、顎に手を当てて考え込みながら口を開いた。

「……一つ、気になることがあります。もしかしたらの話ですが」

「なんだ、言ってみろ」

少しでも手掛かりがほしいのか、リヒャルト様がベティーナさんに続きを促す。

ベティーナさんはちらりと浴室の扉に視線を向けて、言った。

「浴室に張った湯は、メイドが浴室を掃除する際に、配管を通して外の下水に流されます。ですが、最近掃除に来るメイドは、何故か配管を通して流すのではなく、バケツに残り湯を汲んで持ち去るのです。すべてではないのですが、毎回バケツに一杯か二杯持って行くので、不思議には思っていたのですが……」

「確かに妙だな。そのメイドに訊いてみるか」

手掛かりがほかにないので、リヒャルト様は残り湯がどこに運ばれていくのかを確かめることにしたらしい。

……ベティーナさんもリヒャルト様も不思議がってるけど、お風呂のお湯でしょ？　たぶん畑とか花壇に撒くんじゃないかな～？

もしくは洗濯に再利用とか？

全然不思議でも何でもない気がするのにな～と思っていたら、リヒャルト様がわたしに申し訳なさそうな顔を向けた。

「スカーレット、疑って悪かったな。あとでフリッツに言ってケーキを運ばせよう」

「ケーキ!!」

ぱあっと瞳を輝かせると、リヒャルト様が小さく笑ってからぽんとわたしの頭に手を置く。

「それから、あと三十分もしたら昼食だ。クッキーを食べすぎると入らなくなるぞ。……いや、君に限ってその心配はないか」

ものすごい勢いで減っていくわたしの手元のクッキーに、「本当に、どこに入るんだろう」とリヒャルト様は呟いてから、部屋を出て行った。

☆

リヒャルト様がわたしが癒しの力を使ったのではないかと疑った件については、次の日にある意味解決し、ある意味新しい謎をもたらした。

わたしはリヒャルト様に呼ばれてダイニングにいる。

二時間前にお昼ご飯を食べたのだけれど、燃費の悪いわたしのお腹は空腹を訴えていて、くうと鳴ったお腹の虫の音を聞いたリヒャルト様がケーキと紅茶をくれた。

フリッツさんお手製のクリームたっぷりのイチゴのケーキだ。

イチゴは本来であれば時期ではないのだが、裏庭にある温室で栽培しているものがあって、そちらのイチゴがちょうど熟しはじめているそうである。

ケーキを持ってきてくれた時に、しばらくはイチゴが食べられますよ、とフリッツさんが親指を立ててくれたので、わたしもにこにこで親指を立てておいた。

「食べながらでいいから聞いてくれ」

わたしの目がイチゴのケーキに釘付けになっているので、リヒャルト様が苦笑しながら言う。

食べていいとゴーサインを頂いたので、わたしはフォークを握りしめた。

ちなみにわたしの目の前にはイチゴのケーキが五切れもある。リヒャルト様の前にもケーキが一切れ出されたのだが、すっとわたしの目の前にお皿ごと押し出してくれた。これで六切れ。幸せ！

頬張りすぎて口の周りにクリームがつかないように気を付けながら、わたしは夢中でケーキを口に入れる。

スポンジがふわふわしっとりで、真っ白なクリームはとっても濃厚。その中に感じるイチゴの甘酸っぱさがたまらない。これは無限に食べられるやつだ。

……クリーム、イチゴ、クリーム、イチゴ～。

イチゴも贅沢にたくさん使ってあるので、どこを食べてもイチゴがある。

イチゴはそのまま食べても美味しいけれど、わたしは絶対に生クリームとセットが一番おいしいと思う。イチゴと甘い生クリームの組み合わせは最強だ。

「スカーレット、これを見てくれ」

うまうまとケーキに舌鼓を打っているわたしの目の前に水の入った木桶が置かれた。

見ろと言われたから見たけれど、これが何かはわたしにはわからない。

ケーキのてっぺんに乗っている、まるっと一粒の、真っ赤な宝石のようなイチゴを口に入れて、もぐもぐしながら首をひねった。

「ほれ……もぐもぐもぐ」

口の中に食べ物があるときは喋ってはいけないというリヒャルト様の教えを思い出してイチゴを飲みこむと、わたしは言いなおす。

「それ、なんですか？」

「君が湯を使ったときの残り湯だ」

「ほえ!?」

わたしの口から変な声が出た。

なぜわたしがお風呂を使ったときの残り湯がここにあるのだろう。

綺麗に体を洗ってからバスタブに入っているとはいえ、さすがに自分が使ったお風呂のお湯がリヒャルト様の目の前にあるのは、なんというかちょっと恥ずかしい。

「ベティーナが言っていただろう？　君が使った風呂の湯を使用人たちが持ち出しているようだ、と」

そう言えば昨日そんなことを言われた気がする。

わたしは「きっと花壇の水やりに使ってるのね～」くらいにしか思っていなかったが、残り湯に何か問題があったのだろうか。

「メイドを問い詰めてみたところ、どうやら使用人たちの怪我の治癒はこの残り湯が関係していると言うことがわかった」

「どういうことですか？」

「この残り湯には、傷を治す力があるようだ」

「ひゃい!?」

わたしの口からまた変な声が出た。

思わずわたしの側に立っているベティーナさんを見ると、大きく頷いている。

「最初に気づいたのは、バスタブの掃除に来たメイドだそうです。この時期になると、どうしても水を使う仕事をしているメイドは手が荒れてくるものなのですが、スカーレット様のお部屋のバスタブを掃除しているときに、ひどく荒れていた手が綺麗になったと言っています。それで、もしかしたら聖女であるスカーレット様の使った残り湯には治癒の力がこもっているのではないかと推測し、メイド仲間たちに試させたらしいです。結果、大小関係なく、全員の傷が治癒しました」

「ええ!?」

そんなことははじめて聞いた。

「聖女ってそんな力があるんですか!?」

「いや、それについては私も不思議に思っている。聖女と呼ばれる癒し手は、はるか昔から存在しているのだ。聖女の使った風呂の水に癒しの効果があるということが真実だとすれば、今まで誰も知らなかったのはおかしい」

その通りである。

なので、わたしは言った。

「気のせいではないですか？」

「気のせいではないんだ。私も半信半疑だったため、先ほど試してみた」

言いながら、リヒャルト様は左手を掲げて見せる。

「先ほど、この手のひらをナイフで傷つけ、この残り湯の中に手を入れてみた。どうだ。綺麗に治っているだろう？」

「ナイフで傷つけた!?　どうしてそんな痛いことをするんですか!?」

「問題はそこではない。脱線するな」

いやいや、脱線するでしょうよ！

自分で自分を傷つけるなんて怖いことがよくできるものだ。

想像するだけでふるりと震えてしまう。

「聖女の使った湯に癒しの効果があるのかどうかまでははっきりとはしない。だが少なくとも、スカーレット、君が使った残り湯には癒しの効果があることがわかった。理由が明確になるまでこのことは外部には漏らさないつもりだが、これは大発見だ」

リヒャルト様がとっても嬉しそうに言う。

それは、リヒャルト様の言う通り大発見かもしれないが、なんか嫌だ。

……残り湯ってことはつまりわたしの出し汁ってことでしょう？　そんなものをありがたがられるなんて……。

「君の使った残り湯にどれだけの力があるのか、しばらく検証してみたい」

検証ときたよ！

いやです。嫌ですよ！　わたしの出し汁の検証なんてしてほしくないです。

わたしはぷるぷると首を横に振ったが、わたしのご飯の神様は無慈悲だった。

「スカーレット、これはすごいことなんだ」

「で、でも……」

「メイドたちによると、古い傷跡にも効果が見られたらしい。これまでの常識から考えて、聖女の癒しの力は古い傷跡を消し去ることはできないはずだった。だが、君が使ったあとの風呂の残り湯には、傷跡を薄くする効果が見られている。これは実に素晴らしい発見だ。どこまでの効果があるのか試してみたい」

……リヒャルト様が、なんか生き生きしていらっしゃいますよ。

リヒャルト様は、こうした実験ごとが好きなのだろうか？

そう思わざるを得ないほど、輝かんばかりの笑顔である。実験する気満々だ。

……うぅ。神様の言うことは絶対だけど、これは頷きたくない。

ほかの実験ならいざ知らず、わたしの出し汁実験とか……、いくら色気より食い気のわたしでも、それはとっても恥ずかしいですよ！

羞恥で涙目になりかけたわたしに、部屋の隅で黙って成り行きを見守っていたフリッツさんがおずおずと手を上げる。

「旦那様……」

「なんだ」

「もし、スカーレット様の風呂の残り湯の実験をなさるのでしたら、その、うちの娘も対象に入れてはもらえないでしょうか？」

フリッツさんの娘さんは、幼いころにかかった水疱瘡の痕を気にしているらしい。

だからフリッツさんが娘さんを検証の対象に上げたいのはわかったけれど……うぅ、ということは、わたしの味方は、誰一人としていないってことね。

ベティーナさんはあまり表情には出さないけど、リヒャルト様の味方っぽいし、アルムさんも他の使用人さんたちも当然主人であるリヒャルト様の肩を持つ。

頼みの綱はわたしに甘いフリッツさんだったけど、フリッツさんまで食いついたらもう止められない。

わたしとしても、フリッツさんから話を聞いてから娘さんの痕のことは気になっていたので、何とかしてあげたい気持ちはあるんだけど。

……いやでも、それなら癒しの力を使った方がいいよ！　むしろ使わせてほしいよ！　わたしの出し汁実験なんて考え直してほしい！

だが、わたしの無言の主張を聞き入れてくれる人なんて誰もいない。

そして多大なるご恩のあるご飯の神様のお願いは、わたしも強く拒否できない。

「私としては検証対象が増えるのは歓迎だ。スカーレットもそれでいいな？」

男の人は、ちょっと恥じらいが足りないと思いますっ。

わたしはかくっとうなだれると、最後の抵抗とばかりに長く長く沈黙してから、了承した。

「…………………はい」

三、検証とデート

Hungry saint meets the duke (eat♪)

リヒャルト様は、なかなかに細かい性格をしていらっしゃる。

研究者気質と言い換えることもできるかもしれない。

「いいか、今日の入浴時間は十五分だ」

「……ひゃい」

「ベティーナに時間を計ってもらうから、時間になったら出てくるように」

「……ひゃい」

わたしがしょぼーんとしているのがわかったのか、リヒャルト様がこほんと咳ばらいを一つして、最後にこう付け加えた。

「あとで褒美でフリッツの新作ケーキを出してやる」

「頑張ります!!」

ああ、ケーキであっさりご機嫌取りされるわたし、悲しい。でも抗えない。

リヒャルト様は、使用人を中心にわたしの出し汁……もとい、残り湯を使用して、傷の治り具合を検証している。

同時に、わたしの入浴時間によってその効果に差が出るのかどうかも調べたいらしい。

フリッツさんの娘さん（フリーデさんっていうんだって！）には、わたしの使ったあとのお風呂に入ってもらうことにしたそうで、今度お邸に連れてくると言っていた。

水疱瘡の痕がどのくらい薄くなるのか実験するそうだ。これにはフリーデさん本人もかなり乗り気らしい。

……まあ、百歩譲って同性ならね、いいんですよ。神殿でも聖女仲間たちと一緒にお風呂に入っていたし。

神殿では、お風呂で傷が治っただなんだと騒ぎにならなかったが、考えてみたらわたしたちは聖女専用の大浴場を使っていた。

女子力の高い聖女仲間たちは、小さな傷でもあろうものなら自分で治すので、お風呂に入るときに怪我をしている人なんて誰一人としていない。そりゃあ誰も気づかないはずだわ。

聖女専用の大浴場を掃除していた下働きのおばさんやおじさんが気づいていたかどうかはわからないけれど、騒ぎになっていなかったのだから、知られていない気もする。

大浴場のお風呂は外の元栓を開けると使用済みのお湯が下水道に流れていく仕組みだったから、下働きのおばさんたちが残り湯に触れていない可能性もあった。本当に、聖女の使ったお湯に傷を治す効果があったとしても、それに触れなければわからなかっただろう。

ただ、考えることが苦手なわたしがいくら考えたところで答えは出てこないから、検証するなんて難しいお仕事はリヒャルト様に任せることにした。むしろわたしは恥ずかしすぎて心を無にしたい気持ちである。

なんだっけ。

心頭滅却すれば火もまた涼し？

意味はよくわからないけど、頭の中をからっぽにすれば恥ずかしくなくなるよってことでいいのかしら。

ということで、わたしは余計なことを考えずに、頭の中をからっぽにすることに徹する。

……ケーキ、ケーキ、これが終わったら新作ケーキ……って、は！　これは頭の中をからっぽにするんじゃなくて、煩悩でいっぱいにするだわ！

でも、気がまぎれそうだしまあいいか。

わたしはこの後にもらえるという新作ケーキのことだけを考えてお風呂に入った。

ケーキケーキと、自作のケーキの歌を歌っていると、ベティーナさんが「お時間ですよ」と呼びに来る。

十五分経ったみたいだ。

お風呂から出てナイトウェアの上にガウンを羽織って隣の部屋に向かうと、約束通りケーキが置いてあった。

「夕食のあとですし、就寝前ですから一切れだけですよ」

ベティーナさんが言うけれど、一切れでも構いません。新作ケーキ！

今日の新作ケーキは、レモンのケーキだった。

真っ白な生クリームでデコレーションされた上に、レモンの鮮やかな黄色が映える。

このレモンは砂糖漬けされているので、食べても酸っぱすぎて口がきゅーってなることはないらしい。この砂糖漬けも、フリッツさんのお手製だという。フリッツさんすごい！

……スポンジケーキの間にはレモンのムースが挟んであるんだって！

わたしがルンルンとソファに座ると、ベティーナさんがハーブティーを入れてくれる。

フォークを握り締めたわたしの目の前で、メイドさんたちが慌ただしく動き出した。残り湯を運ぶらしい。

……お湯を運ぶのって結構重労働だよね。ワゴンもあるけど、水をくむのって大変だし。

わたしの精神的ダメージを慮って、お湯を運ぶ仕事はリヒャルト様が女性の使用人に命じてくれたそうだ。申し訳なく思っていると、メイドさんの一人がにこりと微笑む。

「スカーレット様のおかげで、ほら！　手がこんなに綺麗になりました。ここにあったシミも薄くなったし、手の甲の皺もなくなったんですよ！」

皺まで!?

どうやらわたしの残り湯を運ぶ作業はメイドさんの中でも熾烈な争奪戦を制した人たちに与えられる仕事になりつつあるらしい。

残り湯をくみ出す際にどうしても湯に触れるからだそうだ。

「……スカーレット様の残り湯で化粧水を作ったら売れそうですね」

「ベティーナさん、怖いことを言わないでください！」

ただでさえ恥ずかしいのに、わたしの出し汁が売りに出された日には地面に大きな穴を掘って埋まりたくなってしまう。

メイドさんによると、さすがにシミや皺は、すぐには消えなかったそうだ。だが、継続的に残り湯に触れているとだんだんとシミや皺が薄くなっていくという。

シミや皺にも効果があるとわかったからだろうか。邸の使用人の女性は全員、リヒャルト様の検証実験に名乗りを上げたそうだ。

リヒャルト様はシミや皺よりも傷で試したいらしいが、残り湯はたくさんあるので、ついでにそちらの検証もしてみることにしたんだって。

データが増える分には困らないとかなんとか言って……。

……リヒャルト様が困らなくても、わたしは恥ずかしくて困るんだけどね。がっくり。

わたしの残り湯の検証実験が終わったら、他の聖女ではどうなのかも検証したいと言っていたが、こんな恥ずかしい実験に協力してくれる聖女はいるのだろうか。

……リヒャルト様は顔が広いみたいだから、結婚して神殿から出た聖女にもツテがあるみたいだけど……。

ちなみに、この検証が終わったらどうなるのかなんて考えたくない。

わたしの出し汁に効果があるのはなんとなく理解できたので、その効果のほどを確認した後リヒャルト様が何を言い出すのかは、想像に難くないからだ。

……どうか、わたしの出し汁が傷薬として売りに出されませんように。

金銭のやり取りがなくても嫌だ。

実験と検証が終わったら、その事実ごと封印してほしい。間違っても実用化されたりしませんように!!

どんよりした気分になったわたしは、ケーキをパクリと食べてふにゃりと頬を緩める。

軽いクリームの口当たりに、レモンの爽やかな香りがふわーっと口いっぱいに広がる。

……ああ、ケーキがもらえれば、羞恥も我慢できるかもとか一瞬でも思っちゃったわたし、残念すぎる。

☆

「やはり古い傷跡が完全に消えることはなかったか。だが、多少なりとも跡が薄くなっただけでも大発見だな」

リヒャルト様が大満足な顔で自ら採取したデータを眺めていらっしゃる。

午後のおやつタイムに、ダイニングでもぐもぐとシュークリームを食べていたわたしは、そろそろ実験をやめる気になってくれたかな～と期待のまなざしを向けてみた。

ちなみにこのシュークリーム。

フリッツさんはシュークリームのバリエーションをたくさんお持ちのようで、毎回微妙に味や食感が変わる。

今日のシュークリームは外のシュー生地がクッキーみたいにサクッとしていて、中のクリームはふわっとしていた。クリームはカスタードクリームと生クリームを混ぜ合わせているそうだ。そのクリームの比率も、シュー生地によって毎回変えるという。

……フリッツさんのお菓子作りへの探求心がすごすぎる！

おかげでわたしはとってもとっても幸せだ。

フリッツさんも、わたしの食欲が底なしなのは知っているので、新作を作るたびに味見させてくれる。

「スカーレット様がいくらでも食べてくださるので助かりますよ！」なんてフリッツさんは言っていたけれど、嬉しいのはわたしの方だ。なんなら、わたしは一日中フリッツさんのお菓子の実験にお付き合いしてもいい。

……というか、お風呂実験よりむしろお菓子の実験に関わりたい。いつでもウェルカムである。

わたしはもぐもぐしながら、リヒャルト様の口から「実験は終わりだ」の一言が出るのを待っていたのだけど、残念ながら神は無情だった。

「まだデータが足りないな」

……これだけ集めてまだ足りないと!?

傷が治る。

傷跡やシミが薄くなる。

皺が改善する。

この三つの事実がわかっただけで充分じゃないですかね!?

……ベティーナさーん!

わたしは助けを求めて、わたしの側に立っていたベティーナさんを振り仰いだ。

だけど、にっこりと微笑まれるだけだった。ベティーナさんもこの実験に賛成派のようだ。

「シミや皺が改善するなんてすばらしいですね。どんな高級化粧水よりもスカーレット様のお風呂の残り湯の方が優れています」

なーんて、ベティーナさんが言い出したけど、そんなこと言われても嬉しくないよ。

……もういいや。シュークリームに癒されよう。

リヒャルト様の実験のお話はわたしの精神衛生的によろしくないので、わたしはおやつに集中することにした。

しばらく無心でシュークリームを食べ続けていると、フリッツさんがお代わりのシュークリームを持ってダイニングにやって来る。

「ああ、フリッツ。娘……フリーデだったか。水疱瘡の痕はどうなった?」

ちょうどいいと言わんばかりに、リヒャルト様がフリッツさんに訊ねた。

フリーデさんは、わたしが使ったあとのお風呂に入りに一度この邸を訪れている。

わたしより一つ年下のフリーデさんは、茶色い髪に青緑色の瞳の可愛らしい感じの女の子だった。

やたらと恐縮した様子でわたしの使用済みのお風呂に入っていたけど、むしろ申し訳ないのはわたしの方だったんだよね。いくら実験のためとはいえ、使用済みのお風呂を使わせるのは、なんだかな～って。

……でも、本人が望んでリヒャルト様の実験に加わりたいと言うのだから、わたしからやめた方がいいなんて言えないし。

初対面の人間が使ったあとのお風呂に入るとか、嫌じゃないのかな～と不安に思いつつも、わたしはフリーデさんがお風呂から上がるのを待ったのだった。

その結果。

フリーデさんの全身にぽつぽつと残っていた水疱瘡の痕が、入浴前に比べて薄くなったという。

わたしの目には僅差にしか見えなかったけれど、長年水疱瘡の痕に悩んでいたフリーデさんはその僅差でも飛び上がるほどに驚いたそうだ。

さすがに毎日入浴しに来てもらうわけにもいかなかったので、それ以降はフリッツさんがわたしの出し汁……残り湯をバケツに一杯ほど持ち帰って、それを体に塗ったりしていたらしい。

フリッツさんはわたしの前にお代わりのシュークリームが載ったお皿を置きながら、困ったような笑みを浮かべた。

「さすがに完全には消えませんでしたね。ある一定の薄さまで痕が薄くなった後は、どれだけ使おうとも変わりませんでした。あれが限界だったのでしょう」

「そうか。古い傷跡は、やはり完全には消えないのだな……」

「そのようですね。……あ、でも、娘も俺も妻も、痕が薄くなっただけでも本当に嬉しかったので、スカーレット様には感謝しかありません！」

うーん、わたし、何もしてないよ？

わたしの出し汁実験を思いついたのはリヒャルト様だし、わたしはただお風呂に入っているだけだ。

まあ、恥ずかしいのを我慢する、という苦行は強いられているが、わたしに感謝するのは違うと思う。本当に何もしていないもんね。

……でもそっか、完全には消えなかったのね。

わたしは小さな傷一つで大騒ぎをする美容大好きな聖女仲間たちを思い出した。

一ミリの怪我で騒ぐんだから、世の中の女の子にとって傷とか傷跡というのは、死活問題と言っても過言ではないほどの大きな問題なのだろう。

……やっぱり、何とかしてあげたいな。

水疱瘡の痕にそれ以上の変化が見られないのであれば、わたしの出し汁の効果はそこが限界値のはずだ。

リヒャルト様は、聖女の力では古い傷跡を消すのは不可能だって言っていたけど、それは本当なのかしら？

少なくともわたしは、いまだかつて「傷跡」を対象に聖女の力を使ったことがないのよね。

新しい傷と傷跡の、何が違うと言うのだろう。

「むぐぐぅ……もぐもぐもぐ……、あのー」

シュークリームにかぶりついたまま何かを言いかけたわたしは、「食べているときは喋っちゃダメ！」という教訓を思い出して急いで口の中のそれを飲み込んだ。

食べることに夢中になっていたわたしが発言したからか、リヒャルト様が不思議そうな顔をしている。

「どうした？　まだシュークリームが足りないか？」

……違いますよっ！　いえ、もらえるならまだ頂きたいですけど、シュークリームのお代わりを要求したかったわけではないんです。

フリッツさんまで「お代わり持ってきますね」なんて部屋を出て行こうとしたので、わたしは慌てて呼び止める。

「違います、フリーデさんの水疱瘡の痕のことですけど！」

「うん？」

「せっかくだし、癒しの力がどこまで有効なのかも、試してみたらどうかな～って思うんですけど、ダメなんでしょうか？」

フリッツさんもフリーデさんも喜んでいると言うけど、わたしの出し汁実験がはじまった段階で、きっと多少なりとも水疱瘡の痕が完全に消えることを期待したはずだ。

薄くなって嬉しいのは嘘ではないのかもしれないけど、完全に消えなかったのにはがっかりしたんじゃないかな？

もちろん、癒しの力で傷跡を治せる保証はないけど、試してみるだけ試してみればいいと思う。

わたしとしても、出し汁実験継続よりも癒しの力を使った方がいいよ！

すると、リヒャルト様とフリッツさんがそろって目を見張った。

「い、いやしかし、聖女の力は古い傷跡には有効でないはずだ」

「やってみないとわかんないかもしれないですよ。だって、お風呂のお湯で傷跡が薄くなったんでしょう？」

「そう言われればそうかもしれないが……、フリッツ、どう思う？　私としてはスカーレットがいいならやってみる価値はあると思う。だが、期待させて無理だったとなると、フリーデが傷つくかもしれない」

そうだよね。重要なのはそこなのよ。

フリーデさんが傷つくような結果になるのはわたしも避けたいところだった。

フリーデさんがダメで元々、くらいの軽い気持ちで受けてくれるならいいけど……、ずっと気にしていた痕だから、さすがにそこまで軽い気持ちでは臨めないだろう。

できることならって、縋りたくなるよね。

フリッツさんは、顎に手を当ててちょっと考え込んでいる。

「……俺としては、スカーレット様のご温情に縋りたく思います。やっぱり、親として何とかしてやりたいですから。それで無理なら仕方のないことです。聖女様のお力を借りられるだけで、俺らとしては奇跡みたいなものですし」

「だそうだ。スカーレット、本当にいいのか？」

「わたしは全然かまいませんよ！」

だってわたしは聖女だから。

聖女なのに、ただ美味しくご飯を食べているだけで働かないのは、ダメだよね？

「わかった。ではフリッツ、フリーデに聞いてみてくれ」

フリッツさんは満面の笑みで「はい！」と大きな返事をした。

☆

二日後、フリッツさんがフリーデさんを連れてヴァイアーライヒ公爵邸にやってきた。

フリーデさんがここに来るのは、前回お風呂に入りに来た時と今日で二回目だそうだ。

お父さんの雇い主のお邸を訪問するのはとても緊張するのだろう。

わたしはリヒャルト様と一緒にフリーデさんを玄関まで出迎えたのだけど、見た限り、フリーデさんはカチンコチンに固まっていた。

「わざわざ足を運んでもらってすまないな」

「は、はははい！」

リヒャルト様が声をかけると、フリーデさんは頬を紅潮させて、震えた声で返事をする。

……リヒャルト様が一緒にいると、フリーデさんは緊張で気絶してしまうかもしれないですよ〜？

リヒャルト様は王弟だし、公爵様だし、領主様だし、フリーデさんにとってはお父さんの雇用主である。

緊張しない方がおかしいと思うな～。

挨拶をすませたら、リヒャルト様は席を外したほうがいいんじゃないかしらと思ったんだけど、実験が大好きなリヒャルト様が引き下がるはずがなかった。

メイドさんたちの手によってサロンにティーセットが用意されていると言うのでそちらへ向かうことにしたんだけど、当たり前のようにリヒャルト様もついてくる。

……リヒャルト様、見てくださいよ。フリーデさん、緊張で手足が同時に出てますよ！

可哀想にな～と思ったけど、リヒャルト様はなまじ身分が高すぎるせいで、こういうのも見慣れていたりするのかな。あまり気にした素振りはない。

フリッツさんは、そんなフリーデさんを心配そうに見つめている。

……フリッツさんは優しいお父さんよね……って、わあ～！

サロンに入ったわたしは、テーブルの上に所狭しと置かれているお菓子に目が釘付けになった。

パンナコッタ、クッキー、ケーキ、カヌレ、フィナンシェ、シュークリームにミルフィーユ、パルミエ、クラフティ、デニッシュ各種!!

……なにここ!?　天国!?

これらのお菓子は、フリッツさんが今日のお礼にと、せっせと作ってくれたものらしい。

……フリッツさん、大好き!!

あまりの量の多さに、リヒャルト様はちょっぴりあきれているようだ。

緊張してカチンコチンに固まっていたフリーデさんも、並ぶお菓子の量にぽかんとしている。

ふらふら～っとお菓子に吸い寄せられたわたしのあとをリヒャルト様が追って来る。

わたしの隣にリヒャルト様、対面のソファにフリッツさんとフリーデさんが並んで座った。

……お菓子、食べたいな食べたいな。でも、なんか二人とも深刻そうな顔をしているし、食べるのは気が引けるな。

メイドさんたちがお茶を入れ終わると一礼して下がっていく。

なんとなくまだお菓子に手を伸ばしたらダメな気がしたので、わたしはお茶に手を伸ばした。

フリッツさんが膝の上で手をにぎにぎしながら不安そうにわたしとフリーデさんを交互に見る。

「スカーレット様、この娘の傷痕は、綺麗に治るんでしょうか？　いえ、もちろん、事情はわかってはいるのですが……」

その声に、わたしはハッとする。

……お菓子食べたいとか考えている場合じゃなかった！

わたしはちょっと反省しつつ、フリッツさんになんて答えようか考える。

フリッツさんは、聖女の力で傷跡が綺麗に治るか治らないかはわからないことを知っている。

知っていて訊ねたってことは、訊ねずにはいられなかったのかなって思う。

お父さんとしては、やっぱり期待しちゃうよね。

フリッツさんはフリーデさんが水疱瘡にかかったときに、聖女に診せることができなかったのを悔やんでいるのだ。

フリーデさんが水疱瘡にかかったのは、フリッツさんがリヒャルト様の元で働く前のことだった。

フリッツさんは腕のいいお菓子職人だったので、リヒャルト様ほど高位貴族でなくとも、望めば貴族の邸で働くこともできたそうだ。

それをせずに、王都で自分の店を持つことを優先したフリッツさんは、自分のその決断を悔やんでいると聞いた。

もし、王都で店を持つのにこだわらず、どこか貴族の邸で働いていたら、神殿に口利きしてもらえたかもしれないのにと考えてしまうらしい。

だから、できることならフリーデさんの水疱瘡の痕を治してあげたいと強く思っているのだ。

でも、その質問にわたしはとっても困ってしまった。

だって、「綺麗」レベルがわからない!!

……むむむ……、綺麗、綺麗……綺麗か〜、う〜ん、綺麗レベルがわからないなあ。とりあえずつるつるのぺかぺかにしたら綺麗になるのかしら？　このパンナコッタみたいに。

わたしはローテーブルの上のパンナコッタを見た。

ぷるんぷるんと揺れるパンナコッタを見てしまったからだろうか、わたしの中の食欲がぐわわわわっと膨れ上がった。

ああっ、早くこのお菓子を全部いただきたい！

そのためには、早くフリーデさんの水疱瘡の痕をなんとかしないといけないのに、綺麗レベルがわからない〜!!

「スカーレット、まず前提としてだが、『聖女』は傷を癒すことはできても、古い傷跡を消し去ることはできない。私はそう聞いているが、違うのか？」

……う～ん……。

リヒャルト様のその質問に対する答えは一つだけだ。

やってみないと、わからない。

……でも、できる気がするんだよね～。

ということで、実行あるのみ！

どのくらいの力を使うと傷跡に有効なのかがわからなかったので、わたしは全力で当たることにした。

「パンナコッタ～、つるつる～、パンナコッタ～、つるつる～！」

とイメージを膨らませてから、大きく息を吸い込んで、気合を入れる。

「えいやぁ！」

途端、わたしの手から金色の光が溢れた。

☆

「パンナコッタ～、つるつる～、パンナコッタ～、つるつる～！」

「スカーレット、その妙な呪文は……」

スカーレットが、突然意味不明な呪文を唱えだした。

(パンナコッタ、つるつる、ってなんだ!?)

ついそれに突っ込んでしまったのだが集中している彼女から答えはなく、「えいやぁ!」と掛け声を上げたスカーレットの手から、金色の光が溢れ出す。

その光は、スカーレットが握っているフリーデの手を通して彼女に伝わっていく。

フリッツがスカーレットの光が伝染し淡く輝き始めたフリーデにひゅっと息を呑んでいた。

(なんだ……いったい、何が起こっている?)

リヒャルトは立場上、聖女が力を使う光景は幾度も目にしている。

だがしかし、いまだかつて聖女自らが金色の輝きを纏ったのを目にしたことがない。

聖女が癒しの力を使うとき、ほんのりだがその手は白く光って見える。

その輝きはいうなれば、月の輝きのように淡いものだ。

けれども、今現在スカーレットの手のひらから発せられる輝きは、まるで真夏の太陽のように強い光を放っていた。

その光に目を奪われていると、はじまった時と同じく唐突に光が消えてハッとする。

「これでどうですか? つるつるぴかぴか!」

スカーレットの楽しそうな声に、フリーデの顔にあった痛々しい水疱瘡の痕がきれいさっぱり消え去っていることに気がついた。

(待て。待ってくれ)

リヒャルトは、人生ではじめて思考回路が凍り付く感覚を味わった。

フリーデの、水疱瘡の痕が、きれいさっぱり消えている。

それどころか、こめかみのあたりにあったニキビや、頬のそばかすもなくなり、肌の色も明るくなっている気がした。

フリッツも茫然と娘を見つめたまま凍り付いている。

あちらもリヒャルト同様、思考回路が凍結してしまったのだろう。

この場でにこにこと能天気に笑っているのは、スカーレットただ一人だけだ。

リヒャルトもフリッツもフリーデも、そして部屋にいたメイドたちもベティーナさえも、誰もが固唾をのんで一瞬前に起きた異常事態に混乱していた。

(古い傷跡は、聖女の力では消せない)

これが、常識だったはずである。

実際に、古い傷を癒そうとした聖女を、リヒャルトは知っていた。

果敢にも、何度も何度も挑戦し、悔し涙を流しながら、それこそ何年も諦めきれずに癒しの力を使い続けた聖女がいる。

彼女は決して、力の弱い聖女ではなかった。

その彼女がどれだけ努力しようとも、何十回、何百回と繰り返そうとも、古い傷を癒すことはできなかったのだ。

その常識が、目の前でいともあっさり覆されてしまった。

（彼女は、いったい……）

今目の前で起こったことが現実ならば、現時点でリヒャルトは三つの仮説が立てられる。

一つ、聖女の力では本来古い傷跡も癒せるが、神殿側が秘匿していて、癒せないということにしていた。

二つ、聖女の力で古い傷跡を癒せるが、聖女たちの多くはそのやり方を知らなかった。

そして三つ。――スカーレットが、特別な「聖女」である、だ。

この仮説のうち、一つ目の仮説は高い確率で選択肢の中から消去できる。

リヒャルトの知り合いがあれほど必死に古い傷を癒そうとして効果が得られなかったのだ。秘匿しているという考えは腑に落ちない。

となると、残る可能性は二つ目と三つ目だが――さて、どちらがリヒャルトの心臓に優しいだろうか。

二つ目の選択肢が真実だったとしよう。この場合、何故スカーレットはそのやり方を知っていたのかという疑問が生まれる。

同時に、多くの聖女が知らなかったことをスカーレットが知っていたとした場合、特別な知識を持つスカーレットを、いくら燃費が悪いとはいえ神殿が追い出すだろうかという問いも生まれるのだ。

では三つ目はどうだろう。

正直、この選択肢がリヒャルトの心臓に一番悪い。

スカーレットが特別な聖女である場合、彼女にはリヒャルトの常識は何も通用しないと言うことになる。いったい何が出てくるかわからないびっくり箱のようであり、もし、その事実が周囲に知られたら、彼女は間違いなく狙われるだろう。

何故なら三つ目の選択肢が正解だと考えた場合、神殿は彼女の特異性に気が付いていなかっただろうことになるのだ。

そうでなければ手放すまい。

ゆえに、目の前で起こった現象が、彼女特有のものであり、そして誰にもまねできないものであった場合、この秘密は公にしてはならない重大事項となるのだ。

(……あー、でも、気づいてしまったぞ)

先ほどの三つの可能性のうち、リヒャルトの考えでは三つ目の可能性が最も高いのだ。

つまり今後は、三つ目の仮説が正しいのか正しくないのかを調査しなければならない。

そして、正しかったならばスカーレットをどのように保護するか、その扱いにも慎重にならなければならなかった。

(まずは、あの風呂の残り湯の現象がほかの聖女でも見られるのかを検証しなくてははじまらないな……。ほかの聖女でも見られることを切に願うが……さて、どうなるだろうか)

リヒャルトは頭が痛くなってきたが、リヒャルトに頭痛を覚えさせた本人は相変わらずにこにこしていて、「お腹すいたー」と言いながらお菓子をもりもりと口に突っ込んでいた。

よほど空腹なのか、左右の頬がリスのように膨らんでいる。

（頭が痛いが、ひとまず……、まあ、よかったと言うべきか）

ちらりとフリッツを見たら、娘を抱きしめて静かに泣いていた。

フリーデも父親にしがみついて泣いている。

長年あの家族を苦しめていた問題は、今この瞬間に消え去ったのだ。

「ありがとうございます、ありがとうございます、スカーレット様!!」

フリッツが娘を抱きしめたままスカーレットに何度も何度も礼を言う。

しかし、礼を言われたスカーレットは、何故礼を言われたのかわからないとばかりにきょとんと金色の目を丸くしていて、変わらぬ笑みで頓珍漢な返しをした。

「フリッツさんも、こんなにおいしいお菓子をたくさんありがとうございます!!」

幸せ～と笑うスカーレットに、リヒャルトは我慢できなくなって噴き出してしまった。

☆

フリーデさんの水疱瘡の痕を癒してから、リヒャルト様の実験が輪をかけて細かくなった。

その実験に延々と付き合わされて、わたしがぐったりとしたある日、リヒャルト様が満足そうな顔で実験データを教えてくれた。

「入浴時間だが、五分以下だと傷薬としての効果が薄いようだな。逆に十五分以上になるとそれほど差はないように見える。まあ、大きな怪我で試したわけではないから、もしかしたら差があるのかもしれないが。……ふむ、領内の病院に協力が求められればもう少し精密なデータが取れそうだな」

「わー！　ダメですダメですよそに出さないでください！」

病院と言い出したリヒャルト様にわたしが慌てだすと、リヒャルト様は苦笑した。

「安心しろ。このデータを外に出すつもりはない」

ひとまずほっとしつつ、けれども何とかしてより詳しいデータを得ようと考えているっぽいリヒャルト様に一抹の不安を覚える。

検証をはじめて十日。

わたしの出し汁データを取っては分析してを繰り返していたリヒャルト様は、リヒャルト様なりの考察結果が得られたようだ。

加えて、なぜわたしがフリーデさんの水疱瘡の痕を癒すことができたのかという、新たな考察まではじめている。

……リヒャルト様って、頭を使うことが大好きだよね～。

わたしは基本的に難しいことは考えたくない派だ。

頭を使うと、お腹の減り具合が加速するような気がするから、できることなら一日中余計なことは考えずに美味しいものだけを食べて生きていきたい。

あ、もちろん、お仕事は別ですけどね。何もせずにご飯だけもらうのはダメだと思うし。

ちなみにだけど、フリーデさんの水疱瘡の痕が治ってから、フリーデさんはフリッツさんにとっても優しくなったらしい。ここのところ反抗期で娘が冷たかったと嘆いていたフリッツさんは、娘との仲が改善して泣いて喜んでいた。よかったよかった！

今は、フリッツさんの奥さんが、皺やシミにも効果があると聞きつけて、わたしの出し汁の検証実験に加わりたいと言い出したと聞いた。

使用人とその身内を中心に、わたしの出し汁は大好評だ。悲しい。

検証データが集まって来たので、リヒャルト様は出し汁実験を次の段階に進めるという。

つまり、他の聖女でも同じデータが得られるのか検証するそうだ。

検証に協力してくれるのは、リヒャルト様の二人目のお兄様——つまり王弟殿下の奥様らしい。

王弟殿下……現王のすぐ下の弟君のベルンハルト様は、リヒャルト様と十五歳差の三十六歳。

リヒャルト様と同じく、現王陛下が即位した際に臣下に下っていて、今はドレヴァンツ公爵を名乗っている。

その奥様であるシャルティーナ様は、元伯爵令嬢で聖女だ。

聖女は神殿で暮らすのが基本だが、例外が貴族令嬢である。

貴族出身の聖女は、神殿で癒しの力の使い方を学ぶけれど、神殿で暮らしたりはしない。そして比較的すぐに結婚が決まるため、聖女として神殿で無償奉仕をする期間はとても短い。

シャルティーナ様も、十歳でベルンハルト様と婚約し、十五歳で嫁いだそうだ。

……十五歳。貴族の結婚って早いな～。

わたしもそれほど詳しくないが、平民はだいたい男女ともに二十歳前後で結婚することが多いようだ。

貴族と違って、子供を育てられるだけの金銭的な余裕がなければなかなか結婚に踏み切らない。少なくとも男女ともに手に職を得て三年くらいたたないと結婚しようとは思わないらしい。

一緒に住む家を用意したり、子育てのための貯金をしたり、いろいろと準備に時間がかかるからである。

その点、貴族は家同士のつながりを求める、いわゆる政略結婚が主なので、特に女性は結婚できる年になるとすぐに嫁に出す傾向にあるとサリー夫人が言っていた。

だから、貴族女性の結婚適齢期は十五歳から十八歳くらいで、平民に比べるとかなり若い。

十八歳を過ぎると残りもの扱いされるので、貴族女性とその家族は必死に相手を探すらしい。貴族社会、世知辛い。

シャルティーナ様は伯爵令嬢だったが、聖女としての箔があったのと、ベルンハルト様と昔から既知の仲だったため、とんとん拍子で婚約と結婚が決まったそうだ。

リヒャルト様によると、おっとりとしていて優しい女性らしい。

……でも、義理のお姉様に自分の出し汁をよこせって言うリヒャルト様容赦ないな～。

リヒャルト様がはじめた検証実験に協力すべく、なんと、ベルンハルト様とシャルティーナ様はわざわざこちらにいらして、しばらく滞在なさるそうだ。

お二人には息子が二人いるが、子育てもひと段落して暇だからちょうどいいと言っていたとリヒャルト様は言ったけど、本当だろうか。

「義姉上でも同じデータが取れたら、いよいよ大発見だ。兄上……国王陛下に奏上して、できることなら有効活用したい。そうすればこれまで聖女の恩恵が得られなかった平民の多くに、癒しの水がいきわたるだろう」

リヒャルト様はわたしの出し汁を「癒しの水」と呼ぶことにしたようである。

まあ、残り湯とかだといまいち響きがよくないから、それは構わないんだけど、中身がわたしの出し汁であることには変わりない。

……国王陛下とか、なんか話がかなり大きくなって来たなあ。

これ、もしほかの聖女でも同じデータが得られたら、聖女仲間から恨まれるパターンではないだろうか。

だって、こぞって皆さんが聖女の出し汁をもらいに来るってことでしょう？　嫌だわそんなの。そしてわたしが元凶だと知ったら、聖女仲間はきっと怒る。不幸の手紙とか届きはじめたらどうしよう。

不安になるわたしをよそに、リヒャルト様は上機嫌である。

リヒャルト様的には世紀の大発見をしたくらいの気分なんだろう。

「癒しの水」には金貨以上の価値があるとか言ってるけど、わたしは絶対に同意したくない。

……そのうち、飲んでみようとか言い出しませんように。

そんなことになったらたぶん、わたしは羞恥で死ねる。

☆

もぐもぐもぐもぐ……。

わたしは一心不乱に口を動かしていた。

「さあさあスカーレット様、どんどんお召し上がりください！」

ダイニングテーブルの上には、所狭しとケーキが並んでいる。

その数三十五！　種類にして七種類！

これらすべて、フリッツさんのお手製ケーキだ。

「フリッツ、夕食前だぞ……」

わたしが夢中になってケーキを食べているのを、リヒャルト様は紅茶を飲みながらあきれ顔で眺めていた。

「いいんですよ！　これはせめてものお礼なんですから！」

娘さんの水疱瘡の痕が消えて、ついでに奥さんの皺やシミも消えて、家族の中でフリッツさんの株は爆上がり中らしい。

娘と妻が優しくなったと感動したフリッツさんは、以前にも増してわたしにお菓子を与えてくれるようになった。幸せ幸せ。

「スカーレット様、そっちの緑のケーキはピスタチオを使った新作ですよ！」

「新作！」

「梨のタルトもぜひお召し上がりください。自信作です！」

「自信作！」

「スカーレット、夕食が入らなくなっても…………いや、そうだった、君に限ってそれはないんだったな」

もちろんです。わたしに限って、ご飯が入らなくなるなんてことはあり得ません！

もぐもぐもぐ、あぁ、おいしぃ。

「ケーキを三十五個も食べて夕食まで五人前以上平らげるんだからな。食事の量と君の体の体積が一致しないんだが、どういうことなんだろう」

リヒャルト様が小難しいことを言い出したけど、わからないからスルーしておく。

「『癒しの水』実験が終わったら、君の検証実験もしたいところだな」

「うぐう！」

リヒャルト様が変なことを言い出したので、わたしはケーキを喉に詰まらせて慌てて水に手を伸ばした。

ごくごくごくぷはーっと勢いよく水を飲んで、口を開く。

「リヒャルト様！　いくらご飯の神様でも、乙女の秘密を暴いたらダメです！」

「つまり君には秘密があるのか。待て、ご飯の神様ってなんだ」

「秘密なんてありませんけど秘密を暴いたらダメなんです！　ご飯の神様はわたしにご飯を恵んでくれるリヒャルト様のことです！」

「妙な呼び名をつけるな。……というか、君に恥じらいがあったのは驚きだ。馬車の中でぽっこりと膨らんだ腹を自慢したくせに、今更何を言うんだか」

「自慢はしてないです！」

いくらわたしでもぽっこりお腹を自慢したりしない。

それに、それとこれとは別問題だ。何故ならわたしは、食後のぽっこりお腹が恥ずかしいとは思っていなかったのだから。「はしたない」と言われて、これははしたないものなのかとはじめて理解したくらいなのである。

……ぽっこりお腹は恥ずかしくないけど、わたしの出し汁検証は恥ずかしいし、わたし自身が検証されるのもとっても恥ずかしいからダメなんです！

「ふむ、そうか。いいデータが取れそうなんだが……」

リヒャルト様はいったいわたしの何をデータ化するつもりなのだろう。

ぷるぷると首を横に振ると、リヒャルト様は諦めたように苦笑した。

「まあいい。無理強いはすまい。見ているだけでも何か発見があるかもしれないしな」

リヒャルト様の言い方では、わたしは摩訶不思議生物のように聞こえる。

……わたし、普通の人間ですけど？　ちょっと燃費が悪いだけで。

「そう言えば明日からしばらく、サリー夫人の授業は休みだ。孫が熱を出したそうで、看病するから来られないと言っていた」

「熱ですか。冬ですし、季節性の風邪が流行っているのかもしれないですね」

「可能性はあるな。様子を見て、ひどいようなら連絡をするように言っている」

それがいいだろう。何故ならわたしは聖女である。何かあれば治してあげられるのだ。

……多少の風邪くらいなら逆に聖女の癒しの力は使わない方がいいとも言われているのよね。自己免疫機能が低下するとかなんとか、先輩聖女が言ってたもの。

だから、子供が自力で治せる風邪なら、治るのを待った方がいいのだ。

「ということで、明日からしばらく君は暇だろう？　ここに来てからずっと邸にこもりっぱなしだったし、近くの町でも案内してやろうと思うが、どうだ？」

リヒャルト様のお兄様ご夫妻は、一週間後に到着することになっている。だから、それまではリヒャルト様も「癒しの水」実験の続きができない。

「町……」

ここヴァイアーライヒ公爵領に到着する前にも、いくつかの町に立ち寄ったけれど、観光はしなかった。

そして神殿育ちのわたしは、神殿の外に出たことはほぼない。

……でも、わたしのこの燃費の悪さで外を歩いたら、すぐに倒れちゃいそうなんだけど。

ご飯を食べても二時間もすればお腹がすくような体質のわたしである。町歩きはリスクが高いのではあるまいか。

すると、リヒャルト様がニッと口端を持ち上げた。

「近くの町に、うまいチョコレートの店がある」

「行きます!!」

前言撤回。わたしに断る理由はない！

☆

次の日。

お腹を締め付けないゆったりとしたドレスに、冬の分厚いコートを羽織って、わたしはリヒャルト様とともに馬車に揺られていた。

今日のドレスは、ふわふわもこもこした白いドレスで、とても温かい。

リヒャルト様とお出かけすると言ったら、ベティーナさんが張り切って用意してくれた。

……最近気が付いたんだけど、ベティーナさんは女の子を着飾るのが好きみたい。

わたしもよく、ベティーナさんに着せ替え人形にされている。

そして、わたしを着飾っているときのベティーナさんは、とても機嫌よさそうににこにこしているのだ。

今日も、わたしの赤い髪の毛先をくるんくるんとコテで巻きながら、ベティーナさんはとっても楽しそうにしていた。

気がついたらわたしの部屋のクローゼットにドレスとかが増えているし。今日のわたしの髪をまとめている白いレースのリボンも、気がついたら増えていたものの一つだ。

おしゃれに興味がないというか、そもそもおしゃれとは何かも理解していないわたしは、基本的にベティーナさんにされるがままだ。

特に今日は「リヒャルト様とお出かけ」だからか、ベティーナさんの気合の入り方がすごかった。

お目当てのチョコレートのある店は、お邸から一番近い町にある。

一番近い町は歩いて行ける距離だが、南とはいえ本格的に冬が到来しているため外は寒い。リヒャルト様はわたしの体調を考えて、馬車を出してくれたのだ。

……これだけもこもこしたドレスなら全然寒くないし、風邪を引いても、自分で治せますけどね！　でも、気遣いがとっても嬉しいので何も言いません！

馬車に乗っていたらお菓子も食べられるし、わたしに文句はない。

わたしがお腹を空かせたときのため、馬車にはフリッツさんお手製のフィナンシェが積んである。

馬車に乗り込んでさっそくフィナンシェに手を伸ばしたわたしに、「昼食を取ったばかりだろうに」とリヒャルト様は苦笑したけど、お昼ご飯を食べ終わったのは四十分も前です。四十分が経てば、わたしのお腹の食べ物は半分以上消化されるのですよ！

それにしても、本当、リヒャルト様に拾われてからわたしは幸せの連続だ（ごはん的に）。幸せでなかった日がない（ごはん的に）。もう、リヒャルト様のうちの子にしてほしいくらい、彼から離れたくなくなっていた（ごはん的に！）。

しかし、このままリヒャルト様のおうちの子にしてくださいとお願いするには、わたしに相応の価値があることを証明せねばなるまい。

わたしがせっせと作っている薬は、神殿を通さないと売れないからたまる一方で、リヒャルト様にはまったく恩恵はないだろう。

かといってわたしの出し汁改め「癒しの水」は、わたしが恥ずかしすぎるのであまり大々的に広めてほしくなかったりする。

……ほかにわたしができることってあるかな？

リヒャルト様がわたしをこのまま手元に置いておこうと思うだけの何かを、早急に見つけねばならないだろう。

……もぐもぐもぐ。フィナンシェ美味しい。さてどうしよう。

隣町には馬車ですぐについてしまうため、フィナンシェは一個しか食べる暇はないし、考える時間もない。残ったフィナンシェも、考えるのも、後回しにすることにした。

なぜなら、チョコレートがわたしを呼んでいるから！

「リヒャルト様、チョコレートはどこですか？」

馬車を降りて、わたしが意気揚々と目的地に向かって突き進もうとすると、リヒャルト様が慌てたようにわたしの手を取った。

「待ちなさい。君を野放しにすると迷子になって行き倒れそうだからな。いいか、私の手を離してはいけない」

幼い子供にするように、リヒャルト様がわたしの手をしっかりとつなぐ。

「はい！」

神様の言うことなのでもちろんわたしは従いますよ。だから美味しいチョコレートを早くぅ！

「チョコレートの店はこっちだ」

「何があるんですか？　ケーキ？」

「ケーキもあったはずだが、ホットチョコレートに、クッキー、ナッツやドライフルーツが入っているものなど、いろいろ売っていたはずだ。だが君の腹なら全種類試しても余裕だろう。好きなだけ食べなさい」

「いいんですか!?」

「検証実験に付き合ってくれた礼だ」

検証実験は恥ずかしかったけれど、お礼にチョコレートをいくらでも食べていいのなら、その恥ずかしさもどこかへ吹っ飛ぶというものですよ。

わたしは口の中一杯に溜まった唾液をごくんと飲み込む。

……やっぱりわたし、リヒャルト様のおうちの子になりたいです！

「リヒャルト様、早く行きましょう！　売り切れたら大変ですから！」

「売り切れることはないはずだ。……いや、君が全部食べそうな気がするから、売り切れるのは売り切れるのか」

最後にぼそりと付け加えたリヒャルト様のつぶやきはわたしの耳には入らなかった。

うっきうっきとリヒャルト様とともにチョコレートのお店に向かう。

お店はあんまり大きくなかったが、店に入ると、ショーケースの中に、まるで宝石のようにたくさんのチョコレートが並んでいた。

……食べたい食べたい！　でもその前に！

「リヒャルト様、お土産も買ってもいいですか？」

「なんだ、邸に帰って食べる分か？」

「いえ、ベティーナさんたちの分です！」

「なるほど。それは失念していたな。じゃあ、あちらの詰め合わせを買っておこう。あれを、そうだな、五箱ほど買えば全員にいきわたるはずだ」

君が土産を気にするとは思わなかったと笑って、リヒャルト様が店員さんに五箱ほど持ち帰り用によけておいてくれるように頼む。

「さて、土産分は確保した。心置きなく頼んでいいぞ」

わたしはぱあっと顔を輝かせて、元気よく店員さんに注文した。

「ここからここまで、全種類ください!!」

店員さんが、笑顔のまま動きを止めた。


トリュフ、マカロン、ムースにブラウニー。

ナッツやドライフルーツで彩られたチョコレート。

ガトーショコラにクッキーにマドレーヌ。

オペラにクレープ、真ん丸なボンボンショコラなどなど。

……すごい、これぜーんぶチョコレート!!

お店の奥の飲食スペースのテーブルには、たくさんのチョコレートが並んでいた。

テーブルの上に並ぶチョコレートはどれも芸術品のように美しい。

……わたしは芸術には詳しくないけど、これはわかるよ！　だって、キラキラしてるもんね！

粉砂糖が雪のようにふんわりかかっているガトーショコラのお皿には、ラズベリージャムで花の絵が描かれている。

ムースは三層に分かれていて、ミントの葉が添えてあった。

ナッツやドライフルーツのチョコレートはカラフルだし、クレープはドレスのスカートのようにひらひらしている。

ぼんぼんショコラは、白や赤、薄緑など華やかだし、トリュフはハートの形。

……チョコレートって、茶色一択だと思ってたけど違った！

見ているだけで幸せだが、もちろんわたしは見ているだけでは満足しないので、全部いただく予定ですけどね！

わたしとリヒャルト様は二人で入店したのに、六人掛けの大きなテーブルが用意されたのは、二人掛けテーブルではチョコレートがテーブルの上に乗りきらないからだ。

チョコレートは一つ一つは小さいが、全部で四十種類もあった。

それを全部ほしいと言ったわたしに、店員さんはしばし固まって、それから「本当にいいのか？」とでも言いたそうな顔でリヒャルト様を見た。リヒャルト様が頷けば、ようやくほっとした顔をして席に案内してくれたのだ。

……一つ一つがそれほど大きくないんだから、わたしじゃなくても、全部食べようと思えば食べられると思うけど。

そんな風に思ったわたしだったが、あとから、店員さんが驚いていたのは量ではなく金額だったということに驚かされた。

ここのチョコレートは、一つがとっても高いらしい。

それをお土産に五箱も買ったあとで、さらに全種類の注文を受けて、店員さんは金額に目を回したのだそうだ。

まあ、そのあとで、わたしが何度もチョコレートをお代わりして、お店のチョコレートをすっからかんにしてしまったから、改めてその量にも驚くことになったみたいだけど。

もぐもぐもぐ、チョコレート、すっごく美味しい。

トリュフの口当たりはとろーっと滑らかで、中にオレンジのリキュールが入っているのか、口いっぱいに柑橘系の香りが広がる。

かしゅっと軽い口当たりのマカロンは、何個も何個も食べられそうだし、しっとり濃厚なガトーショコラは甘さの中にもほろ苦さがあって、これがまたたまらなく癖になる。

ナッツやドライフルーツのチョコレートはたくさん種類があるから、毎回味が変わって面白い。

ふわふわムースは口の中に入れたらつるんと溶けていくし、ブラウニーは砕いたクルミが入っていてそれがいいアクセントになっている。

オペラもクレープもぼんぼんショコラも、ぜーんぶ美味しい!!

……はぁ、チョコレート天国!

わたしが夢中になってチョコレートを味わっている目の前で、リヒャルト様はお砂糖の入っていないコーヒーを飲んでいた。

「リヒャルト様もいかがですか?」

「いや、私は大丈夫だ。君が美味しそうに食べているのを見ているだけで満足だからな。うまいか?」

「美味しいです!」

神殿で暮らしていたときは、チョコレートなんて高級品は滅多に口にできなかった。

お金持ちの貴族だか富豪だかが、差し入れてくれたこともあったけれど、年に一度か二度くらいのことで、それも一人一粒いきわたればいいくらいの量だったから、こんなにたくさんのチョコレートを食べたことはない。

フリッツさんがチョコレートのお菓子を作ってくれて、それもとってもおいしいけれど、フリッツさんが作るチョコレートはケーキやクッキーなどばかりだ。チョコレートの塊ではない。

「チョコレートは食べすぎると鼻血が出るらしいんだが、君の場合は自分で何とかできるだろうからな」

「むぐむぐ、そうなんですか?」

「私もあまり詳しくないが、興奮作用のようなものが含まれているのかもしれない。遠い異国では、チョコレートを媚薬として扱っているようだからな」

「びやく？」

「……しまった。今のは忘れてくれ。サリー夫人にもベティーナにも訊いてはいけない」

「はい！」

どうやら「びやく」とは「しょーかん」と同じく口にしてはいけない単語らしい。

リヒャルト様はこほんと一つ咳ばらいをする。

「とにかく、君にはその手のものはきかないだろう。自分で自分を癒せるだろうからな。そうだろう？」

「はい！」

「『びやく』が何なのかは知らないが、例えばそれが毒物の一種だったとしても、わたしには効かない。自分で治癒してしまえるからだ。

「それならいい。好きなだけ食べなさい」

「はい！」

リヒャルト様によると食べすぎると鼻血が出るそうだが、その程度なら簡単に治癒できるのでひるむようなわたしではなかった。

テーブルの上のチョコレートをあっという間に平らげて、店員さんに全種類お代わりを頼む。

店員さんがまた固まったが、しばらくすると引きつった笑顔を浮かべてお代わりを持ってきてくれた。

それを何度か繰り返していると、ショーケースの中のチョコレートがからっぽになってしまったので、わたしはしょんぼりしながらお土産のチョコレートを受け取ってリヒャルト様とともに店を後にする。

わたしが注文するたびに引きつった顔をしていた店員さんだが、帰るころにはどういうわけかきらっきらの笑顔で「ありがとうございました！」と見送ってくれた。あとで知ったが、リヒャルト様がショーケースの商品をすべて食べてしまった詫びに、少し多めにお金を渡したそうだ。

「さて、腹の具合はどうだ」

「まだ二割くらいです」

「二割か……」

ふむ、とリヒャルト様が顎に手を当てて考える。

「町を案内してやろうと思ったが、まだ二割しか腹が膨れていないのなら何か食べながら歩くか？多少行儀は悪いが、たまにはいいだろう」

「いいんですか!?」

ぱあっとわたしが瞳を輝かせると、リヒャルト様が苦笑してサンドイッチを売っているお店に連れていってくれた。

サンドイッチを十個ほど買い込んで、そのうちの一つを渡してくれる。

わたしは片手にサンドイッチを握り、もう片手をリヒャルト様とつないで、もぐもぐと口を動かしながら石畳の道を歩く。

サンドイッチを食べ終わればまた新しいサンドイッチをリヒャルト様が手渡してくれる。

……チョコレートも美味しかったけどサンドイッチも美味しい！

買ってもらったサンドイッチは全部種類が違ったが、どれもとっても美味しい。

ハムが挟んであるサンドイッチはジューシーだし、卵が挟んであるものはふわっふわ。

しゃくっとした歯ごたえが楽しいレタスと鶏ハムのサンドイッチは、ふわりとハーブの香りがする。

お土産のチョコレートの箱の入った袋もサンドイッチの袋もリヒャルト様に持たせてしまって申し訳ないが、リヒャルト様は気にしていないようだった。

「ここをまっすぐ行くと公園がある。それから、この先の大通りを右手に折れると、小さな劇場が、左手に折れると噴水と時計塔がある。王都ほど娯楽があるわけではないが、店も多いし、それなりに楽しめると思うぞ」

公園まで歩いてみるかと言って、リヒャルト様が道をまっすぐ進みだした。

リヒャルト様が買ってくれたサンドイッチが残り三つになったころに公園に到着する。

少し奥まで歩いて行くとベンチがあったので、わたしたちはベンチに座って休憩することにした。

リヒャルト様が公園内でドリンクを売っている店を発見して、わたしをベンチに残して立ち上がる。

「少し待っていなさい。喉が渇いただろう？　何か買って来よう」

リヒャルト様はベンチから見える距離にあるお店にドリンクを買いに行った。

……リヒャルト様って、本当に優しい！

王弟殿下で公爵様なのに、孤児院出身で、たいして役にも立っていない、ただもりもり食べているだけのわたしにもとっても親切だ。

……わたしのご飯の神様に、神のご加護がありますように！

サンドイッチをもしゃもしゃしながら心の中で祈っていると、わたしの足元にたくさんの鳩が寄ってくる。

……狙いはこのサンドイッチかしら？

真っ白な鳩たちはお腹を空かせているのかもしれない。

わたしはサンドイッチのソースがついていないところのパンを慎重にちぎって細かく砕くと、ぱらぱらと地面に撒いてやった。

鳩たちが夢中でパンくずを食べはじめる。

首がせわしなく動くのが何とも可愛らしかった。

ぱらぱらと続けてパンくずを地面に撒いていたわたしは、そこで、鳩たちの中に怪我をしている子を発見した。

猫か鴉《からす》にやられたのかもしれない。

わたしはベンチの上に食べかけのサンドイッチを置くと、そーっとその鳩に近づいていた。

鳩は警戒したように動きを止めて、けれどもわたしが何もしないとわかったのか、またご飯を食べはじめる。

怪我をしている子は、翼のところが赤くなっていて何とも痛々しい。

鳩が逃げないように慎重に手をかざして、わたしは癒しの力を使う。

三秒もしないうちに鳩の翼の怪我は癒え、痛みがなくなったことに気が付いたのか、鳩が不思議そうに自分の翼をくちばしでつついていた。

「ふふ、よかったね。……って、あー‼　わたしのサンドイッチ‼」

ベンチに戻ろうとしたわたしは、ベンチの上に置いていた食べかけのサンドイッチに鳩たちが群がっていることに気が付いた。

大声を上げると、鳩たちがびっくりしたように一様に飛び立っていく。

鳩に啄まれたサンドイッチは見るも無残な姿になっていた。

かくっとうなだれたわたしの目の前で、今度は野良猫が素早くそのサンドイッチを咥えて逃げて行ってしまう。

……うぅ、踏んだり蹴ったりだわ。

しょんぼりしながらベンチに座りなおすと、くすくすという笑い声が聞こえてきた。

顔を上げると、温かい紅茶を二つ買ったリヒャルト様が肩を揺らして笑っている。

「本当に君は見ていて飽きないな。ほら、サンドイッチはあと二つ残っているから、機嫌を直しなさい」

それは誉め言葉だろうか。

だが、わたしの隣に腰を下ろしたリヒャルト様がサンドイッチと紅茶を手渡してくれたので、わたしの気分は一気に浮上する。

わたしが再びサンドイッチを食べはじめると、逃げていた鳩たちがまた近寄って来た。

……もう、仕方がないなあ。

わたしはまたパンくずを地面にばらまく。

鳩におすそ分けしながらサンドイッチを食べるわたしを、リヒャルト様が優しい目をしてみていたけれど、鳩ばかりを気にしていたわたしがそれに気づくことはなかった。

☆

聖女の力は大変貴重で、国を挙げて守るべきものだ。

アルムガルド国の——いや、少なくともこの大陸の貴族であるならば、幼少期からそう教え込まれる。

王族であるリヒャルトも、もちろんその例外ではなかった。

年々聖女の数が減り続け、神殿が聖女の確保と保護に動き出して五十年。

聖女と貴族……いや、聖女と国民の距離は、離れたように思う。

聖女は守られる存在で、その力は稀有なもの。

無暗に、聖女にその力を使わせてはならない。

聖女の癒しの力は、聖女に負担がかからないように神殿が管理する。

ゆえに、貴族であろうとも、聖女に命令しその力を使わせてはならない。

結婚し神殿から離れた聖女であっても、例えば誰かに無理に力を使わされようとすれば、神殿に逃げ込めば助けてもらえる。

貴族の中に聖女が現れれば、高確率で高位貴族との縁談がまとまった。

たとえそれが身分の高くない男爵や騎士爵の娘だったとしても、公爵家や侯爵家の子息との縁談がまとまることも珍しくないほどだ。

そうして保護され続けた聖女たちは、そうされることが当然だと理解しているから、癒しの力の安売りをしない。

(その、はずなんだがな)

店で温かい紅茶を二つ買ってベンチに戻ろうとしたリヒャルトは、鳩の側にしゃがみこんでいるスカーレットを見て動きを止めた。

何をしているのだろうかと目を凝らすと、どうやら鳩は翼を怪我しているようだ。羽が白いからこそ、赤い血の跡がくっきりと浮かび上がって見える。

だが、鳩が怪我をしていたからなんだというのだろうか。

可哀想だとは思うが、野生動物が怪我をすることはそれほど珍しいことでもないだろう。

人に飼われているペットと違って、彼らは命の危険と隣り合わせで生きている。

怪訝に思ってみていると、スカーレットが慎重に怪我をした鳩に手のひらを向けるのが見えた。

まさかと思ってそのまま見守っていると、スカーレットが癒しの力を使うのがわかった。

聖女が癒しの力を使うとき、ほんのりだがその手のひらが光って見える。

目を凝らさないと見えない程度だが、リヒャルトの目には、暖かい金色の光に包まれたスカーレットの手の平が見えた。

（スカーレットは、やはり金色なのか）

フリッツの娘フリーデを癒したときとは比べ物にならないほど微弱な光だったが、リヒャルトの目には確かにスカーレットの放つ光が金色に見えた。

（ほかの聖女は白くて淡い光なのに、何故スカーレットだけ金色なのだろう）

やはり、スカーレットは特別なのだろうか。

そう断定するにはデータがそろっておらず、時期尚早だと思うけれど、リヒャルトにはどうしても彼女が特別な存在に思えてならなかった。

スカーレットが癒しの力を使ったのは、時間にしてわずかなものだっただろう。

鳩が翼に違和感を覚えたのか、しきりにくちばしで確認しているのが見える。急に痛みが引いて驚いたのか、それとも、翼が温かくなって驚いたかのどちらかだろうか。

聖女に癒してもらうと、その部分がほんのりと温かくなるのだと友人が言っていた。

リヒャルトは生まれてこの方、大きな怪我も病気もしなかった。そのため聖女に力を使ってもらったことがないのでわからないが、ふわりと包み込まれるような温かさはとても気持ちのいいものなのだそうだ。

（癒しの力を、鳩に使ったのか……）

その事実が信じられず、リヒャルトはしばし茫然としてしまった。

聖女は癒しの力を安売りしない。

人であっても平民は相手にされないのに、スカーレットはそれを鳩の怪我を癒すことに使ったのだ。

目の前で見た光景がなかなか理解できない。

鳩を癒したスカーレットは満足そうな顔をしていた。

それは、心の底から彼女があの鳩を助けたいと思っていたからこそできる表情だろう。

いや、そもそも、助けたくないのであれば癒しの力を使うはずがない。

聖女は、無償奉仕。

けれども厳密にいえば、その力の行使は無償とは程遠い。

貴族が聖女に優先的に力を使ってもらうため、神殿にどれほどの金貨を積むか、リヒャルトは知っている。

聖女の確保に動き出してからというもの、年々神殿の力が大きくなっていることも、理解していた。

けれども、貴族も王族も、それを黙って見ているしかない。

聖女の力がどれほど稀有なものか、理解しているからこそ何も言えないのだ。

（それなのに、それを鳩に使うのか……）

これは、注意した方がいいのだろうか。

それともスカーレットの好きにさせておいた方がいいのか。

リヒャルトには判断がつかない。

けれど、鳩の怪我を癒して笑うスカーレットが、ただただ美しいと思った。

聖女の力とは、何者かに管理されるものではなく、本来はこうして、聖女の心のままに行使されるべきものなのではないのか。

それが貴族でも平民でも、人でも動物でも関係ない。

聖女が癒したいと思った対象に、その力を使うべきではないのか。

スカーレットを見ていると、そんな気持ちにさせられる。

やり切った顔のスカーレットは、ベンチに戻ろうとしたのだろう。

くるりと踵を返して、そしてくわっと目を見開いた。

「あー!! わたしのサンドイッチ!!」

スカーレットの悲愴感漂う絶叫に、リヒャルトはハッと我に返った。

先ほどまでの聖母もかくやと言わんばかりの美しい笑顔はどこへやら、涙目でかっくりとうなだれるスカーレットは、どこにでもいる女の子にしか見えない。

スカーレットの目の前で、鳩に啄まれて無残なことになっていたサンドイッチを猫が咥えて走り去った。

スカーレットがさらにしょぼーんとした顔になってベンチに座りなおすのを見た瞬間、リヒャルトは我慢できずに噴き出した。

スカーレットがハッと顔を上げて、金色の瞳を丸くする。

「本当に君は見ていて飽きないな。ほら、サンドイッチはあと二つ残っているから、機嫌を直しなさい」

そう言って紅茶と新しいサンドイッチを差し出すと、彼女はぱあっと花が咲いたように笑った。

スカーレットがサンドイッチを食べはじめると、一度逃げた鳩たちがまた近寄って来る。

スカーレットはサンドイッチのパンをちぎってパンくずにすると、ぱらぱらと地面に撒いて、鳩が啄むのを見つめていた。

その中には、スカーレットが傷を癒した鳩もいる。

柔らかく目を細めて微笑むスカーレットの横顔がひどく眩しくて、リヒャルトは自分でも無意識のうちに、彼女をじっと見つめていた。

四、聖女の薬

Hungry saint meets the duke (eat♪)

ベティーナさんとお庭の薬草畑から薬に使う薬草を摘んでいたとき、ガラガラと馬車の車輪の音が聞こえてきた。

「お客さんですかね？」

わたしがここに来てから行商人さん以外のお客さんが来たことはなかったが、表門のあたりから車輪の音が聞こえてきたから今日のお客さんは行商人さんではないと思う。行商人さんはいつも裏門から入って来るからだ。

「リヒャルト様のお兄様たちでしょうか？」

「いいえ、ベルンハルト殿下たちの到着予定は五日後ですから、いくら何でも早いかと。おそらく、どこかの町の管理をしている貴族でしょう」

ヴァイアーライヒ公爵領はとっても広くて、領内にいくつもの町や村がある。

そうした町や村の管理を任せている貴族の誰かではないかとベティーナさんが当たりをつけたが、どうやらそれが正解だったみたい。

薬草の入った籠を持って、そーっと玄関の方に回ると、玄関前に二頭立ての馬車が停まっていた。

馬車に入っている紋章を確かめたベティーナさんが「ああ」と合点したように頷く。

「あれは、カルツ男爵の馬車ですね」

「カルツ男爵？」

「サリー夫人のお嬢様が嫁いだお家ですよ」

……サリー夫人が今一緒に暮らしているっていう娘さんの旦那さんのお家!!

「サリー夫人がいつも使っている馬車とは違いますし、サリー夫人が来られたわけではないでしょうね」

サリー夫人はまだお休み中だ。

お孫さんの風邪の具合がよくならないらしくて、ずっと付きっ切りで看病していると聞いた。

悪化しているようならわたしが作った薬を持って行ってもらうか、わたしが出向いて聖女の力で治してあげた方がいいかなって思っていたんだよね。

ただの風邪にしてはちょっと長引いている気がするんだもの。

わたしたちもいつまでも外にいられないから、お客さんのお邪魔にならないように気をつけつつ玄関へ向かうと、玄関ホールでアルムさんとお客さんが立ち話をしていた。

ベティーナさんがぼそりと「カルツ男爵です」と教えてくれる。

カルツ男爵は三十代半ばの優しそうな紳士だった。

ヘーゼル色の髪と瞳で、アルムさんと同じくらいの身長だ。

サリー夫人の息子であるアルムさんとカルツ男爵は義理の兄弟になるのだが、二人の表情はこわばっていて、楽しく会話をしているという感じじゃない。

「あ、スカーレット様。お帰りなさいませ」

わたしを見つけて、アルムさんが強張っていた顔をにこりと微笑ませた。

……お帰りなさいませって、ちょっとお庭に出ていただけなのにね。

ちょっぴりおかしくなりながら「ただいまです」と答えると、アルムさんがカルツ男爵を紹介してくれる。

「スカーレット様、こちらは姉の夫の、ステファン・カルツ男爵です。義兄上、こちらが聖女スカーレット様ですよ」

「あなたが。義母から話は聞いておりますよ、お会いできて光栄です」

カルツ男爵は見た目通り物腰穏やかな男性だった。口調も少しだけのんびりしている。

「はじめまして、スカーレットです。こちらこそ、お会いできて光栄です！　ええっと、カルツ男爵様！」

「ステファンで構いませんよ。義母から聞いていたとおり、お可愛らしい聖女様ですね。急な訪問で手土産も持たず、申し訳ありません。次はお菓子でも持ってきますね」

いえいえ、わたしは居候の身ですからね！

ちょっぴり（かなり？）リヒャルト様のおうちの子にしてもらえないかなと狙ってはいますが、今のところただの居候なので、わたしが手土産をもらうのはおかしいですよ！

でも、お菓子をくれると言うのならもらいますけどね！　次回、楽しみにしています!!

なんだかふんわりして癒される人だなと思いながら、ステファン様とにこにこと微笑みあっていると、「何をしているんだ」とどこかあきれた声が聞こえてきた。リヒャルト様である。

階段を降りてきたリヒャルト様は眼鏡をかけていらっしゃったので、お仕事中だったのだろう。

「リヒャルト様、突然の訪問、申し訳ありません」

「かまわない。例の件だろう？　私も詳しい話が聞きたかった」

リヒャルト様がアルムさんにサロンの準備をするように伝える。

……例の件って何かな？

気になったけど、雰囲気的にお仕事のお話っぽいからわたしが首を突っ込むのはダメだろう。

アルムさんがメイドさんたちに指示を出して、サロンの準備をはじめた。

ワゴンに乗せられたお菓子が運ばれていくのをついつい目で追ってしまっていると、リヒャルト様が苦笑する。

「スカーレットも来るか？」

「いいんですか!?」

「君にも聞いてほしい話なんだ。君の作ってくれている薬の使用も関係してくるからな」

薬ですか。

でもあのお薬はここで生活させてもらっているお礼に作っているものなので、リヒャルト様が好きに使ってくれていいんですよ。

……でも、運ばれていったフリッツさんお手製のケーキがとっても美味しそうだったので、ついて行くことに異論はございませんけどね！

摘んできた薬草はベティーナさんがお部屋に持って行ってくれると言うので、わたしはリヒャルト様についてサロンへ向かう。

ステファン様はもちろんのこと、アルムさんもついてきた。

わたしもお話に参加することになったのか、お菓子の追加がどんどん運ばれてくる。

ローテーブルの上にお菓子がぎゅうぎゅうに置かれていく様に、ステファン様があっけに取られてしまったようだった。

「義母からたくさん食べる方だとは聞いていましたが、これはまた圧巻ですね」

「食べているところを見たらもっと驚くぞ。手品でも見ている気分になるからな」

くすくすとリヒャルト様が笑う。

……むぅ、わたしの食事風景は見世物ではありませんよ～。まあ、たいてい初対面の人にはものすっごく驚かれますけどね！

リヒャルト様とわたしが同じソファに座って、アルムさんがリヒャルト様の背後に立つ。

ステファン様はローテーブルを挟んで反対側のソファに座った。

お茶とお菓子の準備が終わったところで、ステファン様がすっと表情を改めて口を開く。

「ご相談していた例の風邪ですが、やはり少しおかしいようなのです。この時期に流行する季節風邪であれば従来の薬が効くはずなんですが、私の息子を含めて症状が改善する例が非常に少なく……、感染力も他の風邪よりも強いようで、現時点で把握しているだけで町の住人の三割が感染しています」

あーん、とレモンピールの入ったマドレーヌを口に入れかけたわたしは、口を開いたまま「うん？」と動きを止める。

……例の風邪って、サリー夫人のお孫さんがかかった風邪のことかな？

ステファン様の話の内容からして、それっぽい。

冬になると、季節性の風邪が流行しやすくなる。

とはいえ、流行するのは大体二つから三つくらいの種類の流行風邪で、それに効く薬も開発されているので、通常であれば薬を飲んで二、三日安静にしていたらよくなるはずだった。

流行風邪に対応している薬は、薬師が作る薬で充分なので、聖女が調合した薬でなくても構わない。

薬師の作る薬は聖女の作る薬と比べて大変安価なので、お金持ちでなくても手が出せるはずだ。

だから、薬が買えなくて流行風邪が爆発的に感染が広がるということはない。

……町の人口の三割が感染ってことは、ステファン様が言う通り、いつもの流行風邪じゃないわよね。

従来の薬で対処できないとなると、これはまずい状況だろう。

むむむ、と眉を寄せていると、わたしが話についていけていないと思ったのか、リヒャルト様が軽く説明してくれた。

「スカーレット、ステファンにはここから馬車で三十分ほどのところにある町の管理を任せているんだ。いうなればその町の領主だな」

ややこしいのだが、公爵領ほど広くなると、その中にある小さな町や村などの地域ごとに、別に領主様がいるらしい。

その領主様は、ヴァイアーライヒ公爵領の領主であるリヒャルト様に仕える立場になる。

リヒャルト様が、彼らに土地を与えているからだ。

……領主様の中にも、国から土地が与えられる領主様と、大きな領地を治める領主様から土地が与えられる領主様がいる、と。うん、わかんないからスルーしよう。

小難しい問題は苦手なので、わたしはわかったふりでやりすごすことにした。

最近わたしも学習したのだ。ここでうっかりわからない顔をすると、研究者気質のリヒャルト様は延々とわたしがわかるまで説明しようとするのである。

お勉強タイムがはじまってお菓子が満足に食べられないのは嫌なので、そういう時はわかったふりでやり過ごして、あとからサリー夫人に教えてもらうのが得策なのだ。

……リヒャルト様の教え方はとっても丁寧でわかりやすいんだけど、丁寧すぎて長くなるんだもん。

一つの問題について、延々と一時間くらいお勉強がはじまったりするのである。目の前に美味しいお菓子がたくさんあるのに、一時間もお勉強するとか嫌すぎる。

それに、わたしへの説明に時間を使ったらステファン様も困るだろう。

おそらく、ここで重要なのはその問題ではないはずだし。

わかった顔をしていると、リヒャルト様は「本当に理解したのだろうか」と疑いの目を向けてきたが、深くは掘り下げず話を先に進めることにしたようだ。

「ステファンに任せているのは、人口四千人ほどの中規模の町だ。その町で流行風邪が流行りはじめたと聞いたので、他の町への流行を懸念して町からの出入りを厳しくしている」

これは、ヴァイアーライヒ公爵領以外の領地でもよく取られる対応らしい。

いくら薬で治すことが可能な流行風邪でも、感染が広がると対応に追われることになる。

薬の生産が追いつかなかったりするし、小さな子供や高齢者ならば長期間高熱が続くと命の危険もあるので、できる限り感染の拡大を防ぐために、人口に対して一定数の感染者が出た町や村は封鎖し、許可がなければ出入りできない状況にするらしい。

もちろん、物資などのやり取りもあるので、完全に封鎖することはできないけれど、それでも人の出入りを制限するとほかの町への感染拡大が抑えられるというデータがあるのだそうだ。

……サリー夫人が来なくなったのは、お孫さんの看病だけが理由じゃなかったのね！

町からの出入りを制限されているから、安易にこちらにも来られなくなったのだ。

「町を封鎖し薬による治療を行うと、だいたい二週間から一か月ほどで感染が落ち着いてくるものなのだが……どうやら今回はそうでもないらしい」

「従来の薬が効かないとなると、新種の風邪である可能性が高いですね」

流行風邪は、十数年に一度くらいの頻度で新しい種類が出てくる。

その「新しい流行風邪」が発生したのかもしれないとステファン様が顔を曇らせた。

……新しい風邪の種類にもよるけど、重篤化するようなものだったら大変よね。

軽度のものなら、放置していても自己免疫で何とかなるけれど、ステファン様の表情を見るに厄介なタイプの風邪なのだろう。

「しかし人口の三割か……。もっと早く動くんだったな」

「いえ、こちらも対応が遅れました。いつもの風邪だろうと思っていたので……」

「こればかりは判断が難しい。ステファンの対応が間違っていたわけではあるまい。……ああ、スカーレット、食べていいぞ」

なんとなくお菓子を食べていい雰囲気じゃなくなってきた気がしたので、わたしがマドレーヌを握り締めたまま悩んでいると、リヒャルト様が小さく笑って許可をくれた。

リヒャルト様がいいと言ってくれたのでもぐもぐ食べながら、わたしはちょっと考える。

……確か、新種の病気が流行したときは、国から神殿に聖女の出動要請が入るよね？

わたしは一度も経験したことがないが、こういうのは「非常事態」というやつである。

非常事態だと国が判断すれば聖女が動く。

聖女でなければ対応が難しいからだ。

「もぐもぐもぐ……、リヒャルト様、神殿へ聖女の出動要請はかけたんですか？」

「スカーレット、聖女の出動要請は簡単にはかけられないよ」

「え？」

「そうか。スカーレットは知らないのか。……聖女の出動要請は、基本的には国王からでなければ要請ができない。そして、聖女の出動要請には莫大な金がかかる。例えば公爵領全体で流行したと言うのならば国も動くだろうが、一つの町だけではどうあっても不可能だ」

……またお金!!

本当に、聖女の無償奉仕の精神はどこにいったのだろう。

聖女の出動要請に対するお金は、その期間の神殿機能の停滞や聖女の生活費などが名目だというが、出動期間によっては、国が一年の予算の組み直しに追われるほどのお金が動くのだそうだ。

「よじょーきん」とか言うのでは足りないらしい。

……よじょーきんが何かはわかんないけど、国が慌てるってよっぽどよね。

でも、神殿ってそんなにたくさんのお金をもらってどうするのかしらね?

わたしにはわからない何かがあるのかもしれないけど、そんなにお金があるなら、もっとご飯やお菓子をくれてもよかったのに、とちょっと思う。

「こちらの対応策としてできるのは、聖女の作った薬を買い付けることだが、一つがバカみたいに高いからな。本当は褒められたことではないが、苦肉の策として、スカーレットが作ってくれた薬をこっそり使わせてもらおうかと考えていたところだったんだ」

……たまる一方だったあのお薬!

聖女の薬は神殿の許可なく販売してはならないとかいうよくわからないルールがあるせいで、作っても使い道がなかった薬がようやく役に立つ日がきたようだ。

……でも、「だった」ってことは、やめたのかな?

二個目のマドレーヌに手を伸ばしながら、わたしはリヒャルト様を見上げた。

「使うの、やめたんですか？」

「やめたわけではないんだが……、足りない」

「足りない？」

「数がな。アルム、スカーレットが作った薬だが、今、何本ある？」

「百二本です」

「感染者のおよそ一割分だな」

リヒャルト様がため息をついたので、わたしは言うべきかどうかちょっと悩んでから口を開く。

「あのー、いくら聖女の薬でも、新種の風邪なら、一人当たり二、三本は考えた方がいいと思います。念のために症状が改善した後も何回か飲んだ方がいいですし。それから……、発症していなくても、風邪の卵を持っている人たちがたくさんいると思うので、発症前に抑えるという意味でも、町の人たち全員飲んだ方がいいです」

これは、わたしが聖女として神殿に引き取られたときに先輩聖女が教えてくれたことだった。

病気――特に、感染して流行するタイプの病気の場合は楽観視してはならないのだ。

すると、リヒャルト様が頭が痛そうにこめかみを押さえる。

「そうだな。その通りだ。わかっているが、さすがに聖女の薬をそれだけの数用意することはできない。公爵領が潰れるとまでは言わないが、予算的にかなり厳しい」

……聖女の薬、いったいいくらで売られているのかしら？

使っているのは神殿で育てている薬草なので、元手はほとんどタダ同然なのにね。

……えーっと、人口四千人で、一人当たり三本と計算して。四が一、二、三で……うん、無理。

「アルムさんアルムさん、町の人、一人当たり三本計算で、何本の薬が必要になりますか？」

「え？　そうですね。確か正確な人口が四千二百六十三人なので……一万二千七百八十九本ですね」

……アルムさんすごい!!　五秒くらいで計算したよ!?

計算問題が苦手なわたしは心の底からアルムさんを尊敬します！

拍手を送りたい気持ちになっていると、リヒャルト様がさらに頭が痛そうな顔になった。

「一万二千七百八十九本……。一本金貨三枚換算で、金貨三万八千三百六十七枚か。スカーレットの百二本の薬を差し引いても、三万八千と六十一枚。出せるか、アルム」

……リヒャルト様も計算お早い!!

「厳しいですね。あと、これは言いたくありませんが……、もし、ほかの町に同じように感染者がでたときのことをお考えください。あの町には薬を用意したのに別の町には用意できないとは言えません。……感染が拡大した場合、領地が潰れますよ」

「そうだな……」

お金持ちのリヒャルト様でも、おいそれと出せない金額らしい。

……うーん。でも、買わなかったら、いいんじゃないかな？

リヒャルト様は、わたしの薬を秘密で使うつもりだったんでしょう？

だったら、わたしが作れば早い気がするんだけど……。

もしかして、リヒャルト様リヒャルト様はわたしでは作れないと思ってる？

「リヒャルト様リヒャルト様、わたし、お薬作るの得意ですよ？」

「そうだな。スカーレットには感謝している。だが、いくら何でも百二本ではたりないし、同じペースで作ってもらったところで目標数に到達するまでにどれだけかかることか……。その間に感染も広がるだろう？　ここは、感染が拡大したときは最悪近隣の領地に借金をすることも視野に入れて、薬を仕入れるしか……」

「……借金!?　それはまずいやつです！

よく知らないけど、聖女仲間が「借金のある男とは結婚したらダメよ」なんて言っていたのを覚えている。聖女仲間によると借金は「ワースト三」の中に入るほどの問題らしい。

「リヒャルト様リヒャルト様、わたし！　お薬作るの得意です！」

借金はまずいので、わたしはもう一度同じ言葉を繰り返した。

すると、リヒャルト様が困ったような顔で、わたしの頭にポンと大きな手を乗せる。

「手伝ってもらえるのはありがたいが、スカーレットに無理をさせようとは思っていないよ。それに、スカーレットだけでは無理だ」

「無理じゃないです、作れます！」

「数が大きすぎて把握できなかったのか。スカーレット、必要な薬の本数はとっても多いんだ」

……あの、幼い子供に言い聞かせるみたいに言わなくても、いくらなんでもわたしにも数くらい

166

は理解できますよ？　計算が苦手なだけで数がわからないわけではありません。信用されていないみたいなので、わたしはちょっとむーっとしちゃうよ。

……お薬作るの、得意なのに！

本気にしてもらえなくて拗ねたわたしは、三つ目のマドレーヌに手を伸ばす。こうなればやけ食いしちゃうもんね。まあ、いつもたくさん食べてるけど。

「スカーレット、ひとまず君が作った百二本の薬を使わせてもらいたいのだが、いいだろうか？」

「もちろんです」

その薬はリヒャルト様に上げたものですからね！　リヒャルト様が自由に使っていいのですよ。

拗ねてるわたしをよそに、リヒャルト様は今後の対応をどうするかアルムさんとステファン様と話し合っていた。

神殿から薬を仕入れるにしてもすぐのことにはならない。

だって、いきなり一万本以上の薬を用意してほしいと言っても、在庫が足りないと思うからね。

神殿は聖女たちが作った薬をまとめて倉庫で管理しているけれど、金額が高すぎてたくさん出るものではないので、それほど在庫を置いているわけではない。

何故なら、薬の使用期限はだいたい一年くらいなもので、品質が劣化するために一年を経過したら処分してしまうからだ。

だからわたしたち聖女も、お薬作りは頑張ってはいたけれど、全力で大量に作っていたわけではない。

……目標は、だいたい聖女一人につき一日二本とか三本とかだったもんね。わたしがここで作っていた分はそれより多いけれど、それはわたしの生活費分は作らなくちゃと思っていたからである。

つまり何が言いたいかというと、リヒャルト様がほしい一万本以上のお薬は、神殿にお願いしてもすぐに用意してもらえないってことよ！

神殿からここまでの距離もあるし、薬を入手するまでに感染がもっと拡大しているかもしれない。

「どこまで効果があるかはわからないが、スカーレットの癒しの水も使うか」

……うげっ！

リヒャルト様の爆弾発言に、わたしはうぐっと唸る。

……え、やだやだっ！　でもこの緊急事態ではダメって言えない！

「病気への検証はしたことがないので気休め程度になるかもしれないが、町の病院の入浴場の湯に混ぜてみてくれ。さすがに飲むのは……」

……だめだめだめ!!

ブンブンとわたしが首を横に振ると、リヒャルト様が肩をすくめる。

「スカーレットが泣き出しそうなのでやめておこう」

……ほっ！

よかった！　飲ませてみようとか言い出さなくて、本当によかった!!

「だが、癒しの水の件に関しては内密に頼む。外部に知られたくない」

168

サリー夫人を通してわたしの出し汁効果を知っているステファン様が「心得ております」と力強く頷く。

小さな子供はよく怪我をするので、ステファン様の息子さんたちも出し汁検証にお付き合いしてくれていたらしい。

「では、ひとまずそれで。できるだけ早く薬を手に入れられるように尽力するから、何とか耐えてくれ。薬は、重症者や子供、老人を優先に配るように」

「かしこまりました。スカーレット様も、貴重なお薬を提供くださり、ありがとうございます。このお礼は、この件が落ち着いてから必ず」

だから、そのお薬はリヒャルト様のものでわたしのものじゃないんですよ～？

でも、お礼をくれるならお菓子がいいな～なんて、ちょっとだけ思っちゃったけどね。

「スカーレットは行っていいぞ。私たちはこの後も話があるからな。……ああ、これらの菓子は君の部屋に運ばせるから、そんなに悲しそうな顔をするな」

おやつタイムは終わりかとしょぼんとしたわたしに、リヒャルト様が苦笑する。

アルムさんがメイドさんたちに言って、お菓子を次々にワゴンに乗せはじめた。

すぐに部屋に届けてくれると言うので、わたしはステファン様に退出のご挨拶をしてサロンを出る。

そして急いで階段を駆け上がると、わたしは扉を開けながら言った。

「ベティーナさん、お薬作りますっ」

部屋に戻るなり突然宣言したわたしに、ベティーナさんが目を丸くした。

「先ほどの薬草はあちらに置いてありますが……、どうなさったんですか、急に」

「はい！　早くお薬を作らないとみんなが大変でリヒャルト様が借金しちゃうんです！　借金はまずいと思って、わたしはお薬を作るのが得意ですよって言ったのに、全然信じてくれないんですよ！　悔しいからステファン様がいらっしゃる間にたくさん作ってびっくりさせるんです!!」

「は、はあ……？」

つまりどういうことだ、とベティーナさんが首をひねったけれど、わたしは説明どころではないと急いで机に向かった。

お水を用意して、お薬作りに取り掛かる。

「ベティーナさん、大きな壺とか大きな瓶とか、何なら盥《たらい》でも鍋でもいいので、じゃんじゃん持って来てください！」

いちいち瓶詰していたら時間が足りないと思ってわたしが言うと、ベティーナさんが首をひねりつつ、「大きな瓶ですね」と言って探しに行ってくれた。

しばらくしてキッチンから調味料やジャムなどが入っていた空き瓶を回収してどんどん持って来てくれる。

「スカーレット様、こんなものをどうするんですか？」

瓶は重いので、フリッツさんも運ぶのを手伝ってくれたようだ。

「綺麗に洗ってはいますけど、ただの空き瓶ですよ？」

「いいんです！　あ、この桶に入ってるのを瓶に詰めてください。薬です」

「「ええ!?」」

わたしの顔の二倍くらいある桶を差し出すと、二人がギョッと目を剝いた。

二人ともびっくりしているみたいだけど、まだまだ作りますよ。

……わたし、だからお薬作り得意なんですってば!!

新しい桶を持って来て、またせっせと薬を作っていく。

聖女の薬作りは簡単だ。

まず、薬草を水の中に入れる。それから聖女の力を使って、薬草成分を抽出し……あとは、病気とか傷に効くように祈りながら力を使い続ける。つまり、勘!!

勘と言えばびっくりされるんだけど、聖女の力はだいたいが勘なのだ。

聖女はどうも、病気や怪我を治す勘が働くようで、その怪我や病気に対してどの程度の力を使えばいいかは経験と直感で判断する。

だから、聖女の作る薬は、それぞれの聖女の勘で作っているので、厳密にいえば効果のほどはまちまちらしい。

ただ、普通の薬より効きがいい、という一点においてはどの聖女が作った薬でも一緒なので、神殿はそれぞれの薬の性能をいちいち調べたりしない。誰が作った薬なのかもごちゃまぜに、倉庫に納められているのだ。

お薬を作っていたら、くぅ、とお腹が鳴ったので、わたしはマドレーヌに手を伸ばした。

ぽんぽんと口の中にマドレーヌを詰め込みつつ、薬作りを続ける。

「フリッツ、追加の瓶をお願いします！　もう何なら鍋でも壺でも何でもいいです！　瓶が足りません！」

わたしが勢いよく薬を作っていく後ろで、ベティーナさんが焦った声を出した。

「あ、ああ！」

フリッツさんが慌ただしく部屋を出て行く。

手が空いている料理人さんやメイドさんたちも呼んできてくれたようで、わたしの部屋の人口密度がぐんと上がった。

わたしが薬を作ってみんなが詰めていくという作業を繰り返していると、邸の中が騒がしくなったことに気が付いたのだろう。リヒャルト様たちと一緒にサロンにいたアルムさんが部屋に様子を見にやって来る。

「いったい何を騒いで……なんだこれ」

ばたばたとみんなが駆けまわっているから、音が下まで響いていたようだ。

アルムさんはみんなを叱るような顔で現れたが、部屋の中を見て目をぱちくりとしばたたいた。

「あ、アルムさん！　ちょうどよかったです！　それ、お薬なんでステファン様に持って行ってあげてください。お薬用の小さな瓶に詰めるのが面倒くさかったので大きいのに入れてますから小分けして使ってくださいね」

「…………はい？」

アルムさんの瞬きの速度が速くなった。目にゴミでも入ったのだろうか？

「あの……待ってください。薬ですか？　……これ、全部？」

どうやら、瞬きの回数が多いのは驚いていたからのようだ。

だからわたしはちょっと嬉しくなって、ドヤっとしちゃうよ！

「わたし、お薬作るの得意なんです！」

言ったでしょう？

☆

「だ、旦那様、大変です……」

半分青ざめたような顔で、アルムがサロンに戻って来た。

バタバタと外が騒がしくなったので、重要な話の途中だから静かにするように注意して来いとアルムに言ったのだが、部屋の外から聞こえてくる喧騒は収まるどころかどんどんひどくなっている。

「何があった？」

アルムのこんな顔は見たことがない。

よほどのことがあったのだろうとリヒャルトが腰を浮かせかけると、アルムが何やら大きなイチゴジャムの瓶を取り出した。

(いや、ジャムじゃないのか)

パッケージにジャムの絵が描かれていたのでジャムかと思ったが、中身はほんのり緑がかった色をしている透明な液体だった。

「なんだそれは」

「薬です……」

「は？」

「ですから、スカーレット様が作った、薬です」

「なんだと？」

今度こそリヒャルトはソファから立ち上がると、アルムから瓶を受け取った。

ちゃぷん、と揺れる液体は、薬と言われればそう見えなくもないが。

「何故、ジャムの瓶に？」

「薬の瓶に入れるのが手間だとかなんとか……」

「待て、この瓶一つで、数十本分の薬の量だと思うが、これをスカーレットが？」

もしかして、「お薬を作るの得意です」と言った言葉を聞き流したからムキになったのだろうか。

「スカーレットはどうした!? こんな無茶な量の薬を作って、倒れたらどうする！」

聖女一人が一日に作れる薬の量なんて、数本がいいところのはずだ。

それなのにこの大きな瓶に一杯の薬を作ったなんて、無茶をしたどころの話ではない。

「それが……」

「それがなんだ！　倒れたのか!?」

「いえ……」

アルムは青白い顔でしきりに首を横に振っている。

「まさか……死んだのか!?」

「なんですって!?」

リヒャルトの悲鳴を聞いて、ステファンが叫んだ。

アルムがハッとして「違います」と両手を前で振る。

「大丈夫です、倒れてもお亡くなりにもなっていません！　問題なくお元気そうですが……、ええっとそうではなくて……つまり、その、正直私も半信半疑でして。見ていただくのがいいかと……」

こんなに歯切れの悪いアルムもはじめてである。

（スカーレットは何をした!?）

間違いなくスカーレットが何かをやらかしたのはわかったが、アルムをここまで青ざめさせたということは、いったい何をやらかしたのだろうか。

「ステファン、すまないが席を外す」

「私も参りましょう。私のせいでスカーレット様が無茶をされたのならば大変です！」

アルムとステファンと共に急いで階段を駆け上がりスカーレットの部屋に向かうと、彼女は呑気にソファに座ってお菓子を食べていた。

「あ、リヒャルト様、ステファン様も～」

にこにこと笑ってスカーレットが手を振る。

その周りで、ベティーナやフリッツ、それから使用人たちがぐったりした様子でその場に座り込んでいた。

明らかに、異様な光景である。

しかも、あちらこちらに瓶や壺の類が置かれていた。

(……私は、目がおかしくなったのか?)

置かれている瓶や壺の中に、この手にあるジャムの瓶の中身と同じ薬が詰まっているような気がするのだが、目の錯覚だろうか。

リヒャルトと同じくステファンも気が付いたようで、真っ青な顔になっている。

人間、普通では考えられない異常事態に遭遇すると、顔が青ざめるものらしい。

茫然とするリヒャルトたちの前で、スカーレットがかつてないほどの勢いでマドレーヌを口に詰め込んでいた。

「フリッツさんフリッツさん、お菓子、もうないですか? お腹がとってもすいて、倒れそうです」

(それだけ勢いよく食べていて、まだ倒れそうなくらいに腹が減っているのか!?)

驚いていいのか啞然としていいのか茫然としていいのか、もはやわからなくなってきた。

フリッツがはじかれたように立ち上がり「すぐに持ってきます！」と駆け出していく。

リヒャルトはぐるりと部屋を見渡し、そして、一番状況を把握していそうなベティーナに目を留めた。

「ベティーナ、いったい何があったのか説明してくれ」

そのあと聞かされた説明は、あまりに衝撃すぎた。

☆

「つまり、スカーレットが薬を作ったのは間違いないんだな」

「はい、その通りです」

「これ、全部」

「はい」

「…………そうか」

リヒャルト様とベティーナさんがそんな会話をしている間、わたしは一心不乱にお菓子を食べていた。

今のわたしは飢餓状態と言っても過言ではないほどお腹がすいているのだ。

(むきになってお薬を作りすぎたかなあ。でも、これだけあったら足りるよね？)

薬を作るのが得意だと言ったのに信じてもらえなかったから、ちょっと張り切りすぎたかもしれない。でも、これだけ作ればリヒャルト様もわたしの言葉を信じてくれるはずだ。

……だから、得意なんだよ！

唯一のわたしの取り柄と言っても過言ではないので、信じてもらえないのは悲しいのである。

しばらく沈黙していたリヒャルト様が、気を取り直したようにこほんと咳ばらいをする。

「あー……、スカーレット、体調はどうだ？　気分が悪いとか、ふらふらするとか、そういうのはないのか？」

「お腹がすきました」

「ああ、まあ、それは見ていてわかるが……」

リヒャルト様がこめかみに指を当ててぐりぐりしている。頭が痛いのだろうか。

「スカーレット、これらは全部薬なんだな」

「そうです」

「そんな無茶をして、大丈夫なのか？」

「無茶？」

はて、無茶とは何だろう。

よくわからないので首をひねると、リヒャルト様がはあと息を吐き出した。

「無茶な力を使うと体に負担がかかるはずだ。聖女の力は大きな力だからな、町のことを心配して頑張ってくれたのだろうが、あまり無理をしないでくれ」

……無理とか無茶とか言うけど、そんなのしてないのにな。

お腹はすいているけど、たくさんお菓子を食べているから倒れたりしないし、気分も悪くない。

リヒャルト様がわたしの隣に座ると、わたしの手をぎゅっと握る。両手でないのは、わたしが右手にクッキーを持っているからだろう。

「スカーレット、正直、まだ混乱しているのだが、これだけは言わせてくれ。……助かった。ありがとう」

「お薬、役に立ちますか？」

「もちろんだ」

……それはよかったです！

これで、ただ飯食らいの居候から少しくらいは昇格したかな？

わたしとリヒャルト様のやり取りを茫然と見ていたステファン様が、ハッとしたように駆けよって来る。

「スカーレット様!!」

「はい？」

「ありがとうございます！　本当に、ありがとうございます！　このお礼は、絶対に必ず!!」

ステファン様が目を潤ませてリヒャルト様に握られていない方のわたしの手を握る。つまり、クッキーを持っているわたしの右手だ。

……あ、クッキー！

ぐしゃっと、手の中で嫌な音がしたよ。わたしのクッキー！

というか左手をリヒャルト様、右手をステファン様に握り締められると、わたし、お菓子が食べられません!!

……お菓子食べたいの〜!

わたしの心の悲鳴に呼応するように、お腹がぐうぐうなりはじめる。

リヒャルト様が気が付いてぷっと噴き出すと手を離してくれた。

「ステファン、スカーレットは取り込み中のようだ。礼は改めて、スカーレットの腹が膨れたあとでもいいだろう」

いいえ、お礼は結構ですよ〜?

これはわたしをここに置いてくれているリヒャルト様へのお礼ですし、もっと言えば信じてもらえなくてムキになっちゃっただけですからね!

でも、これだけあれば薬は足りるはずだ。

リヒャルト様が借金をしなくてもいいはずである。

リヒャルト様が部屋を出る間際、新しいお菓子を追加で持って来てくれたフリッツさんに声をかける。

「フリッツ、ありったけの菓子を持って来てやってくれ」

……リヒャルト様、大好きです!!

閑話　聖女スカーレット（SIDEステファン）

Hungry saint meets the duke (eat♪)

妻のレイチェルから、上の息子が風邪をひいたと聞かされた時、いつもの季節性の流行風邪だろうと思っていた。

子供はよく風邪をひく。

生まれたばかりの娘に移しては大変だからと、風邪に罹患した息子を一室に隔離し、妻が付きっ切りで看病に当たることになった。

いつもならば、薬師が作った薬を飲んで安静にしていれば数日で回復する。

生まれたばかりの娘が気がかりだったが、幸いにして義母のサリーが同居しているので、娘のことは義母に任せることにした。

息子と同じく町では流行風邪の感染が広がりはじめている。リヒャルト様から町の管理を預かっている領主として、ステファンは家族を優先にすることはできない。

息子が心配ではあったけれど、ほぼ毎年のように息子の誰かが流行風邪に罹患しているので、大事には至るまい。

いつもと同じ。

そう楽観視したステファンがそれをひどく後悔したのは、その数日後のことだった。

☆

息子の熱が下がらないと、妻のレイチェルから報告があった。

レイチェルも咳が出はじめたので、息子に風邪をうつされたかもしれないからと、息子と同じ部屋にこもりはじめたのが昨日のことだ。

予防のために息子が飲んでいるのと同じ薬を飲んでいたそうだが、それでも感染した可能性があると、そう言っていた。

（おかしい……）

いつもであれば、すでに治っているはずだった。

予防のために薬を飲んでいたのなら、風邪を移されることもほぼないはずである。

（もしかして、いつもの流行風邪じゃないのか？）

町でも、感染が落ち着くどころか拡大する一方だ。

領主として、町の外まで感染を広げるわけにはいかないと急ぎ町への出入りを封鎖したが、それだけの対応でいいだろうかと不安がよぎる。

リヒャルト様にも、町で流行風邪が流行り出したと報告を上げていた。

上げていたが……果たしてこれは、いつもの流行風邪だろうか。

嫌な予感がする。

対応が遅れれば、それだけ被害も拡大するだろう。

症状は出ていないが、それでも自分も罹患している可能性がないわけではないので、安易に領主の邸に行くべきではない。けれど、このまま静観するのは間違っている気がした。

手紙を出し、リヒャルト様に伺いを立てればすぐに来いと返信があった。

馬車でヴァイアーライヒ公爵邸へ向かえば、義弟のアルムが出迎えてくれる。

妻や義母、それから子供たちの状況を訊かれたので話し込んでいると、玄関から赤い髪の可愛らしい女性がベティーナを連れて入って来た。

「スカーレット様、こちらは姉の夫の、ステファン・カルツ男爵です。義兄上、こちらが聖女スカーレット様ですよ」

「あなたが。義母から話は聞いておりますよ、お会いできて光栄です」

アルムから紹介されて、スカーレット様と挨拶を交わす。

そのあとリヒャルト様が二階から降りてきて、スカーレット様も交えてサロンで話をすることになったけれど、目の前に次々と出される菓子には驚いたものだった。

だが、そんな驚きは、些細なものだったとそのあとで思い知らされる。

スカーレット様が作った薬を使う許可を得て、彼女が退席した、その少し後のことだった。

何やら部屋の外が騒がしくなって、様子を見に行っていたアルムが青ざめた顔で戻って来た。

そしてアルムの説明を聞き、様子を見にスカーレット様の部屋に向かったステファンも同じく青ざめることになる。

（薬？　これが、すべて薬だって……？）

思考が凍り付く、という気持ちを味わったのは生まれてはじめてだ。

リヒャルト様すら驚いて息を呑んでいる。

部屋にいたスカーレット様はソファに座って一心不乱にお菓子を食べていたが、彼女の周りにはぐったりしているベティーナや使用人たち、そして壺やら瓶やら鍋やら盥が大量に置かれていた。

それらすべてに、スカーレット様が作った薬が入っている。

（いや、いくらなんでもおかしいだろう。待ってくれ。本当にこれは薬なのか？　ただ色を付けた水ではなく、本当に？）

これだけあれば、町のみんなは助かるだろう。

息子や妻に薬を回すことはできるだろうか。職権乱用と言われないだろうかと、不安を感じていたステファンの思考が一気に吹っ飛んだ。

リヒャルト様を見れば、これが薬だと信じて疑わないようだ。

（……つまり、助かるんだな）

リヒャルト様が聖女の薬を仕入れると決断してくれても、すぐに大量の薬が手に入るとは限らない。

在庫がなければ無理で、急いで作れと言っても一日に作れる薬には限度があるので、神殿が一日に決められた本数以上の薬を聖女に作らせるとは思えなかった。

だから、どうしても犠牲が出るかもしれない。

その覚悟が、あまりにもあっけらかんと消え去る。

それなのに、この信じられない光景を生み出した聖女は、にこにこと微笑んでお菓子を食べているのだ。

脳が、バグを起こす。

わけがわからない。

「スカーレット、正直、まだ混乱しているのだが、これだけは言わせてくれ。……助かった。ありがとう」

ステファンが硬直したまま動けないでいると、リヒャルト様がスカーレット様の手を握りしめて言った。

（そうだ、まずは、そうだ）

礼を。

ステファンごときの言葉など、何の価値もないかもしれないが、茫然としている場合じゃない。

慌ててもう片方のスカーレット様の手を取ると、くしゃりと手の中で音がした。

そう言えばこちらの手にはクッキーが握り締められていたなと思ったけれどもう遅い。

気づかなかったふりをしてスカーレット様に感謝を伝えれば、彼女はにこりと微笑んだあとで、悲しそうな顔でステファンが握っている方の手を見る。

直後、ぐう～とスカーレット様の腹の虫が鳴いた。

何とも気の抜ける音にステファンが目をしばたたくと、リヒャルト様が笑う。

「ステファン、スカーレットは取り込み中のようだ。礼は改めて、スカーレットの腹が膨れたあとでもいいだろう」

この程度の礼では気がすまなかったけれど、スカーレット様にとって今一番必要なのは目の前の菓子を食べることらしい。

こんな奇跡を起こしておいて、能天気にお菓子を食べる女の子。

（……リヒャルト様が手元に置く気持ちがわかるな）

彼女はきっと、自分の価値を理解していない。

彼女が神だと言われたら、疑いもせずに跪いて祈るであろうステファンの気持ちも、到底理解はしないだろう。

だからこそ危うくて、庇護欲を駆られる。

（聖女スカーレット。あなたがリヒャルト様のそばにいてくれたことへ、最大限の感謝を）

無自覚な聖女は気づかない。

彼女は、今この瞬間に大勢の命を救ったのだ。

五、謎は深まる……

Hungry saint meets the duke (eat♪)

わたしが作ったお薬だけど、ステファン様が管理を任されている町の流行風邪に問題なく効いたそうだ。

量も充分で、患者さんはほとんどいなくなったという。

念のため、予備のお薬もいくつか渡しておいたので、もし新たな感染者が出ても大丈夫だろう。

ステファン様の息子さんもすっかり元気になったんだって。よかったよかった！

感謝の気持ちですと、ステファン様からもサリー夫人からもたくさんのお菓子が届けられた。

……へへ、幸せ〜。

ただ、わたしが大量の薬を作ったことは、リヒャルト様の新たな悩みの種にもなったらしいけど。

……規格外がどうとかぶつぶつ言っていたけど、「規格外」って何のことかしらね？

リヒャルト様からは「スカーレットのすごさはよくわかったから、あのように一度に薬をたくさん作るのはやめなさい」と注意もされた。まあ、作りすぎても保管に困るもんね。わたしだって、使い道がなければ一度に大量に作ったりしませんよ！

ただ、助かったとも言ってくれたので、わたしとしては満足である。

これでリヒャルト様に「こいつ使えるな」くらいに思ってもらえただろうか。

このまま「手放したくないな」くらいまで昇格してくれると嬉しい。

そのためにはもう少し「こいつ使えるな」な礼を増やしておきたいところだけど、何をしたらいいのかしら？

掃除も洗濯もお料理もさせてもらえないし、そもそもわたしができると思えない。

……むむ、わたし、できることが少なすぎる。困った……。

そんなある意味くだらなくて、でもわたしにとってはとっても真剣な悩みを抱えている間に数日が過ぎて、ドレヴァンツ公爵夫妻がやってきた。


リヒャルト様のお兄様であるベルンハルト・ドレヴァンツ様は、リヒャルト様が年を重ねればこんな風になるんだろうなというくらいに似ていた。つまり、すっごいイケメンさん……イケオジさんである。

ベルンハルト様の奥方様のシャルティーナ様は、ふんわりと柔らかい雰囲気の美人さんだ。

こちらは三十四歳だというが、見た目だけでは二十代半ばほどに見える。聖女仲間が、世間一般ではこういう女性を美魔女と呼ぶのだと言っていたから、シャルティーナ様は美魔女に違いない。

リヒャルト様とともにお二人を玄関で出迎えたわたしは、サリー夫人に教えてもらっていた付け焼刃のカーテシーでご挨拶だ。

……これ、足がプルプルするからちょっと苦手。

まだサリー夫人からも合格点は出ていないんだよね。カーテシー、奥が深い。これが普通にできる貴族令嬢、すごすぎるね！

「久しぶりだなリヒャルト！　お前が聖女と暮らしていると聞いたときは驚いたぞ」

「事情がありまして。義姉上も遠路はるばるお越しいただいてすみません」

「構いませんわ。パーティーもお茶会も肩が凝るから、逆に王都から離れられて嬉しいですもの」

王都は現在「社交シーズン」と呼ばれる時期らしい。

社交シーズンは秋から初春当たりのことを指すそうで、明確に何日から何日、という決まりはないという。

貴族が王都に集まってパーティーがいっぱい開かれる期間が「社交シーズン」なんだって。

だから今、国中の貴族たちが王都に集まっているのだそうだ。

それなのに何故リヒャルト様が領地にいるのかと聞いたら、「社交シーズンだからだ」とよくわからない答えが返って来た。

みんなが王都に集まる時期だから領地に戻ったという解釈でいいのだと思うけれど、何故みんなと逆の行動を取るのだろう。

「王都はどうですか？」

ダイニングに移動しながらリヒャルト様がベルンハルト様に訊ねる。

ベルンハルト様は肩をすくめた。

「相変わらずごたごたしているよ。イザークがもう少ししっかりすれば自然と落ち着くとは思うが、いまだに頼りないからな……」

「そのためにクラルティ公爵家の令嬢と婚約させたというのに」

「それも一つの理由だろうよ。どうも、イザークとエレンはあまりうまくいっていないらしい。あの年の子らに表面上だけでも取り繕えというのは酷な話だろうしな」

「……もうしばらく落ち着きそうにありませんね」

リヒャルト様がやれやれと肩をすくめる。

どうも小難しい話のようなので、わたしは聞こえてきた話を右から左に流しておくことにした。聞いたってわからないし、考えたって理解できない。

「スカーレットは神殿住まいの聖女だったのでしょう？　どういう経緯でリヒャルト様と暮らすことになったのかしら？」

シャルティーナ様も、夫と義弟の話には興味がないらしい。

にこにこと訊ねられたので、わたしは正直に答えた。

「空腹で倒れていたところを拾ってもらいました」

「……………………え？」

シャルティーナ様は大きな目をぱちくりとさせて、困ったように首をひねった。

「あー……」

リヒャルト様が額に手を当てる。

「スカーレット、説明は私がしよう。間違ってはいないのだが、君の説明では混乱を招く」

ダイニングに到着すると、お茶とケーキが運び込まれてくる。

わたしの目の前にだけケーキが五つも持ってこられたのを見て、ベルンハルト様とシャルティーナ様が「うん？」と不思議そうな顔になった。

リヒャルト様が、わたしがリヒャルト様に拾われた経緯などを順を追って説明するにつれて、二人は納得がいったように大きく頷く。

「そういうことだったのか」

「ええ……、でも、そんな理由で神殿が自ら連れてきた聖女を追い出すなんて、どうかと思いますけど」

「そうだな。その神殿長は告発した方がいいのではないか？」

「すでに手を回していますが、近辺を探っていると他にいろいろ出てきそうなので、しばらくは放置ですね。……ついでと言ってはなんですが、年々大きくなっている神殿の力を、多少削ぐことができればとは思っています」

「そんなことをすれば、お前は神殿を敵に回すことになるぞ」

「その方がいいんですよ。今のこの状況では私を敵と認識された方が都合がいいでしょう。神殿がイザークについてくれれば、今の騒ぎも沈静化するでしょうし」

「わざわざ嫌われ役を買って出る必要もあるまいに」

なんだかまた小難しい話になって来た。

わたしは聞いているふりをしながら、ケーキを口に運ぶ。誰もわたしの意見なんて求めていないだろうし、リヒャルト様はわたしが理解していないことを察していると思うから、黙っていても問題ない。

「それで、例の『癒しの水』の検証実験だったか。シャルティーナは協力しても構わないと言っているが、今のところ、シャルティーナが使った湯にそのような効果が表れたことはないと思うぞ。なあ？」

「ええ。誰かの傷が癒えたという話は聞きませんし……」

ちらっとシャルティーナ様がベルンハルト様を見る。

ベルンハルト様は袖をまくりあげて、右腕に走った古い傷跡を見せた。

「それでもと思って、シャルティーナと一緒に風呂に入ってみたが、傷跡も消えなかった」

「……一緒に、は余計でしてよ」

シャルティーナ様がうっすらと頬を染める。その仕草がとっても可愛らしい。

「聖女の癒しの力は癒えていない傷を癒すことはできますが、古い傷跡を消すことはできません。ですので、その『癒しの水』が古い傷跡に作用するのが不思議でならないんです」

「スカーレット、どう思う？」

「むぐ？」

ケーキをもぐもぐしていたわたしは、顔を上げて首をひねった。

「……聞いていなかったな。スカーレット、聖女の癒しの力では、古い傷跡は消せないだろう？

だが、君はフリーデの水疱瘡の痕を治した実績がある。兄上の古い傷跡にも効果があるのではないだろうか。まあ、フリーデのときと違って傷が大きいから、完全には無理かもしれないが……」

わたしはごっくんと口の中のケーキを飲み込んだ。

「試してみないことにはわかりません。ただ、ベルンハルト様はそちらの傷跡よりも、左の薬指と小指の古怪我の方が深刻だと思いますよ」

何気なくわたしがベルンハルト様の左手の指を指摘すると、リヒャルト様とシャルティーナ様がひゅっと息を呑んだ。

ベルンハルト様が愕然と目を見開いて、左の指に触れる。

「……何故、気が付いた？」

何故、と言われても……。

聖女は仕事柄、他人の不調に敏感なのだ。

ベルンハルト様はこちらに到着したときから左手を極力使わないようにしていた。

シャルティーナ様のために椅子を引いてあげた時も見ていたけど、左の薬指と小指が不自然に浮いたままだったし、よく見れば左手にあまり力を入れていないことがわかる。

だから不思議に思って観察していたら、左の薬指と小指がほとんど動いていないことに気が付いたのだ。たぶん、神経を痛めているのか何かで動かないのだと思う。

そう説明すると、ベルンハルト様が参ったなと笑った。

「気づかれないようにしていたんだが、聖女はすごいな。スカーレットが指摘した通り、この二本の指は動かないんだ。シャルティーナが頑張ってくれたおかげで指を切り落とすまではいかなかったし、これでもかなり回復したほうなんだがね」

ベルンハルト様の指は、先王時代、彼が軍部に所属していたときに負った怪我だそうだ。

国境付近の紛争の鎮圧に出向いた際、部下を庇って負った怪我だという。

その時、シャルティーナ様は妻として、それから聖女としてベルンハルト様について行っていて、何とか怪我を癒したけれど完全ではなく、後遺症が残ってしまったんだって。

「……わたくしの力がたらなかったのよ」

シャルティーナ様が悔しそうにきゅっと唇を噛んだけど、わたしはシャルティーナ様が戦場について行ったことにびっくりだった。

有事の時、国から聖女に出動要請がかかることはあるけれど、そう簡単に神殿は許可を出さない。紛争地帯なんて危険な場所になんて絶対に聖女を出さなかっただろうし、聖女たちも争いを知らない女性たちばかりなので、そのような恐ろしい場所には行きたがらないものだ。

それなのに、貴族令嬢でありながら夫やほかの兵士たちのために紛争地帯にまで赴くなんて、シャルティーナ様って可憐な見た目からは考えられないほど勇気があるよね！

……シャルティーナ様、かっこいい！

ちなみに、先ほど見せてくれた右腕の古傷は若いころに剣術の稽古のときに作った傷だそうだ。

結構深く切ってしまって、当時聖女として修業中だったシャルティーナ様に癒してもらったそうだが、こちらも怪我が大きすぎて完全には治し切れず、痕が残ってしまったらしい。

その後もシャルティーナ様は傷跡や指の後遺症を治そうと何度も癒しの力を使って奮闘したそうだが、傷が完全に塞がってからはまったく効果が見られなかったという。

「その指、治さないと不便だと思いますし、何ならそちらも試しましょうか？　それとも、右腕の傷跡だけの方がいいですか？」

「……できるのか？」

「うーん、さっきも言いましたけど、試してみないとわかりません。ただ、まったく効果がないとは思わないです」

だって、フリーデさんの水疱瘡の痕も消せたもんね！

あのときみたいに思いっきり力を使えばいけるのではなかろうか。

「そうか。……もしよかったら、試してもらえないだろうか。いや、無理強いはしないのだが」

「いいですよ」

リヒャルト様が言いにくそうに言うが、その程度のことを嫌がったりはしない。むしろ、ご飯の神様への積もりに積もった恩を返すチャンスである。

できることが少ないわたしは、できることを見つけたらもちろん全力を尽くすのである。

そしてあわよくばリヒャルト様に「このまま手元に置いておきたいな」と思ってもらいたい！

「スカーレット、わたくしからもお願いするわ。もちろん、無茶なお願いだとはわかっているけれど、わたくしではもうどうすることもできないの……」

シャルティーナ様が祈るように胸の前で指を組む。

そんなシャルティーナ様にベルンハルト様が「君が気に病むことじゃないし、充分すぎることをしてくれたよ」と優しく声をかけている。

……さすがはリヒャルト様のお兄様！　こちらもとってもお優しくて素敵な方である！

そして、ベルンハルト様がとってもお優しいから、シャルティーナ様も彼の怪我を何とか治してあげたいなって何度も挑戦するんだろうな。

……さて、と。

わたしは改めてベルンハルト様の怪我を見た。

右腕の傷跡はそれほど問題ではないだろう。フリーデさんのときと同じように、こちらは消えるだろうと思っている。

ただ、指の方はわからない。

聖女の力は、人間の自己再生機能を一時的にどーんと向上させる力だ。

先輩聖女からは、人間には誰しも自己再生能力が備わっているのだと聞いた。

だから怪我をしても治るのだ。

けれども、自己再生能力には限界があって、さらに年齢とともに低下もしてくるらしい。

もし自己再生能力が無限で年齢による低下もなければ、人間は老化もせずに永久に生きられるかもしれないと言っていた。

わたしのポンコツ脳ではさっぱりわからなかったが、傷跡が残るのは、それは自己再生能力の限界だからだろう。

そして、指に後遺症が残ったのも、痛めた神経を自己再生機能で修復できなかったからだ。シャルティーナ様の聖女の力をもってしても、それを完全に癒すだけの再生能力が向上しなかったのだろう。

わたしたち聖女の癒しの力は、人の免疫機能や自己再生能力を瞬間的に何百倍、何千倍にも向上させるが、その力は聖女によってまちまちだ。

その力が強い聖女もいれば弱い聖女もいる。

その強い弱いについては、神殿ではあまり問題視されない。

力の強弱を測ると聖女に優劣がついてしまうからだ。優劣をつけると、力の弱い聖女は負い目を感じるし、力の強い聖女はそれだけ期待されてしまう。

聖女の心の平穏のために、神殿は聖女に優劣をつけないようにしているのだ。

だから、わたしは自分の力が強いのか弱いのかもわからないのよね。

少なくともわたしがシャルティーナ様より力の強い聖女でなければ、ベルンハルト様の傷跡や指の不調を癒すことはできない。

……でもこのあたりは考えたって仕方がないので、試してみるのみ！

シャルティーナ様が本気で癒そうとして癒せなかったということは、かなり強い力で自己再生能力をそれこそ何万倍くらいに上げなければいけないような気がしてきた。

……だったらもう、わたしができる最大限で行くしかないよね！

聖女が癒しの力を使う時、相手の傷や病によってその力の強弱を変えている。

小さな切り傷のために癒しの力を最大限に使用して自己免疫機能を何千倍にしてしまうと、相手の体に負担がかかるらしい。

だから傷や病気に対して、それを治すのに適切な倍率で癒しの力を使うのだ。

これがなかなか大変で、聖女の訓練はもっぱらこの癒しの力の強弱を変える練習ばかりだった。

特にわたしは、癒しの力を弱めて使うのが苦手で、教えてくれる先輩聖女や神官さんたちに頭を抱えさせたものだった。

でも、ベルンハルト様のこの傷痕を治すのには、癒しの力を抑える必要はない。

……ということで、最大で行かせていただきまっす！

癒しの力を最大で使うのは、ちょっと楽しい。力の制御とかをいちいち考えなくていいからね。

全力で力を使う時、わたしは全身が例えようのない高揚感に包まれる。

わたしはベルンハルト様の近くまで歩いて行くと、傷跡と指の具合を確かめてから、彼の左手を軽く握る。

……指が動かない感覚ってわたしにはわからないけど、とっても大変だしつらいよね。

いまだに痛みもあるのではなかろうか。それを我慢し続けるベルンハルト様はすごい！

「では、行きますね！　せー……っ!!」

宣言して、わたしは最初から全力で癒しの力を使った。

普段なら手のひらしか光らないのだが、出力を最大にしたからわたしの全身が金色に光って、リ

ヒャルト様たちがひゅっと息を呑む。

198

「ま、待てスカーレット、この前より光が大きい気がするんだがいったい何を……」

リヒャルト様がハッとしたように止めに入った時には、わたしは癒しの力を使い終えた後だった。


「ふぅ……おなかすいた～」

癒しの力を使ったあとで、わたしはぐぅと主張したお腹を押さえた。

空腹に耐えられずに、行儀が悪いと知りながらも立ったままわたしはテーブルの上からケーキの皿を取る。

極限までお腹がすいてしまったので早く胃の中にケーキを入れたいのだ。

ベルンハルト様の側に立ったままもぐもぐとケーキを食べていると、リヒャルト様とシャルティーナ様がベルンハルト様の腕や指を検分していた。

……もぐもぐ、そんなにじーっと見なくても消えていると思いますよ？

ベルンハルト様の右腕にあった切り傷の痕はきれいさっぱり消えている。

問題は指の方だけど――

「……動く！」

よかった、動くそうです！

ベルンハルト様が、ゆっくり左手を握ったり開いたりしている。

シャルティーナ様が両手で口元を覆って、大きく目を見開いてそれを見ていた。

「あなた……」

「ああ、シャルティーナ。動くよ。まったく違和感がない。……信じられないな」

ははっ、と驚いた顔のまま笑ったベルンハルト様に、立ち上がったシャルティーナ様が勢いよく抱き着いた。

ベルンハルト様は座ったまま、けれどもしっかりシャルティーナ様を抱きしめている。

……うんうん、とっても仲良し！　素敵なご夫婦ですね！　もぐもぐもぐ……。

立ったままケーキを食べ続けていると、リヒャルト様から「座って食べなさい」と注意を受ける。

確かにいつまでも立ったままケーキを食べるのはダメだろうと、わたしはご飯の神様の言うことに従った。

……お腹すいた～お腹すいた～、まだまだ足りな～い！

とにかくこの飢餓状態を早く脱したいと、わたしはせっせとケーキを口に詰め込む。

「スカーレット、君には本当に驚かされるな。本当に君は聖女なのか？　ただの聖女に、これほどのことができるものなのか？」

「むぐぐぐぐぐっ（注・よくわかんないですけどわたしは聖女です）」

口の中に食べ物を詰め込んで喋ったらダメだって言われているけれど、今は極限までお腹がすいていてそれどころではないので許してほしい。

手元にあったケーキが残り一切れになったとき、シャルティーナ様がベルンハルト様に抱き着いたまま顔を上げた。

「スカーレット！」

名前を呼ばれたので食べ物を頬張ったままシャルティーナ様の方を向くと、シャルティーナ様は瞳をうるうるさせていた。

シャルティーナ様はベルンハルト様から離れると、ぱたぱたとわたしのそばまで走って来て、今度はわたしにぎゅーっと抱き着く。

「むぐぐぐぅ（注・ケーキがつきますよ）」

シャルティーナ様の綺麗なドレスが汚れたら大変だ。

今日のケーキはフリッツさんお手製のベリーのレアチーズケーキだからクリームはないけど、ベリーソースがかかっているからね！

だけど口の中にケーキを入れたままのわたしの発言はシャルティーナ様には伝わらなかったみたいで、抱擁を解いてくれない。

「ありがとう、スカーレット！　本当にありがとう……！」

「うむぐぐぐ」

「……スカーレット、とりあえずケーキの皿を置いたらどうだ」

どういたしましてと伝えたかったけど言葉にならなかったわたしを見かねてリヒャルト様がそう提案してくれたけど、ダメです。まだダメ！　まだ足りないのですよ！

シャルティーナ様に抱きしめられたままブンブンと首を横に振ると、リヒャルト様がわたしのお腹のすき具合を察してくれたらしい。

「義姉上、気持ちはとてもわかるのですが、先に食べさせてやってもらえますか。どうやらスカーレットは空腹で危機的状況のようです」

……その通りです！

わたしがこくこくと頷くと、シャルティーナ様がきょとんとした顔で抱擁を解いてくれる。

わたしは急いでお皿に残っていたケーキを口に入れると、フォークを口にくわえたまましょんぼりする。

……うぅ、なくなっちゃった。

ケーキが足りない。ケーキをお代わりしたい！　でもお代わりしていいかな？

すると、わたしの視線に気づいたのか、リヒャルト様が無言でご自分の前にあったケーキをわたしに差し出してくれる。

……ケーキが増えた！

「ありがとうございます、リヒャルト様!!」

わたしが笑顔でお礼を言うと、ベルンハルト様も手を付けていなかったケーキをそっとわたしの方へ押し出してくれる。

シャルティーナ様も同じようにわたしにケーキをくれた。

……王族の皆様は全員ご飯の神様ですか!?

わたしは全員にもう一度お礼を言って、にこにこと上機嫌でケーキを食べる。

「……まだ足りそうにないな」

リヒャルト様がそう言って、さらにケーキを追加でワンホール持ってくるようにメイドさんに頼んでくれた。

……幸せ!!

「ひとまず、スカーレットが満足するまで待ちましょう」

「ええ、そうね」

「しかし本当によく食べるな……」

なんか、リヒャルト様たちはまだお話があったみたいだけど、わたしのお腹が満たされるまで待ってくれるらしい。

……王族の皆様は、本当に本当に優しいね!

「スカーレット、腹が落ち着いたなら教えてくれ」

わたしはすっかりやり切った気になって満足していたのだけど、リヒャルト様たちはそうではなかったみたい。

ケーキを全部食べて、飢餓状態から解放されたわたしは、紅茶で喉を潤しながらきょとんとして首を傾げる。

「何をですか?」

「だから、どうやって傷跡を消したかだ」

「ええ。癒しの力の強弱を変えるのはわかるの。でも、わたくしがいくら最大の力で癒しをかけても、ベルンハルト様の傷跡は消えなかったのよ」

「……うーん」

そう言われても、わたしにはよくわからない。

本当に、ただただ最大出力で癒しの力をかけただけなのだ。

わたしがさらに首をひねると、シャルティーナ様もつられた様に首を傾げた。

二人で「うーん」と悩んでいると、ベルンハルト様が苦笑する。

「シャルティーナは力の弱い聖女ではないけれど、スカーレットが特別力の強い聖女だったのではないか？」

「そうおっしゃいますけど、力の差はここまで大きく開くものではありませんわ。……わたくしが知る限りですけど」

「だが実際、それしか考えられないだろう？」

「それは、まあ……」

シャルティーナ様はまだ納得していないようだった。

「もしかしたら、『癒しの水』にも関係があるのかもしれないな」

「そうですわね。まずそちらを検証しましょう。わたくしが使った湯に同じ効果が表れなければ、スカーレットだけ特別ということになります」

リヒャルト様の意見にシャルティーナ様が目を輝かせて頷いた。

……何故かしら？　妙な実験に興味を持った人がもう一人増えた気が……。

早く『癒しの水』の検証実験に飽きてほしいのに、この様子だと飽きてくれなさそうな気がする。

なんかやだな～と思っていると、リヒャルト様が家令のアルムさんにケーキを追加してくるように言った。

……ケーキ！

さっきも追加してもらってたくさんケーキを食べたけど、わたしのお腹はまだまだ入りますからね！　二回でも三回でもど～んと来いです。むしろ来てほしいです！

ケーキに釣られてころっとわたしの機嫌がよくなると、リヒャルト様が訊ねる。

「先ほどスカーレットが癒しの力を使ったとき、君の全身が金色に輝いたが、あれはなんだ？」

「最大出力で癒しの力を使うとピカピカ光ります」

「義姉上」

「わたくしは、あのようにはなりません。他の聖女が癒しの力を最大で使ったところを見たことがありますが、他の方もあのようにはなりませんでしたわ。せいぜい手のひらから淡い白い光が出るくらいです」

「……なるほど。スカーレットだけか」

「そうなんですか？」

「むしろ何故君が知らない。神殿で暮らしていたんだろう？」

「癒しの力を最大で使ったことはほとんどないですし、昔は最大で癒しの力を使うと倒れていたのでよくわかりません。他の聖女たちが最大出力で癒しの力を使うところも見たことありませんし」

「倒れていた⁉」

「はい。久々に使ったから倒れるかと思いましたけど、体が成長したからなのか倒れませんでした！　お腹はすきましたけど……」

えっへんと胸を張ると、何故かリヒャルト様が怖い顔になった。

「君は、何故そんな無茶をする⁉　試してほしいとは言ったが、倒れるまで力を使ってほしいとは言っていないぞ‼」

……何故だろう。怒っていらっしゃる。

「で、でも、たぶん最大出力でないとあの傷跡は消えなかった気がしますし……」

「そういう問題じゃない！」

ではどういう問題なのだろうか。

怒っているリヒャルト様が怖いので、わたしの背後に控えているベティーナさんに助けを求めると、そっと近づいてきてくれた。

「旦那様、ひとまず、倒れなかったからいいではありませんか。スカーレット様はご自分が無茶をしたという自覚はなさそうですから、それはおいおいお教えすればよいのです」

「無茶をした自覚がないだと？」

じろりと睨まれたので、わたしはこくこくと何度も首を縦に振って、体をよじると、ベティーナさんの腰にひしと摑まった。この場でわたしをかばってくれそうなのはベティーナさんしかいない。

リヒャルト様がこめかみのあたりを指でぐりぐりしながら、はあ、と嘆息する。

「君という人は……。まあ、鳩にも惜しげもなく癒しの力を使うくらいだ、細かいことは気にしていなさそうだな。しかし、昔は倒れていた、か。そして今回は腹が減ったと。……聖女の力と空腹には関係があるのか？　義姉上、どう思います？」

「わたくしは力を使っても空腹を覚えることはありませんわ」

「つまりこれも、スカーレット限定ということか」

……あれ？　なんか「わたしだけ」の事象が増えたよ？　なんかダメな子っぽい気がして嫌なんだけど。まあ実際、力のコントロールを覚えるのには人より時間がかかったし、燃費が悪いって神殿を追い出されちゃったから、聖女の中では落第生なのかもしれないけどね。

「君のその燃費の悪さと聖女の力には、何か関係があるのかもしれないな」

「そうですわねえ。……それだけ食べているにもかかわらず、そんなに細いのですもの、確かに何か秘密があるのかもしれませんわ」

「シャルティーナ、細さは関係ないのではないか？」

「ありますわよ。……秘密がわかれば、わたくしも太らない体が手に入るかもしれませんわ」

「完全に脱線しているよ、シャルティーナ」

ベルンハルト様がやれやれと笑う。

「ともかく、最初は『癒しの水』だな。スカーレットについて調べるのはそのあとにしよう」

……なんですと!?

今、不穏な単語が聞こえてきましたけど、ちょっと待ってほしい！

……わたしを調べるって、リヒャルト様、いったい何をする気ですか!?　わたし、食べても美味しくないですよ!!

☆

結果を申しますと、シャルティーナ様の出し汁……もとい、お使いになったお風呂のお湯には、癒しの効果は見られませんでした。

……はあ、そのせいでわたしに何か秘密があると過大解釈したリヒャルト様が、わたしを調べる気満々だよ。

何故だと訊かれたところで、わたしに答えられることはないけれど、だからってわたしの検証実験はひどいと思う。

聖女に、癒しの力は無暗に使わせてはならないとか以前言っていた気がするんだけど、それはどこへ行ったのやら。

わくわくと少年みたいに楽しそうな顔で、わたしに癒しの力を使ってくれないかなんて言っている。

……癒しの力を使うのはいいんだけどね、いいんだけど……実験はやだなあ。

調べたところで、わたしに秘密なんてないと思うよ。

リヒャルト様はまず、癒しの力と空腹の関係性を調べることにしたようだ。

つまり、癒しの力を使った後でわたしのお腹がすくかどうかを確かめるらしい。

過去二回、わたしが大きな力を使ったあとで空腹になったからだろう。

実験なので、お腹のすき具合も統一した方がいいだろうということになって、毎日、お昼ご飯の一時間後に実験をすることになった。

シャルティーナ様も興味津々で、わたしの実験にお付き合いくださっている。

シャルティーナ様は子供を産んでから太りやすい体質になったそうで、食事の量と体形が比例しないわたしの秘密を暴こうと必死だ。

……シャルティーナ様の場合はリヒャルト様と違って、太らない秘密がほしいみたいだけど、ただ燃費が悪いだけだと思うよ。

わたしの癒しの力を使うには、怪我人や病人が必要なのだが、そこはさすが領主様である。領内の病院に掛け合って、動かしても大丈夫な患者を毎日一人こちらへ向かわせてくれることになった。神殿にばれたら面倒くさいので、口の堅い人間に限るという条件を付けたようだが、病院としても患者としても、聖女が癒しの力を使うならと二つ返事で了承したそうだ。

リヒャルト様は細かくデータを取りたいとかで、患者のカルテも一緒に持って来させては、怪我や病気の度合いがどの程度かも逐一細かくメモしている。

わたしの空腹度合いと怪我や病気の大きさをグラフにするのだそうだ。聞いているだけで気が遠くなるほど面倒くさそうだけど、リヒャルト様は大変楽しそうである。

……リヒャルト様って、やっぱり研究者気質だよねえ。

そんなものを調べて何が楽しいのだろう。

ただ、悲しいかな、ここで生活させてもらって、たらふくご飯を食べさせてもらっているわたしとしては、嫌ですなんて言えない。

リヒャルト様に気に入られてこのままここに居座ろうと考えているわたしとしては、リヒャルト様のご機嫌取りはしておいた方がいいはずだ。

実験と言っても単に癒しの力を使うだけなので、ここは我慢してお付き合いしよう……。


検証実験をはじめて五日。

リヒャルト様は集めた五人分のデータを見ながら、ふむ、と頷く。

「強い癒しの力を使った方が、空腹度合いが大きいようだな」

わたしの空腹度合いをどうやって測っているのだろうか。

よくわからないけど、癒しの力を使ったあとはたくさんケーキをくれるから、なんとなくその食べる勢いとか個数で測っている気がする。

「君のその食欲は、聖女の力の使い過ぎではないのか？」

「でも、使っていないときもすぐにお腹がすきますよ？」

「……確かにな」

リヒャルト様と出会ってここに到着するまでも到着してからも、しばらくの間癒しの力は使っていなかった。

でもわたしはすぐに空腹になったたし、もりもりご飯もおやつも食べていたから、わたしにはどこに差があるのかがさっぱりわからない。

「君のその食欲はずっと昔からか？」

「もぐもぐもぐ……、聖女の訓練を開始してからは、ずっとこうです」

ご褒美のケーキを頬張りつつ答える。

「では、聖女の訓練を開始する前はどうだろう」

「んー……、普通だった気がします。孤児院にいたのでそんなにたくさんのご飯はなかったですし、別に空腹が原因で倒れたりもしなかったはずです。ただ、子供の頃のことなのであんまり覚えてません」

「確かに、六歳ごろのことを鮮明に覚えているはずもないか。だが、孤児院で出される食事は全員が同じ量だろうから、それで倒れていないのなら……ふむ、やはり、聖女の力が関係していそうだな……」

そうなのかもしれないが、それならば何故力を使っていなくてもお腹がすくのだろう？

リヒャルト様は集めたデータを睨みながら、非情にも言った。

「それを理解するにはまだデータが足りないな」

わたしの検証実験はまだまだ続くようである。しょんぼり。

六、スカーレットの穴だらけ養女計画

Hungry saint meets the duke (eat♪)

「スカーレット、これを見なさい」

検証実験をはじめて一週間が経った頃。

サリー夫人の授業が終わった午後、ベティーナさんと部屋でまったりとお菓子を食べていたわたしの元にリヒャルト様がご満悦顔でやって来て、わたしに分厚い紙の束を差し出してきた。

シャルティーナ様とベルンハルト様は近くの町に遊びに行っている。「デート」というやつらしい。

ちなみに、優しいシャルティーナ様が「お土産にお菓子を買って帰るわね」って言ってくれたので、わたしはわくわくしながらそのお土産を待っている。

だけどそのわくわくは、リヒャルト様の持って来た紙の束のせいで急速にしぼんでいってしまった。

なんだこれ、と思って見たら、細かな数字とかグラフとかがびっしり書かれていたのである。

……これはもしかしてもしかしなくても、わたしの検証データでしょうか？

なんか、わたしの知らないわたしが暴かれたみたいでちょっと恥ずかしいなぁ……。

そして、数字に弱いわたしは見たところでわからなかったので、わかったふりをしてすぐに紙の束をリヒャルト様にお返しした。わかったふりをしておかないと、細かい説明がはじまりそうな予感がしたからである。

ベティーナさんは「わかったふり」のわたしに気づいたみたいで、小さく笑っているけど……しー！　ベティーナさん、リヒャルト様にばれちゃうから、笑っちゃだめですよ！

リヒャルト様の説明はわかりやすいんだけど、わたしがわかるまで延々と説明するのが難点なのだ。

そしてわたしは最近思った。

リヒャルト様から小難しいお話（説明）を聞くと、お腹がすく。

人間、頭を使うとお腹が減るのだろう。だからわたしは、空腹回避のために、極力小難しいお話は聞きたくない。

の、だけど……、今日のリヒャルト様は、わたしが何も言わなくても、わかったふりをしても、説明をやめるつもりはなかったらしい。

よほど語りたい何かがあったようだ。しょんぼり。

「これはステファンから取り寄せた薬のデータだ。君が作った薬と、他の聖女……義姉上に頼んで作ってもらった薬に差があるのかを調べた結果だよ」

リヒャルト様、いつの間にそんなことをはじめていたの!?

シャルティーナ様も、そしてステファン様も巻き込んでデータ収集に励んでいたらしい。

検証にご協力くださったのは、町に残っていた新種の流行風邪の患者さんだそうだ。

流行風邪の感染拡大は阻止できたが、さすがにいきなりゼロにはならないので、少数だけど患者さんは残っていた。

感染が確認できた患者さんは町の病院に入院してもらって、他人に移さないように気を付けながらわたしの薬での治癒を行っていたそうなのだが、その患者さんを二つに分けて、わたしと、シャルティーナ様の薬で違いがあるのかを調べたという。

……リヒャルト様が本気すぎてちょっと怖いです！

そこまでしてわたしの秘密を暴きたいのだろうか。

秘密なんてないと言いたいけど、リヒャルト様は何かに気が付いた様子なのでわたしもだんだん自信がなくなってきたよ。

……わたし、もしかして変な子？

ただ燃費が悪いだけじゃなくて、他の人と何かが違うのだろうか。

「いいか？　こっちがスカーレット、君が作った薬を服用した患者のデータで、こちらが義姉上の作った薬を服用した患者のデータだ」

リヒャルト様がわたしの宝の山（お菓子）をテーブルの端によけて、その代わりに紙を並べた。

そんな食べられないものを目の前に置かれても嬉しくもなんともないが、こうなればリヒャルト様は止まるまい。

仕方ないからお付き合いしよう。……お菓子を食べながらね！

ベティーナさんが、端っこによけられたお菓子の中からレモンケーキのお皿を渡してくれたので、もぐもぐと食べながらリヒャルト様の説明を聞く。

「このグラフは、服用から根治……つまり、体の不調が改善するまでの時間経過だ。発熱、頭痛、倦怠感、吐き気、関節痛、咳など項目ごとにも計算してある。こちらは年齢別だな。あと、男女別。こちらは体重別だ。それから持病が……」

わぉ……、もう嫌になって来た。

こういうとき、リヒャルト様は細かすぎると思います。

でもここはぐっと我慢。リヒャルト様はとても楽しそうだし、嫌な顔をしても止まらないのはわかっている。ここは気持ちよく語ってもらうために、わかったふりをしておこう。

……説明が長引くのが嫌だからわかったふりをしようとか考えてないからね！　ちょっとしか！

「すべてのデータにおいて、スカーレット、君の作った薬の方が、症状の改善までの時間が短いと出ている。義姉上の薬と比較して、平均三倍の早さだ」

それはすごいのかすごくないのか。わたしにはわかりません。

でも突っ込まない。こういう時、疑問を口にしてはいけないのだ。説明がはじまるから。

「本当は義姉上以外の聖女の薬からもデータが取りたかったがそれは後々の課題だな。義姉上はあれでなかなか力の強い聖女だからな、義姉上の薬の三倍もの効果となれば、スカーレット、君の薬はとんでもなく高性能だということになる」

「なるほど～」

わたしはわかったふりに徹しようと頷いてみたのだけど、これがまずかった。

「……わかっていないな」

何故か、リヒャルト様に「理解していない」判定を受けてしまったのだ。

……なんで!?

そしてそこからは延々と説明がはじまってしまった。

お菓子を食べながらでもぐったりするくらいの細かさだった。

ようやくその説明が終わったと思ってホッとしたのに、まだ話は続くようで、リヒャルト様は今度は別の紙を取り出した。

どうでもいいが、いったいどれだけの検証項目があるのだろう。

……頭のいい人の考えることはわかりません！

わたしはすっかり白旗を上げたい気分だけど、楽しそうなリヒャルト様は、たとえわたしが白旗をぱたぱたさせても気が付かないだろう。完全にスイッチオン状態である。

「スカーレット、こちらを見てくれ」

紙を渡されたので、わたしは仕方なく受け取った。

また細かい数字だったら嫌だな～と思っていると、今度は数字ではなく、箇条書きでいろいろなことが書かれている。

……えーっと、なになに？　失明しかかっていた視力が戻った？　肩こりが改善した？　関節痛が治った？　痛風の痛みがなくなった？　……なにかしら、これ？

流行風邪に対する検証ではなかったのだろうか。

それとも何か別の実験もはじめたのだろうか。

……ま、どっちにしても、これはわたしとは関係なさそうね～。

読み終わった紙を返すと、リヒャルト様が少年のような笑顔で「すごいだろう!?」と言い出した。

何がすごいのかわからなかったけど、ここでも「わかったふり」で頷く。

だけど一度見破られた「わかったふり」は、リヒャルト様には通用しなかった。

「スカーレット、これらは君の薬を服用したことで得られた効果の一部だ。副産物ともいえる。つまり、病気を治すために服用した薬で、それまで悩んでいた様々な症状の改善まで見られたんだ」

……へ～？

でも、それってすごいことなの？

薬なんだから、体に不調があったら治るよね？

聖女の薬は○○に効く薬、という形で分類されない。

まあ傷薬か飲み薬かの分類はあるけど、それ以外に大きな差はないのだ。

これは薬師の作る薬と聖女の薬の大きな差の一つでもある。

薬師は一つの薬にたくさんの効能を付与することができない。

聖女の力を持たない薬師は、調合した薬草の効能分の薬しか作れないからである。

鎮静剤と解熱剤など、似通った効能のものであれば一つの薬として作ることはできるけれど、複数の病気に作用する薬を作ることは薬師には不可能だ。

その点聖女は、聖女の力と薬草の組み合わせで作るので、いわば、万能薬に近いものを作ることができる。

よほど特殊な病気だったりした場合は、それだけに特化したものを作ることもあるけれど、むしろそのレベルであれば聖女自身が癒しの力を使う方が多い。

聖女の薬は、いわば、聖女の数の不足を補うために作られはじめたものなのだ。

聖女が癒しの力を使えない時の代用品なのである。

言い換えれば、聖女の力の簡易版、ということだ。

聖女の力そのものには劣るけれど、大きな怪我や病気でなければそれで代用可能なので用いられているだけなのである。

……だから、風邪を治すために飲んだ薬で他の不調が治っても、不思議じゃないよね？

リヒャルト様は何に感動しているのだろうか。

わかったふりが通用しなくなったので、わたしは素直に訊ねてみた。これ以上のわかったふり作戦は無意味だからだ。

「聖女の薬なんですから、体の不調は治りますよね？」

この質問が、またまたまずかった。

「普通はこれほどの効果は出ないんだ」

と言い出したリヒャルト様が、別の紙を取り出したのだ。これには細かい数字が書かれていて、わたしはまた気が遠くなりそうだった。

……うーん、細かい！　本当に、細かい！　治ってラッキーでいいと思うのに、なんで細かいデータを取るのかしら？

助けを求めてベティーナさんを見たけど、ベティーナさんも興味深そうにリヒャルト様が取り出した紙を見ているから、今日は助けてくれなさそう。

レモンケーキを食べ終えたわたしは、次にイチゴのババロアに手を伸ばす。

「スカーレット、確かに聖女の薬は万能薬に近いだろう。聖女の力の縮小版だ。だがな、普通はここまで効かない。聖女の薬を服用した際、一番効果が表れるのは、服用者の一番重大な症状だ。今回で言えば、新種の流行風邪の症状だな」

それは理解できるので、わたしはちゅるんとババロアを飲み込みながら首肯する。

聖女の薬は、一番問題な症状から効いていく。おそらくそれは、聖女の薬のせいというよりは、聖女の薬で底上げされた自己免疫機能が、自分の体の中で一番問題なものを見つけて対処しようとするからだろう。

そして、薬の効果は無限ではないので、症状によってはすべての不調が治るわけではない。

今回で言えば、新種の流行風邪の症状を治癒して、それで聖女の自己免疫機能の底上げ効果が切れてしまえば、他の症状まで作用しないのである。

逆を言えば、新種の流行風邪を治癒した後で薬の効果に余力があれば、他の不調も治癒してくれるのだ。

……別に、不思議でも何でもないよね？

聖女であるわたしには常識だったし、実験大好きなリヒャルト様のことだから、彼も知っていると思うのだけど。

わたしが知っていることをリヒャルト様が知らないとは思えないけど、思い込みはよくないなと思って、一応お伝えしておくことにした。

「新種の流行風邪を治しても、薬の効果に余力があったんだと思いますよ」

わたしはリヒャルト様に聖女の薬のなんたるかを説明した。聖女の薬は自己免疫機能を向上させるものなので、余力があればほかの不調を治すことも不思議ではないよ～とお伝えしたんだけど、リヒャルト様は「わかっていないな」と首を横に振る。

……わかっていないってどういうこと？　わたし、間違ってないよね？

いったいリヒャルト様は何が言いたいんだろう。

「聖女の薬については私も理解している。だから、他の不調部分に改善が見られても何ら不思議ではない。不思議なのは、その不調が完全に癒えているということだ。もっと言えば、義姉上の薬を飲んだ患者では、他の不調部分の改善がほとんど見られなかった。見られても少しだけで完治には至っていない。だが君の薬を飲んだ患者は、体のすべての不調が完治に至っている」

「たまたまじゃないですか？」

「そんなわけあるか！」

リヒャルト様が「何故わからない!?」とがしがしと頭をかいた。

そんなに頭をがしがしすると……あー、ほら、髪の毛がぐっちゃぐちゃになっちゃったじゃないですか。せっかくのつやっつやの金色の髪が～……。

「よく見なさい。これがデータだ。こちらが義姉上、こちらが君の薬のデータだぞ」

データと言われても、数字はわかりません。

だけど何やら興奮しているっぽいリヒャルト様相手に、「数字はちょっと……」とか言い出せる雰囲気じゃないので大人しく見ることにします。

わたしはさっぱりついていけていないけど、ベティーナさんは身を乗り出してデータを見ている。頭のいい人はすごいね。

「これらのデータからわかることだが、まず、新種の流行風邪はなかなか厄介な風邪だと言うことだ。義姉上の薬を服用した場合、他の不調にほとんどの改善が見られないと言うことは、普通の聖女の薬による自己免疫機能の底上げ効果では風邪を治すだけが精一杯ということになる」

……あの～、その言い方だと、わたしが普通じゃないみたいに聞こえますけど……。

というツッコミはできそうにない雰囲気なので、普通の子じゃないみたいに言われてちょっと嫌だな～と思いながらもわたしは黙っておくことにした。

「次に、義姉上の薬では改善がほとんど見られなかった他の不調部分について、君の薬ではすべて完治したという事実だが、言うまでもなく、君の薬は義姉上の何倍もの効果があると判断できる。根治までの時間がおよそ三倍の早さだったと先ほど言ったと思うが、他の不調部位の回復まで数値に換算すると、十倍以上の効果であると言わざるを得ない」

……それは、どういう計算なのでしょうか？　あ、いえ、結構です！　計算式とか言われても頭がぐるぐるするだけなので、細かい数字とか足し算引き算掛け算割り算とかいりません！　両手の指でたりない計算はわたしは受け付けませんからね！　暗算とか無理！

「しかも、スカーレット。君の薬で、失明しかかっている視力や、難聴まで回復しているんだ。これはすごいことだぞ。普通、失明しかかっている視力は聖女の薬では回復しない。難聴もだ。それなのに君の薬は、流行風邪を治癒したうえでそれらを治したんだ。わかるか？」

わかるかって言われても。

「治ってよかったね、じゃダメなんですか？」

「よかったにはよかったが、これはそう単純な話ではないんだ」

「わたしは単純な話だと思いますけど……」

聖女の力は、誰かの怪我や病気を治す力だ。

だから、その過程とか、リヒャルト様の集めているデータとかには、わたしは興味がない。

「いいか、スカーレット」

リヒャルト様は懇々《こんこん》と諭すようにわたしに語って聞かせはじめたが、いくら言われたところでわたしには理解できなかった。

とりあえず聞いたふりをしていると、リヒャルト様は語りたいだけ語って満足したのか、紙を片付けながらほくほく顔でこうおっしゃる。

「スカーレット、君は不思議の塊だ。私はここまで不思議な存在に出会ったことがない。君を調べていたら、もっともっと新しい発見ができそうだな」

……えーっと、それはつまり、わたしの研究はまだ続けられるってことですか。

わたしは食べ終わったババロアのお皿を握り締めたまま、がっくりと肩を落とした。

☆

やはり、スカーレットは特別だった。

データがびっしり書かれた紙の束を一枚一枚確かめていたリヒャルトの口端がゆっくりと弧の形に持ち上がる。

スカーレットが「普通の聖女」とは違うかもしれないと気が付いたのは、彼女がフリーデの水疱瘡の傷跡を癒したときだった。

だがあの時は、まだ仮定段階だった。

スカーレットが特別と判断するには、あれだけではまだ判断材料が足りなかったからだ。

(しかし、一度にあれほどの量を作製してみせた薬、その効果、麻痺して動かなかった兄上の指を回復させたこと、風呂の水の効果も義姉上の入浴後には見られなかった。ここまでおかしな現象が重なるなんて、普通じゃない)

正直最初は、頭が痛い問題だと思った。

聖女の中でもスカーレットが特別だとすると、リヒャルト一人の手に余る。

かといって、スカーレットが特別であると公表すれば、きっと彼女は再び神殿に連れ戻され、祭り上げられることになるだろう。

それだけ彼女が起こした奇跡の数々は、普通ではあり得ないことなのだ。

かしずかれ、敬われ、彼女は神殿の中でも不動の地位を手にするだろう。

それが正しいことだと、リヒャルトも最初は思った。

けれども、スカーレットを見ていて、気が付いてしまったのだ。

――スカーレット本人は、そうして祭り上げられることを望むだろうか、と。

周りが、リヒャルトが、特別だと感じる奇跡を起こしても、スカーレット本人はけろりとしている。まったく特別なことだと認識していないのだ。

それどころか、リヒャルトがこれがどれだけ素晴らしいことなのかということを語って聞かせても、理解していないようなのである。

――治ってよかったね、じゃダメなんですか？

あれだけすごいことだと言い続けたのに、首をひねりつつそんな風に言われた時は心の底から驚いた。

謙遜でも何でもなく、スカーレットは本当にそれだけしか感じなかったのだろう。

自分の能力におごることもなく無頓着で、だからこそ、今の今まで自分が特別だと気が付かなかったに違いない。

そしてどれだけリヒャルトが「特別だ」と伝えても、スカーレットは興味すら持たない。そんな彼女が神殿でちやほやされることを望むとは思えなかった。

（そんなことよりお菓子が食べたい、とか言いそうだしな）

聖女の中でも特別となれば、やり方次第では富も名声も思うがままだろう。しかしスカーレットは、それすらも「食べられないならいらない」と言い出しそうな気配すらあった。

スカーレットは特別だ。

だが、力よりも、リヒャルトにはスカーレットのその心こそが特別だと思えてならない。スカーレットがスカーレットたり得るから、もしかしたら神は彼女にこれほどまでの力を与えたのではあるまいか。

今後、スカーレットをどう扱うかについての課題は残るが、できることならこの無邪気な聖女をできるだけ長く見ていたい。

（スカーレット、君はここに来てから今日までのほんのわずかな時間だけで、数えきれない多くの人を救ったんだが、それすらわかっていないのだろうな）

人々を救い、ヴァイアーライヒ公爵領をも救った。

スカーレットの薬がなければ、流行風邪の蔓延に伴い、公爵領は傾いていただろう。曲がりなりにも公爵領だ、滅ぶまでの危険はなかっただろうが、この先数年は厳しいかじ取りを強いられていたはずである。

何故なら、シャルティーナをはじめとするリヒャルトが頼れる聖女に極秘に薬の製作を頼んだところで、到底数が足りなかっただろうからだ。

(私はあの日、行き倒れていたスカーレットを救ったつもりでいたが……、救われたのは、私の方か)

大口をあけてシュークリームにかぶりついているスカーレットは、そんなつもりはまったくないのかもしれないけれど。

☆

一か月も飽きずにわたしの検証実験をしていたリヒャルト様が出した結論はこうだ。

わたしは、人よりも聖女の力が強い。

そして、その力は、絶えず微弱に出ている状態——つまり、癒す対象がいないのに、ちょっとずつ癒しの力を放出している状態で、だからこそ人の何倍もお腹がすくし、わたしの出し汁もといお風呂のお湯に癒しの力が付与されたのだろうとのことだった。

この、聖女の力が絶えず微弱に出ている状態という仮説を立てた時に、リヒャルト様はこのお邸で働いている人たちに聞き取り調査を実施したらしい。

その結果、わたしの出し汁に触れていないのに、肩こりや腰の痛みが改善した人や疲労感を感じにくくなったなどという証言が多数得られた。

おそらく、わたしから漏れ出ている微弱な力が作用した結果であろうとリヒャルト様は考えたのだ。

……でも、それってわたしが聖女の力をうまくコントロールできていないってことだよね。神殿に引き取られたとき、あれだけ訓練したのに。悲しい……。

だが、がっかりするのはわたしだけで、リヒャルト様は大変楽しそうだった。

あくまで仮定段階だそうだがリヒャルト様なりに確証を得ているようで、今後もわたしの検証は続けられるらしい。もっと悲しい……。

ちなみにそれを聞いたシャルティーナ様は、癒しの力を使いまくれば食べても太らないのではないかという新たな仮説を立て、実験しようかどうしようか本気で悩んでいる。

「たくさん食べても頑張って癒しの力を使えば太らないってことでしょう!?」

そんなに太る太らないの問題が重要なのか〜、とわたしはかつての聖女仲間を思い出した。

聖女仲間たちも年中ダイエットをしていた気がする。ダイエットには終わりがないらしいので、わたしはそんな苦しいことはしたくない。まあ、わたしの場合、ダイエットをはじめたら餓死する未来しか見えないから、したくてもできないのだけど。

でも、そっか〜。

確かにわたしは力のコントロールが得意ではなかったけど、常に癒しの力を垂れ流している状態だとは思わなかった。道理ですぐにお腹がすくはずだわ。

ちなみにわたしのこの体質については、リヒャルト様とシャルティーナ様で意見が割れている。

リヒャルト様は、きちんと訓練して、癒しの力の垂れ流し状態を改善した方がいいと言うし、シャルティーナ様はそれで食べても太らない羨ましい体質なんだからこのままでいいのではないかと言う。

わたしはどちらの意見を採用すればいいだろう。

……神様の言うことは絶対だけど、わたしの場合、訓練してもきちんとコントロールできるようになるか怪しいんだよね。細かい調整は昔から苦手なんだもん。

そんな訓練をするよりも、リヒャルト様のお家の子にしてもらうにはどうするかを考える方がわたしには重要である。

こんな素敵な生活（ごはん的に）、逃したくない。

そのためには、リヒャルト様にわたしにはそばに置いておくだけの価値があるのだと証明しなくては！

……特技なんて何もない大飯食らいのわたしの価値はないに等しいかもしれないけど、何かないか頑張って探さなくちゃね！

ちなみにこの一か月の実験で三十人の患者をわたしが癒したため、入院患者がほとんどいなくなった病院は現在とっても閑散としているそうだ。

患者が治ったのは嬉しいが収入的に厳しいそうなので、リヒャルト様が実験に協力してくれたお礼に寄付金を出しておいたと言う。患者を癒して寄付金も払うなんて、神殿とは逆だね。

データが取れてリヒャルト様はひとまず満足したようなので、わたしの実験は一時中断である。

終了でなくて中断なのが悲しいが、結論が得られていないから終了はしないのだそうだ。仮説でも充分だと思うのに、リヒャルト様は細かい。

「癒しの水」についての実験も中断である。

わたしにしか生み出せないとわかったが、そうすると逆に扱いに困ってしまうため、引き続き「癒しの水」の存在は外部には漏らさないらしい。

リヒャルト様が使用人たちに、もう汲み置く必要はないから下水に流していいと言ったけれど、使用人たちはやっぱりわたしの出し汁をバケツに一杯か二杯、こそこそと回収していっているみたいだ。

リヒャルト様も邸の外に出さないのであればと、この分は大目に見ているようである。

ちなみにわたしの出し汁は動物の怪我にも有効で、この前、馬車の馬が怪我をしていたときに使ったら治ったと聞いた。

それ以来、馬を洗うときに使用しているそうだ。相手が馬なら別に恥ずかしくないからいいんだけどね。

ベルンハルト様とシャルティーナ様は、あと一週間ほど滞在して王都に戻られるらしい。

さすがに社交シーズンの終わりまで王都の邸を留守にはできないと言っていた。

わたしとしては、シャルティーナ様が帰られる前にリヒャルト様のお家の子になれる方法をご相談したいところだ。

シャルティーナ様は聖女仲間だからなのか、それともわたしの太らない体に興味があるからなのか、とっても親切でいろいろお話してくれる。きっと相談したらいい方法を教えてくれるはずである。

……よし、リヒャルト様にもらってもらう計画を立てるぞ！

すっかり餌付けされているわたしはもう、リヒャルト様なしでは生きられない運命なのだ！

「まあ、スカーレットは、リヒャルト様のお家の子になりたいの？」

シャルティーナ様はおっとりと頬に手を当てて、ぱちぱちと目をしばたたく。

「そうねえ……。リヒャルト様は二十一歳だけど……、このままだとしばらく結婚しなさそうだし、養女をもらっておくのもありなのかしら？　でも、スカーレットは十六歳でしょう？　二十一歳の養父って……違和感ない？」

「全然ありません！」

むしろごはん的に何が何でもリヒャルト様に養父になっていただきたいです。

「どうすればわたしを養女にしてくださると思いますか？」

わたしが必死になってシャルティーナ様に相談している横で、ベティーナさんが困った顔で微笑んでいる。

シャルティーナ様はわたしとベティーナさんを見比べて、またおっとりと言った。

「それはわたくしにもよくわからないけれど……ただ、一般的には、聖女を養女にしたくない貴族はいないのではないかしら。特にスカーレットのように『国の子』として登録されている聖女は、喉から手が出るほど欲しいと思うわ。だって、貴族として登録できるのですもの」

貴族として登録できる聖女は貴重らしい。

何故なら、貴族として嫁がせることができるからだ。

聖女という箔があれば、下級貴族や中級貴族でも上級貴族に養女を嫁がせることが可能となるため、家同士の縁を結びたがる貴族はそんな聖女をこぞってほしがる。

ただ、神殿が養子縁組に首を縦に振らないため、なかなか聖女を養女にすることができないのだそうだ。

……聖女のおかげで多額の寄付金をもらっている神殿にとっては、聖女はお金のなる木も同然だからね。そう考えると、簡単に養子縁組に許可を出さないのもわかるかも。

うーん、でも、嫁がせること前提での養女だと、いずれはこの素敵な環境から旅立たなくてはいけないのか。さすがに一生面倒見てくださいとは言えないもんね。

でも、養女にしてもらえれば、少なくとも後しばらくはここにいられるかもしれないし……、やっぱりリヒャルト様の養女になりたいです！

「リヒャルト様にご相談するのが一番だと思うけれど、そうね……、それとなく、わたくしから陛下に訊いておいてあげるわ。王族の場合、養子縁組には陛下の承認がいるのよ。血のつながらない家族を下手に増やされると困るから。ほら、王位継承権とかが絡むから、いろいろとね？」

養子の場合王位継承権の順位は下になるが、稀に与えられることがあるそうだ。

ほかにも養女の場合は、政略結婚として他国の王族や上級貴族に嫁がせる可能性も出てくるため、慎重にならざるを得ないという。

国内ならともかく、国外に嫁がせた後でいろいろやらかされたら国として大損害になるらしい。

……よくわかんないけど、王族、大変！

でも、王様がオッケーしてくれたら、あとはリヒャルト様がいいよっていってくれたら問題ないのよね？　それならばもちろんお願いします！

ベティーナさんがぼそりと「養女にこだわる必要はあるんですか？」と呟いていたが、こだわる必要はあるんです！

だって、使用人として雇ってもらった場合、さすがに今と同じようにご飯をくださいとは言えないじゃないですか！　特別扱いって怒られちゃうもんね！

☆

「スカーレット、明日はサリー夫人の授業はなかったな？」

「もぐもぐもぐ……はい、お休みの日です！」

ベルンハルト様とシャルティーナ様がお帰りになった二日後。

夕食を食べているときにリヒャルト様に予定を訊ねられたので、わたしは大きく頷いた。

わたしはちゃんと頑張ってお勉強してますよ。

リヒャルト様のおうちの子にしてもらうためにも、早く一般常識を身につけなくてはならないのですから！

リヒャルト様にはまだわたしが養女の座を狙っていることは秘密にしてある。

……こういうのは外堀……げふんげふんっ、王様の許可をもらってからの方がいいとシャルティーナ様が忠告してくれたからね！

王様の許可ももらいました、どうぞ前向きにご検討をお願いします、きっとお役に立って見せますから！　と跪いてお祈りポーズでお願いするのがわたしの計画である。リヒャルト様は優しいから、必死になって頼み込めば案外オッケーしてくれるかもしれない。

もう体当たりで当たって砕けろ作戦としか思えないが、他に名案が浮かばなかったのだから仕方がない。だってわたしには、貴族の方が養女に迎えたいと思うほどの取り得はないし。せいぜい聖女って肩書があるだけだからね。

そして肩書が有効なら、あれこれ考えずに体当たり勝負でいい気がしたのだ。……決して、考えるのが嫌になったわけではない！　断じて！　ちょっとしか！

「そうか、それなら明日は以前にも行ったチョコレートの店に行くか？」

「行きます!!」

わたしは即答した。

チョコレートの店と聞いてわたしに否やがあろうか。あるはずがない!!

わたしは以前食べたチョコレートの味を思い出してへにょんとにやける。あれは美味しかった。濃厚なチョコレートの味は、いまだに鮮明に覚えていますよ。またあれが食べられるなんて……やっぱりどうしてもリヒャルト様の子にしていただきたいです!!

でも、リヒャルト様と出会ってから今日まで、わたし、リヒャルト様にとってもたくさんのお金を使わせている気がするな。

せめてわたしが作った薬が販売できればいいんだけど、この前全部使っちゃったしな。

新しく作ってもいるけど、ここしばらくリヒャルト様の実験にお付き合いしていたから、ストックはほとんど溜まっていない。

それに、聖女の薬は神殿の許可なく販売できないって言うから、わたしの作ったお薬でお金儲けはできないだろう。

今度王様に確認するってリヒャルト様は言っていたけど、なんとなくだけど、リヒャルト様の場合、王様から使用許可が出ても販売せずに病院とかに無償で配ってしまう気がする。

だって、わたしが患者さんを癒して患者さんがいなくなったからって、病院に寄付金を出しちゃうような人だよ？

寄付金を取って聖女に癒させる神殿とは、リヒャルト様は考え方が違うんだよ。

……うむむ。と言うことは、わたしはリヒャルト様にとーっても損をさせているのではなかろうか。

これはまずい。

わたしを養女にするメリットがあるどころかデメリットしかないとなれば、わたしの養女計画に支障が……！

どうせ聖女を養女にするんだったら、燃費が悪いより燃費がいい方がいいとか思われたら大変だ。

うぐぅ、でも、チョコレートの魅力には抗えない。

わたしが葛藤していると、リヒャルト様が変な顔をする。

「どうした？」

「いえ……その、そう言えば、あのお店のチョコレートはとっても高いんだったなと思い出しまして」

「君がそんなことを気にする必要はないよ」

「でも……」

燃費が悪くて金がかかるお前なんていらないって思われたらいやだし。

リヒャルト様は顎に手を当てて少しばかり考えて、にこりと笑う。

「スカーレット、私には幸いにして使いきれないほどの金があるんだ。このままだとただ溜まっていく一方だから、君が有効活用してくれるのはとても助かる」

「……そうなんですか？」

「ああ。金は使った方がいいんだ。経済というものは循環させなくてはならない。ひとところに貯めておくよりは、使って領民が潤った方がいいんだよ。その方が領民も幸せだろう？」

……経済の循環云々はよくわからなかったけど、領民の皆様が潤った方がいいのは理解できる。みんなが幸せなのはいいことだね！　お金があったら、たくさんご飯が食べられるもんね！

そう言うことなら、喜んでご協力しますとも！

「だから君は気にせずに好きなだけ食べてくれ」

わたしは笑顔で頷いた。

「はい!!」

☆

次の日、リヒャルト様とともに以前のチョコレート店を訪れると、店員さんが満面の笑みで出迎えてくれた。

どうやら、前回わたしがお店のチョコレートをすっからかんにしてしまったため、リヒャルト様が前もって訪れることをお店に連絡しておいてくれたらしい。

邸のみなさんのお土産分は確保して準備は万端。

テーブルの上にずらりと並んだチョコレートに、わたしの口の中は唾液でいっぱいだ。

ここのチョコレートのおいしさはしっかりと記憶していますからね!

今日も好きなだけ食べていいとリヒャルト様のお許しが出ているので、思う存分堪能させていただきます!

前回と同じメニューに加えて、今日は今月の限定商品が二品並んでいる。

一つはテリーヌ・ド・ショコラというトロッと濃厚なチョコレートだ。口に入れた途端に「チョコレート!!」という主張がガツンと来る。少量で満足できるほど濃厚なお味なので、本来は小さくカットされて出されるものらしいが、わたしは最初から一本まるまるご用意いただいた。

もう一つは、チョコレートパイである。こちらはハートの形のパイの間に、ふわりとした口当たりのチョコレートクリームとクランベリージャムが挟んである。チョコレートクリームの甘さとクランベリージャムの甘酸っぱさが絶妙にマッチした逸品だ。

……もぐもぐもぐ、チョコレート、おいしぃ！　おいしい～！　おいし～い!!

チョコレートを爆食いしているわたしの前で、リヒャルト様は相変わらずコーヒーをすすっている。

リヒャルト様はイケメンさんなので、薄く笑いながらコーヒーカップを傾ける様が、たいっへんに絵になる。

……本当、王子様みたい。あ、王弟殿下だから本当に王子様なのか。

きらきらの金色の髪に、ラベンダー色の瞳。

すっきりとした輪郭に収まる顔のパーツは、神様が作ったみたいに整っている。

こんなにイケメンさんで、しかも王弟殿下で公爵様ときたら、とっても女性に人気だろうと推察するのだけど、リヒャルト様はどうしてまだ独身なのだろう。

まあ、二十一歳だから、別に独身でもおかしくないとは思うけれど、貴族は結婚が早いと聞くし。

婚約者の一人や二人や三人や四人くらい、いてもおかしくないと思う。

婚約者さんの存在は養女計画にも影響しそうなので、なんとなく気になったわたしは口の中のチョコレートを急いで咀嚼して飲み込むと、くぴくぴと紅茶を飲んだ後で訊ねた。

「リヒャルト様は、婚約者さんはいないんですか？」

「いないが、どうしたんだ、急に」

「いえ、なんとなく気になって。おもてになりそうなのになんでかなーって」

わたしが正直に答えると、リヒャルト様は目を丸くした後で笑った。

「もてるかどうかはわからないが、確かに縁談はあちこちから持って来られるな」

「じゃあどうして結婚しないんですか？」

「しないというか……まあ、できないという方が正しいかな」

わたしはきょとんとして首をひねって、それからハッとした。

「すみません！　結婚できない方がお好きなんですね！　大変失礼しました！　大丈夫です、わたしは全然気にしませんから、どうぞお邸に恋人を連れて来られても大丈夫ですよ！」

「……君は何を考えた？」

リヒャルト様が途端に笑顔を消して、探るような顔つきになった。

わたしはチョコレートに手を伸ばしながら答える。

わたしだって、少しは世の中のことを知っているのである。えっへん！

「世の中には男性が好きな男性がいるって聖女仲間に聞きました！　リヒャルト様もそうなんですね！　わかります！」

「待て、どうしてそうなる。わかるってなんだ！」

「聖女仲間が、決まってそう言う男性はイケメンさんなんだって言ってました。リヒャルト様はイケメンさんなんで、そうなのかなって」

……ふっふっふっ、正解でしょう？　名推理でしょう？　わたしだってちょっとはできるんですよ！　これぞ洞察力ってやつですよね！

わたしはリヒャルト様から「よくわかったな」という驚きの一言が出てくると期待してわくわくしていたのだけど、リヒャルト様は「ああっ」とうめいて両手で頭を抱えてしまった。

「君は何でもかんでも真に受けすぎる！」

どうやらわたしが困らせたらしい。名推理だと思ったのに。

……ということは、リヒャルト様は男性が好きな男性じゃないのか。だったらなんで結婚できないんだろう？

わたしはうーんと考えて、ポンと手を打つ。

「わかりました！　今度こそきっと正解ですよ！」

次こそは「よくわかったな」の一言をいただきますからと、わたしが身を乗り出すと、リヒャルト様が嫌そうな顔をする。

「…………あまり聞きたくないが勘違いさせたままなのも問題だろうからな。聞くだけ聞こう」

聞いてくれるらしいので、わたしは胸を張って推理を披露する。

「はい！　聖女仲間から聞いたことがあります。綺麗な男性は、一定比率で実は女性のことがあるとのことですので、リヒャルト様は本当は男性じゃなくて女性――」

「違う！」

全部言い終わる前にかぶせるように否定されてしまった。

聖女仲間が、世の中にはわけあって男性のふりをしている女性がいるらしいと教えてくれたが、これもはずれらしい。

……うーん、じゃあ……。

ほかに聖女仲間から聞いた話はなかっただろうかと記憶を探るわたしの前で、リヒャルト様が盛大なため息を吐いた。

「君の場合、きちんと説明しておかないとおかしな勘違いをしそうだな。説明するから、食べながらでいいから聞きなさい。口の端からよだれが垂れている」

「は!」

わたしは急いで手の甲で口をぬぐった。

お許しをもらったので、わたしは食べながらリヒャルト様の言葉に耳を傾ける。

「私は知っての通り王弟だ。兄である国王とは二十歳年が離れている。そして兄上の長男、つまり王太子だな。イザークとは、年が四歳しか変わらない」

イザーク王太子は、現在十七歳だそうだ。十六歳のわたしと一つしか違わないのに、もう王太子として重責を背負っていらっしゃるのか。王族って大変。

「私は臣籍に下っているし、本来であれば、イザークの王太子という立場が脅かされることはないはずだった。だが、イザークは昔から気性の穏やかな子で、優しいというか、優柔不断と言うか、決断力に欠け、他人の意見に左右される性格をしている。そのせいで、イザークではなく、私を次期国王に推す派閥があるんだ」

ふむふむ。わかるような、わからないような？　優しいのはいいことじゃないんですか？

「兄にもう一人王子がいれば、このような問題も起きなかったかもしれない。イザークではなく弟の方を王太子にすればよかっただけだからな。だが、残念ながら兄には、娘はいるが息子はイザークただ一人しかいない。代わりがいないいんだ」

ということは、女の子は王様になれないのね。なんでだろう。

「そのため兄は、イザークの婚約者に、強い権力を持つクラルティ公爵家の令嬢をあてがったが、どうもこの二人は相性がよくない。それもあってか、最近ではイザークを王太子から下ろし、私を後嗣にしろと言う意見が強くなってきた。この状況で私が結婚し後ろ盾を得ようものなら、私を後嗣にという声は強くなる一方だろう。私は甥と争いたくないし、兄とも対立したくない」

……うん！　ダメだ、理解が追いつかないわ！

わたしは早々に白旗を上げた。

わたしが何とか理解できたのは、リヒャルト様が結婚するとイザーク王太子殿下が王になれないかもしれないから、リヒャルト様は結婚できないという部分だけだった。

後ろ盾とか権力とかの力関係についてはさっぱりである。貴族社会難しい！

もぐもぐもぐと口を動かしながらわかったふりをして頷いていると、「貴族でない君には難しいか」とリヒャルト様が苦笑した。わたしのことをよくわかっていらっしゃる。

「ということで、私は、神殿に喧嘩を売ろうと思っているんだ」

……うん？

ということで、とはどういうことだろう。

今、神殿に喧嘩を売る話なんてしていただろうか。

わたしでも、話がぴょーんと飛躍したのは理解できた。

でも、わたしがわからなかっただけで、神殿に喧嘩を売ることと、リヒャルト様の結婚問題には何か関連があるのかもしれない。

わたしはちょっと考えて、わかったふうを装って訊ねた。

「神殿に喧嘩を売るといいことがあるんですね！」

「間違っているようである意味正解なのがすごいな。理解していないくせに」

うぐぅ、ばれてる！

どうせ適当なことを言いましたよ。でもそんなにはっきり言わなくてもいいのに。これでもがんばって理解しようとしたんですよ。できなかったけど！

わたしが拗ねたのがわかったのか、リヒャルト様はくっと小さく噴き出した。

「私が神殿と対立すれば、神殿側はイザークにつくだろう。神殿の権力はとても大きい。そして貴族たちは、聖女を抱えている神殿と敵対したくない。ゆえに、神殿がイザークにつけば、イザークが次期王になる未来がほぼ確定するはずだ」

「うーんと……あの、それだと、リヒャルト様には、なんのいいこともない気がします」

「そうでもない。私は煩わしい後継問題に巻き込まれなくてすむ。平穏が手に入るんだ」

そうだろうか。

神殿と敵対して平穏が手に入るとは、わたしにはどうも思えない。

神殿が表立ってリヒャルト様を攻撃することはないはずだけれど、聖女を抱え、聖女の作る薬も抱えている神殿と敵対すれば、今後、リヒャルト様は神殿の恩恵を受けられなくなるのではなかろうか。

……つまり、リヒャルト様本人や、未来の奥様や子供たちが病気にかかったり怪我をしたときに、神殿に助けてもらえなくなるってことでしょう？

リヒャルト様はツテがあるから、シャルティーナ様をはじめとして聖女のお知り合いも多いだろう。

もちろんわたしも聖女だし、リヒャルト様に求められれば癒しの力を使うことに異論はない。

でも、例えばだけど、リヒャルト様の領地で大きな災害などが発生し、大勢の領民が傷ついたとする。この前みたいな新種の流行風邪のようなものが領地全体に蔓延することだって考えられるだろう。

そのとき普通なら領主から王へ、そして王から神殿へ要請が入って、聖女たちが災害救助の一員に加わったりするはずだ。

前回は被害が一つの町に限定されていたから不可能だったみたいだけど、領地全体となれば間違いなく聖女が動く案件になるはずである。

でも、神殿と敵対していたら、神殿側は要請が入っても断ってしまうかもしれない。

聖女が出動するくらいの大規模な災害なんてめったに起きないだろうが、これは大きなリスクだろう。わたしでもわかる。

「あの……、わたしは、神殿とは敵対しない方がいいと思います」

「スカーレット、私は何も、イザークのためだけに神殿と敵対すると言っているわけではないよ」

「じゃあ、なんでですか？」

「そうだな。一つの要因として、神殿の権力が大きくなりすぎていることもある。聖女を当たり前のように抱え、癒しの力の使い方を決め、高額な寄付金をせしめて薬を高値で売りさばいている神殿を、君はどう思う？　問題だとは思わないか？」

「それはまあ、確かに」

聖女は無償奉仕が基本だ。そんな聖女の力を使って、神殿は寄付金でお金儲けをしている。

ひどい言い方をするならば、お金のあるなしで命を選別しているのだ。

多額の寄付金が払えない人は聖女の癒しを受けられないとはそう言うことなのである。

……わたしだって、詳しくわかってからは思うところはあるけど、でも……。

それでリヒャルト様が不利益をこうむるのは違う気がする。

もし神殿を糾弾したいのならば、王族や貴族みんなですればいいのだ。

リヒャルト様一人が泥をかぶる必要はない。

「私は、神殿のあり方に一石を投じようと思う。すぐにどうこうなるわけではないだろうが、時間をかけて変化はするはずだ。少なくとも私が生きている間はそうなるように神殿を叩き続けるつもりでいる」

リヒャルト様がそこまでする必要があるだろうか。

ふと、以前サリー夫人から言われた言葉を思い出した。

――リヒャルト様は公爵様で、王弟殿下でもいらっしゃるので、彼に課せられる義務は大変重たいものです。けれどもリヒャルト様はその義務を怠ったことはございません。

これが、リヒャルト様が課せられている義務なのだろうか。

もぐもぐと口を動かしながら、わたしは考え続ける。

……わかんない。わかんないけど、それは、リヒャルト様がしなくてはならないことなのかな。

リヒャルト様だけが……。

そして、わたしには、何もできないのだろうか。

胸の中がもやもやして、美味しいはずのチョコレートが、急に苦くなった気がした。

閑話　嵐の前触れ（SIDEシャルティーナ）

Hungry saint meets the duke (eat♪)

「スカーレットを、リヒャルトの養女にするだって？」

ヴァイアーライヒ公爵領からの帰り道。

王都に戻る馬車の中で、ベルンハルトが素っ頓狂な声を上げた。

「ええ。スカーレットがリヒャルト様の養女になりたいんだそうですわ」

シャルティーナが答えると、ベルンハルトが指先でこめかみを押さえる。

（ふふ、年が離れていても、仕草がそっくりね。さすが兄弟）

考え込んでいる夫がちょっと面白くてくすくすと笑っていると、ベルンハルトが情けない顔でこちらを見て来る。

「リヒャルトに、その意思はあるのか？」

「さあ？　わかりませんけど、あれだけ大切になさっているのですから、陛下が許可を下されば案外うまくいくのではありませんか？」

「リヒャルトは二十一歳だぞ。私ならまだしも……」

ベルンハルトに言われて、なるほど、その手があったかとシャルティーナは手を叩いた。

（リヒャルト様が断ったら、わたくしたちの養女にする手がありましたわ）

シャルティーナとベルンハルトの間には息子しかいない。

可愛い娘が一人くらいいてもよかったなと思っていたので、スカーレットを養女にするのは「あり」だなとシャルティーナは思う。

というか、ぜひともほしい。

だって、スカーレットは外見も中身も何もかも、ものすごく可愛いのだ。

ベルンハルトの元にリヒャルト様から手紙が届いたのは、二か月以上前のことだった。

手紙には、聖女を拾ったことと、その聖女の使った湯に癒しの効果があるらしいということが詳細に書かれていた。

だけど、いくら詳細に書かれていても、ベルンハルトもシャルティーナもすぐには理解が追いつかなかった。

まず、神殿が聖女を捨てるなどあり得ない。

そして、聖女が使った湯に癒しの効果があるという話も、聞いたことがない。

もっと言えば、その湯を使えば古傷の跡が薄くなるなんて、あるはずがないと思った。

聖女が癒せるのは新しい傷や病気のみで、その力は古い傷跡には作用しない。

それが常識のはずだったのだけど――

（まさか、傷跡どころか、ベルンハルト様の動かなくなった指まで治してしまうなんて）

半信半疑でヴァイアーライヒ公爵領に向かったシャルティーナは、その日、神の奇跡を目の当たりにした。

長年、シャルティーナがどれだけ必死に癒しをかけようとも、ぴくりとも動かなかった夫の左の二本の指。

それが、スカーレットの癒しで動くようになったのだ。それも、少し良くなったというレベルではない。完全に、元通りに動くようになったのである。

（今思い出しても信じられない気分だもの。あの子は女神とたたえられた初代聖女の再来なのかしら？）

スカーレットが癒しの力を使ったとき、彼女は金色の光に包まれた。

聖女が癒しの力を使えば、その手のひらが淡く光るけれど、その色は白だ。金じゃない。

（あの子は特別なのね）

信じられないが、そうとしか考えられない。

特別な力を持った聖女。それがスカーレットだろう。

そして、そんな強大な力を持っていながらその力に無頓着で、天狗になることもなく、ただただ無邪気に笑う。

「……リヒャルト様が断ったら、わたくし、本気で養女にほしいですわ」

ぼそりと呟くと、ベルンハルトが苦笑した。彼もまた、その選択を視野に入れていたのだろうか。

「養女にするか、下の子の嫁にしてもいいかな」

「それもありですわね」

むしろそうした方がずっとそばにいられるかもしれない。うん。リヒャルト様が断れば……いや、断らなくとも、彼が養女にした後で嫁にもらえばいいのだ。

この時点で息子の意見は完全無視だが、あんなに可愛いのだ、断るはずがないと決めつける。だって次男の感性はシャルティーナによく似ているのだから、気に入らないはずがない。

(そうと決まれば、早く陛下に奏上してスカーレットをリヒャルト様の養女にしていただかなくては)

スカーレットの望みを叶えつつ、我が家に嫁いできてもらえるように打診するのだ。我が家ならベルンハルトとリヒャルト様が兄弟なのでいつでも遊びに行けると言えば、スカーレットも乗り気になるのではなかろうか。

シャルティーナはほくほくと笑う。

まさかそのせいで、このの ちひと悶着が起きることになるとは、思いもしなかった――

七、養女計画、早くも暗礁に乗り上げる

hungry saint meets the duke (eat♪)

考えたって仕方がないのはわかっているけれど、あの日以来、わたしはふとした瞬間にリヒャルト様の言葉を思い出して考えるようになった。

リヒャルト様は神殿と喧嘩をするそうだ。

今のわたしが何を言っても、リヒャルト様の考えを変えることはできないだろう。

神殿から追い出されたわたしでは、リヒャルト様と神殿の関係が悪化した後で、もし聖女の力を必要とすることが起こったとしても、リヒャルト様と神殿の間を取り持つことはできない。

……リヒャルト様にとって、神殿と対立するのはデメリットが大きすぎると思うのだけど、わたしのこの考え方は間違ってないよね？

わたしには正解がわからないから、サリー夫人やベティーナさんに相談したいのだけど、リヒャルト様から聞いたあの話は人にお話ししてはいけない類のものの気がして相談できずにいた。

うーんうーんと悩み続けて、でもちっとも正解も名案らしいものも浮かばなくて、三週間余りが経ったある日のことだった。

お昼ご飯前。

わたしがフリッツさん特製のパンケーキに舌鼓を打っていたとき、家令のアルムさんが慌てた様子でダイニングにやって来た。

リヒャルト様はわたしがパンケーキを食べている前で、眼鏡をかけて新聞を読んでいる。

「旦那様、大変です！　先ほど先触れが入ったのですが……」

アルムさんが焦った顔でリヒャルト様に何かを耳打ちしていた。

アルムさんの連絡を受けて、リヒャルト様がぐっと眉を寄せる。

「なんだって突然……」

「私もわかりませんが、すでに近くまでいらしているそうで、あと二時間もすればここに到着するだろうと」

「……はあ。仕方あるまい、急いで出迎えの準備を」

リヒャルト様が命じるとアルムさんが急いでダイニングを飛び出していく。

……もぐもぐもぐ、何かあったのかしら？

出迎えということは、きっと誰かが来るのだろう。

口を動かしながらリヒャルト様を見ると、頭の痛そうな顔をしていた。

「スカーレット、今から人が来ることになった」

口にパンケーキが詰まっていたため、わたしは頷くことで返事をする。

「大丈夫だとは思うが、あの子は少々気性が荒い。何かあればすぐにベティーナか私に言いなさい」

「もぐもぐもぐ……お知合いですか？」

「ああ。と言ってもしばらくは会っていなかったが……、前に話したことがあるだろう？　エレン・クラルティ、イザークの婚約者だ」

わたしは、こてんと首を傾げた。

「王太子殿下の婚約者が、リヒャルト様に会いに来たということでいいですか？」

「そうなんだろうが、私も何の用があって来たのか見当もつかない。とにかく、あと二時間ほどしたら来るらしい。……君が玄関にいないと難癖をつけられるかもしれないから、申し訳ないが、出迎えだけ一緒にしてくれ。君も、あとあと、馬鹿にされただなんだと文句を言われたくないだろう？」

それは嫌なので、わたしは大きく頷く。

……でも二時間後か。ちょうどお昼ご飯の時間なのに。しょんぼり。

お客様が来るから、お昼ご飯の時間は少し後になるだろう。お腹がすいて我慢できなくなったら大変だから、しっかりパンケーキを食べておかなくては。

「君をどうするかも、そろそろ真剣に考えなくてはならないな……」

リヒャルト様はわたしがパンケーキを食べるのを優しい目をして見つめながら、ぽつりとつぶやいた。

どきりとして顔を上げると、リヒャルト様が、どことなく寂しそうな顔で微笑んでいる。

「年が明ければ君は十七歳だ。貴族に縁づかせるなら、そろそろ嫁ぎ先を探したほうがいい」

「うぐっ」

ごくん、とまだほとんど咀嚼していなかったパンケーキを無理やり飲み込んで、わたしはふるふると首を横に振る。

わたしはリヒャルト様のうちの子になりたいのだ。養女になればいずれ政略結婚に使われることもあるかもしれないが、もうしばらくはここにいたい。

「心配しなくとも、君が苦労するような家に嫁がせたりはしない」

「い、今のままがいいです」

「そうはいかないだろう。私が神殿と敵対する前に、君は私から離れておいた方がいい。もちろん君の好みは最大限考慮するつもりだが……、その、君の判断基準は食事なのだろう？」

その通りだが、わたしはここがいい。

想定以上に早くリヒャルト様がわたしを追い出そうとしはじめて、わたしはものすごく焦った。

「ご、ご飯もおやつも、今の半分の量に減らしますから、あの……」

「何故そうなる。好きなだけ食べなさい。別に私は、君の食事の量が嫌になったわけではないよ。単に、神殿と敵対すると君の立場が悪くなる可能性が出てくるから、その前にどうにかしておきたいだけだ」

わたしは聖女だが、このままリヒャルト様の側にいると、「神殿と敵対した聖女」と認識される恐れがあるそうだ。

そうなったあとで嫁ぎ先を探そうにも、神殿と敵対したくない貴族たちは、そんなわたしをもらってくれない可能性があるらしい。

できるだけいいお家と縁づかせようと考えると、今から動いていたほうがいいのだそうだ。

……別に結婚しなくてもいいからここにおいてほしいです!!

「心配しなくても、悪いようにはしない」

「で、でも!」

「ほら、早く食べないと、エレンが来てしまうよ?」

……うぅ。

このままではまずいと、わたしの頭の中がぐるぐるしはじめる。

……シャルティーナ様、わたし、どうしたらいいですか!?

王都に帰ってしまったシャルティーナ様、どうか今すぐ戻ってきてください〜!


頭の中がぐるぐるしたまま食べていたせいか、途中からパンケーキの味はよくわからなかった。

ただ、空腹で耐えられなくなったら困るので、必死に胃の中にパンケーキを押し込んで、二時間後。ヴァイアーライヒ公爵邸の玄関に、紺色の髪に、意志の強そうな赤茶色の瞳をしたご令嬢がやってきた。

エレン・クラルティ様である。

十七歳とお聞きしていたので、わたしより一つ年上だ。

「エレン、こちらの都合も考えずに押しかけて来るなんて君らしくないんじゃないか？」

出迎えの挨拶もそこそこにお小言を言ったリヒャルト様に、エレン様はツンと顎を反らした。

「確かに不躾なことをした自覚はありますわ。でも、事前に連絡を入れて逃げられたら大変ですもの」

そう言いながら、リヒャルト様の隣に立っているわたしを、エレン様はじろりと厳しく睨みつけた。

「そちらが、聖女スカーレット様ですわね」

「そうだが、何故君がスカーレットのことを知っている？」

リヒャルト様がわたしを拾ったことは、それこそベルンハルト様やシャルティーナ様くらいしか知らない。

お二人が言いふらすとは思えないので、エレン様がわたしがここにいることを知っているはずがないのだとリヒャルト様は言う。

「旦那様、ひとまずサロンの方へ……」

アルムさんが小声で耳打ちすると、リヒャルト様が大きく頷いた。

「ああ、そうだったな。玄関先ですまなかった。エレン、サロンへ案内しよう。話はそこで聞く。スカーレットは、一足先に昼食を摂っていなさい」

「いいえ、スカーレット様も同席いただきたいですわ。いろいろお聞かせ願いたいことがございますもの」

……ああっ、お昼ご飯が……。

先に食べていていいとお許しをもらってパッと喜んだ直後、崖から突き落とされたような気分になった。

王太子殿下の婚約者で公爵令嬢様のご命令だ。わたしが拒否できるはずもない。

しょぼんとしていると、リヒャルト様が「すまないな」とわたしの肩を叩く。

「エレン、君も昼食を摂っていないのだろう？　話は手短に済ませよう」

エレン様を気遣っているようで、リヒャルト様はわたしのお腹の心配をしているのだろう。優しい。

前に入った時は準備されていたお菓子しか目に入らなかったけど、改めて見るとサロンはとっても豪華で広い部屋だった。

絵画や絵皿、それから何故か古びた鎧まで飾ってある。

……何故に鎧？

「あれは数年前にどこかの伯爵にもらったものなんだ。……正直邪魔なんだが、三百年ほど昔の鎧で、値打ちものには違いないので、ああして飾っている。君がほしいならあげるぞ」

「え、いりません。鎧は食べられないし」

あんなものをもらっても困る。もしあれがチョコレートの鎧ならよろこんでもらうところだが、さすがのわたしでも半分錆びているような鎧なんて食べられない。いや、そもそも鉄は食べられるのだろうか。試したことがないからわからないけど、固くて美味しくなさそうだから別にいらない。

リヒャルト様はふっと笑って、わたしをソファまで案内してくれた。当然のようにリヒャルト様はわたしの隣に座る。

エレン様は綺麗に整えている眉をぐっと寄せ、難しい顔で対面のソファに座った。

「それで、エレン。君がこんなところまで足を運ぶなんて、いったいどんな用件だろうか。イザークの婚約者として君は社交が忙しいと思うが？」

「まあ、白々しいこと。それに、わたくしがいなくともイザーク殿下は困りませんわ。むしろ、せいせいなさるのではないかしら？」

「またそのようなことを……」

「わたくし、少なくともリヒャルト様はわたくしの味方だと、そう思っておりましたわ」

きゅっと唇を引き結んだエレン様は、今度はリヒャルト様をきつく睨みつけた。

話がさっぱり理解できないので、わたしは聞いているふり作戦である。

「わたくしは確かに、イザーク殿下に煙たがられていますけれど、だからって……、こんな裏切りはありませんわ。リヒャルト様がそのようなことをなさる方だったなんて、ショックです」

「待ちなさい。君は何を言っているんだ。私が君の何を裏切ったと？」

「まあ！　まだ白をきるおつもりですの？」

よくわからないけれど、エレン様はとっても怒っていらっしゃるようだ。

でも、エレン様がおっしゃることはわたしもよくわからない。リヒャルト様はとっても優しい素敵な方だ。エレン様が何をもって「裏切り」と言うのかはわからないが、リヒャルト様は誰かを裏切ったりしない。

……でも、よくわかっていないわたしが口を挟むのはだめよね。

もどかしい気持ちを抱えながら黙って成り行きを見守っていると、メイドさんたちがティーセットを運んで来た。

ワゴンの上に乗せられているたくさんの焼き菓子に、わたしの目が釘付けになる。

わたしの前にティーカップを置いたメイドさんが、さりげなく片目をつむってくれた。

お腹を空かせているわたしのためにたくさん用意してくれたに違いない。メイドさんありがとう！

「わたくし、聞きましたのよ。ベルンハルト様とシャルティーナ様が……って、なんですの、そのお菓子の山は」

怒った顔で何かを言いかけていたエレン様が、わたしの目の前に置かれた大皿を見て、度肝を抜かれたような顔をした。

怒った顔もどこかへ飛んで行っている。

唖然と、お菓子とわたしの顔を見比べて、「……え？」と目をぱちくりしている。

「気にしなくていい。スカーレットはよく食べる子なんだ。スカーレット、気にせず食べなさい。お腹がすいているのだろう？」

「よく食べるにしても限度が……って、ええ!?」

リヒャルト様がいいと言ってくれたので、わたしはうきうきとお菓子を口に運ぶ。

マドレーヌにフィナンシェにクッキーにカヌレにシトロン！　ドライフルーツ入りのカトルカールもある！　フリッツさんお手製のお菓子は、いつ食べても何度食べてもほっぺが落ちそうなくらいに美味しい。うまうま。

わたしが夢中でお菓子を食べるのを、エレン様はしばらくあんぐりと口を開けて見つめていたが、やがて、こほんと一つ咳ばらいをして表情を戻した。

だけど、よほど驚いたのか、怒った顔には先ほどまでの迫力はない。

「それで、兄と義姉がなんだって？」

「そ、そうでしたわね。ええっと、そう、つい二週間ほど前のことですわ。お二人が陛下に、リヒャルト様が聖女を養女として迎え入れる用意があるとご相談に上がったそうです」

「なんだって？」

「うぐうっ！」

まさかの発言に、わたしはマドレーヌを喉に詰まらせかけた。

……ちょ、エレン様！　それをリヒャルト様に言うのはとってもまずいです!!

これはこそこそと進めている計画なのだ！

王様のお許しが出てから、リヒャルト様に必死で頼み込もうと思っていた養女計画である。

あわあわしているわたしには構わず、エレン様が続ける。

「その聖女は『国の子』として登録されている方だとか。つまり、貴族の養女になれば貴族として遇することが可能となりますもの、リヒャルト様の娘としてイザーク殿下の新しい婚約者にすることも可能でしょう？　……わたくしと殿下の不仲が問題視されているのは承知しておりますし、いずれはわたくしが婚約者の座から下ろされる可能性も考えてはおりましたけれど、まさかリヒャルト様がそのような裏切りをなさるとは思いませんでした」

「待ちなさい、私には君の言っていることがよくわからない」

何かを察したような顔をして、すっと目を細めると、リヒャルト様がことさら優しい声を出す。

リヒャルト様がエレン様に待ったをかけて、青ざめているわたしを見た。

「エレン、私は君の立場を脅かそうとは思っていないし、養女に関しても初耳だ。きっと兄たちが何か勘違いをして先走ったのだろう」

「本当でしょうか。……聖女であれば、イザーク殿下も陛下もお喜びになるのではなくって？」

「君の勘違いだ。ひとまずこの件は私の方で調べよう。来て早々帰らせるのも可哀想だから今日は泊っていきなさい。部屋に案内させよう。そのあとで昼食だ。……それからスカーレット」

「ひゃい！」

やましいことだらけのわたしは、リヒャルト様に名前を呼ばれて声を裏返す。

「君は今から私の書斎に来なさい。いいね？」

「……ひゃい」

これはお説教の匂いがぷんぷんする。

……ああ、エレン様、なんで余計なことを言っちゃうんですか!!

来なさいと言われて、わたしは半ば連行されるように二階のリヒャルト様の書斎に連れていかれた。

リヒャルト様の書斎に入るのははじめてである。

……わー、ここのお部屋も素敵だな〜。

思考を明後日の方向に飛ばそうとしたわたしは、しかし、「スカーレット」とひくーい声で呼ばれて否応なく思考を現実に引っ張り戻された。だらだらと背中に冷や汗をかく。

壁に並べられた重厚な本棚と、窓を背にするように置かれた焦げ茶色の大きなライティングデスク。

その前にローテーブルを囲むようにして置かれているソファにちょこんと座ったわたしは、対面の一人がけソファに座って腕を組んだリヒャルト様の様子に子ウサギよろしく震えた。

め、目が据わっていらっしゃるっ。

これは、わたしの企みに気づいている目だ。

……あわわわわ、視線をあわせないようにしないと。

この期に及んで何とか誤魔化せないかと、わたしは目を泳がせる。

リヒャルト様が、コンコンと指先でテーブルを叩いた。

「スカーレット。怒らないから正直に言いなさい。私が養女を迎えるとは、どういうことなんだ？

その様子だと、君は何か知っているね」

すでに怒っている顔で言われても信用できません！

でも、リヒャルト様はわたしのご飯の神様で、神様のご命令は絶対で、もっと言えばここでご機嫌を損ねるとわたしの養女計画にも支障が——

……結局白状するしか道は残されていませんね！

こういうとき、いつもさりげなく助けてくれるベティーナさんは残念ながらいない。

リヒャルト様がベティーナさんを部屋の中に入れなかったからだ。

つまり、がっつりお説教する気だろう。うぅ、怖いよう。

早くしなさいと催促するように、コンコンとリヒャルト様の指先がテーブルの上を叩き続ける。

白状するしか道は残されていないし、早くしないとその分お昼ご飯がお預けになるので、わたしはびくびくしながら養女計画を暴露した。

わたしのしどろもどろな説明を黙って聞いていたリヒャルト様は、だんだん眉間にしわを寄せて、指先でこめかみをぐりぐりとしはじめる。

「君は何を考えているんだ？」

「だ、だって……」

「だってじゃない。第一、私は二十一で十六の子持ちになるつもりはない」

がーん!!

「義姉上も義姉上だ。スカーレットの頓珍漢な言い分を聞き入れて兄上に奏上するなんて」

「と、頓珍漢……」

わたしは涙目でぷるぷると震えた。

……ええっとつまり、わたしの素敵な（ごはん的に）養女計画は、頓挫したと言うことでよろしいでしょうか。よろしいんですね。泣きそうです。

ばっさりと断られて、わたしの輝かしい未来計画がきれいさっぱり消え去った。

わたし、リヒャルト様のお家の子になりたかったのに……。

かくなる上はもう、一つしか残っていない。

お腹いっぱいは食べられなくなるかもしれないけど、ここを追い出されるよりはましだ。

わたしは膝の上でぐっと拳を作ると、がばりと頭を下げた。

「じゃ、じゃあ、ここの使用人にしてください！　できれば三食おやつ付きだと嬉しいです!!」

「君を使用人にするつもりはない」

……うわーん。使用人もだめだった。まあ、わたしは大食らいな上に役には立たなそうだから、雇うメリットなんてないだろうけども！

「君という子は……」

リヒャルト様がこめかみをぐりぐりしたまま、はあ、と大きなため息をつく。

「……君はそんなにここから出ていきたくないのか？　言ったように、私は神殿と敵対するつもりでいる。いてもいいことはないぞ？」

「そんなことはないです！」

「食事の心配をしているのなら、私のところよりも君の腹を満たしてくれる家はあるはずだ」

「ここがいいです！」

そうだ。

リヒャルト様のこのお邸は、確かにごはん的にもとっても素敵なところだけど、わたしがここにいたい理由はそれだけではない。

……だって、よそのお家の子になったら、リヒャルト様もベティーナさんも、みんなも、いないじゃない。

ごはん問題を差し引いても、わたしはここがいいのである。

ここはとっても温かくて、居心地がいいのだ。

リヒャルト様は困った顔で「うーん」と唸っている。

「君を拾った以上、私には君を幸せにする義務がある」

「ここよりわたしが幸せになれる場所はないです！」

「……そうか」

リヒャルト様はまだ困った顔をしていたが、「仕方がないな」と言うように微笑んだ。

「わかった。少し考えてみよう。だから、妙な養女計画を立てるのはやめなさい。繰り返すようだが、私は君を養女にはしないぞ」

……やっぱり、養女はダメらしい。

でも、リヒャルト様がわたしを追い出さない方向で考えてくれるみたいなので、結果的に見れば悪くない。

……なんだっけ？　雨降って地固まる？　あ、でも、まだリヒャルト様の側にいられるのは確定じゃないから、まだ地面は固まってない？

早く地面が固まらないかなあと思っていると、リヒャルト様が立ち上がってわたしに手を差し出した。

「下に降りようか。君も、お腹がすいただろう」

……お昼ご飯ですね！　待ってました!!

思っていたほどお説教されなかったことに安堵しつつ、わたしはリヒャルト様と手を繋いで階下に降りた。


ダイニングに降りると、わたしたちが席について五分ほどあとにエレン様がやってきた。

わたしを見て眉を寄せると、無言で使用人に案内された席に座る。

……うーん、わたし、嫌われているっぽい。

エレン様は、まだわたしがイザーク王太子殿下の新しい婚約者になると疑っているのだろうか。

無理無理無理無理ですから！

神殿育ちでリヒャルト様にも常識がないと言われるわたしが、王太子殿下の婚約者なんて、天地がひっくり返ってもあり得ません！

というか嫌です、そんなストレスで胃に穴が開きそうな立場は！　胃に穴が開いたら、ごはんが美味しく食べられませんからね！

「エレン、スカーレットを睨むんじゃない。スカーレットがイザークの婚約者になることは、絶対にない」

その通りです。

わたしがうんうんと頷くと、エレン様が少しだけ表情を緩める。

「そうですか。……でも、お綺麗な方ですわね。優しそうで、イザーク殿下が好きそうな顔ですわ」

わたしは生まれてこの方誰かに綺麗なんて言ってもらったことはないので、きっと社交辞令だなと聞き流した。

綺麗だというのならエレン様の方がお綺麗だ。

艶々の紺色の髪は毎日丁寧にお手入れしているのだろうし、意志の強そうな大きな赤茶色の目は、長い睫毛で囲まれている。

肌も艶々、唇もぷるぷる。どこからどう見ても美少女だ。

まあ、わたしの髪とか肌も、ベティーナさんが毎日せっせとお手入れしてくれているおかげか、神殿にいた時よりもぴっかぴかですけど、やはり真正のお嬢様は違う。

「イザークの好みは知らないが、私はスカーレットをイザークの婚約者として出すつもりはないよ」

「リヒャルト様がそうおっしゃるのなら、信じますわ」

でも、やっぱりエレン様のわたしへ向ける視線は厳しい。

なんで嫌われたのかなと不思議に思っていると、メイドさんたちがワゴンを押してやって来た。

……わーい！　お昼ご飯!!

運ばれて来たお昼ご飯に、エレン様がぎょっと目を見張る。

「リヒャルト様、今日は来客がございますの？」

「いや？　何故だ？」

「……食事の量が、おかしい気がしますが」

「さっきも言っただろう？　スカーレットはよく食べる子なんだ」

運ばれて来た食事の大半が、わたしの前にずらりと並べられていく。

並んだ食事の量に、エレン様の顔が引きつった。

「よく食べる……よく食べるというレベルですか？」

「そういう子なんだよ。人の食事の量を気にする必要はないから、君も食べなさい」

「……はい。いただきますわ」

リヒャルト様がお祈りをささげて、一緒にお祈りした後でわたしはナイフとフォークを手に取った。

今日はエレン様が来たからかな、いつもよりちょっと豪勢な気がする。

分厚い燻製肉のステーキを一目散に口に入れたわたしの前で、エレン様は小さなお口でサラダを召し上がっていた。

小食なのか、一度に口に入れる量がとっても少ない。

一口があんなに小さかったら食べた感じがしないから、わたしはもりもりいただきますけどね！

お肉を一枚ぺろりと平らげ、サラダを食べて、スープを飲んで、パンを食べて、二枚目のお肉に手を伸ばす。

……うまうま。このお肉、とっても美味しい！

燻製のほのかな香りのついたお肉のおいしさはもちろんのこと、上にかかっているソースがまた絶品だ。さすがフリッツさん。期待を裏切らないお味である。

エレン様は何か言いたそうな目でじーっとわたしを見つめてくるが、わたしがここでこのまま生活することをリヒャルト様が考えてくれると言ったので、そんな視線なんて気にならない。

心配しなくても、わたしは絶対に、ぜーったいに、イザーク殿下の婚約者になんてなりません。

ええ、お菓子を山盛り……それこそ、お菓子の家をご用意くださってもお断りしますよ！　わたしはここにずっとずーっと居座りたいんですから。

サラダとほんの少しのお肉とパンを食べて、エレン様がカトラリーを置いた。

ナプキンで口元を拭いながら、平坦な声で言う。

「……イザーク殿下と婚約させるおつもりでないのなら、あなたは、リヒャルト様の妻になるのかしら？」

「ぐううっ」

今、飲み物を口にしていなくてよかった。

たぶん間違いなく噴きだして、エレン様の綺麗なお顔に飲み物をぶちまけていたはずだから。

「今度は何を言い出すんだ」

「あら、だって、他に理由が思いつきませんもの。貴族でない聖女を手元に置いておいたら、神殿から苦情が入ってもおかしくありませんわ。養女、もしくは妻であれば、表立って文句は言ってこないでしょうけど」

「スカーレットの場合は大丈夫だ」

「そうなんですの？　それは何故？」

「少々事情があるんだ。君が気にすることではない」

二人が落ち着いた声で話をしているが、わたしの耳には会話がちっとも入ってこない。

……妻？　妻!?　えええええええ!?

その発想はなかった。

リヒャルト様のお家の子にしてもらおうと、こそこそと養女計画は立てていたが、リヒャルト様の側においてもらうのなら妻になるという選択もあったのか。

……でも、リヒャルト様が嫌かもしれないし。あ、でも、リヒャルト様は後ろ盾を得ると問題だとか何だとかで、結婚できないって言っていたのよね？

縁談はたくさん舞い込むと言っていた。

でも、後ろ盾を得てしまうとイザーク王太子殿下の立場を脅かすため、結婚できないとも言っていた。

そのあたりの細かい事情はちっとも理解できていないが、つまるところ、貴族のご令嬢を妻に迎えることはできないということだ。

……ということは、リヒャルト様の妻の座はあいたまま。

だったらその席に、とりあえずわたしを座らせてくださいと頼み込めば何とかなる？

リヒャルト様に好きな人ができたらいつでも離縁オッケーですから、椅子に座るお人形だと思って置いておいてくださいって言ったら、いけるんじゃない？

ほらほら、妻の座に誰かが座っていたら、貴族の方々もリヒャルト様に縁談なんて持って来ないもんね？

リヒャルト様にも、ちょぴっとくらいメリットがあるんじゃない？

……いける！　これはいけそうな予感！　養女計画よりもよっぽど現実的だわ！

突然の発言に驚いたが、わたしはエレン様に抱き着いて感謝したい気分だった。

よしよし、養女じゃなくて妻にしてもらおう。リヒャルト様が今後誰とも結婚しないのなら、うまくいけば一生そばにおいてもらえるかもしれない！

養女計画改め、妻計画、再始動である！

「スカーレット様、いったい何を企んでいらっしゃるのですか？」

食事を終えて部屋に戻ると、ベティーナさんが唐突に言った。

およ？　と首をひねりながら振り返ると、ベティーナさんは探るような目をしている。

「お食事の途中から妙に上機嫌になりましたよね。いえ、スカーレット様はお食事中はだいたいいつもにこにこしておいでですが、それを差し引いても様子がおかしく感じられました。何を考えていらっしゃるのですか？」

お知り合いになって数か月しか経っていないのに、ベティーナさんはわたしのことをよく理解している。

すごいなーと思っていると、ベティーナさんがリヒャルト様がするようにこめかみを指先でぐりぐりしはじめた。主人と使用人は似てくるものなのだろうか。

「スカーレット様は何でもすぐに顔に出るのです。最初は食事が美味しいだけかと思いましたが、どうもそれだけではないような気がして。いえ、勘違いならいいのですが」

勘違いじゃあございません！

わたしはにーっこりと微笑むと、ベティーナさんをこの計画に巻き込むことにした。

わたしは考えることが苦手なので、養女計画のように失敗しないためには心強い参謀が必要だと思ったのだ。

「ベティーナさん、ベティーナさん」

近くに来てと手招くと、ベティーナさんが怪訝そうな顔をしながら近づいてくる。

小声でも聞こえる距離にベティーナさんが来ると、わたしは内緒話をするように両手を筒状にすると口に当てた。

「実はちょっと計画が……」

「養女計画ですか？」

「いえ、それは却下されちゃったので、計画を修正することにしたんです。名案を思い付いたんですよ」

修正、と聞いてベティーナさんが嫌な顔をする。

「名案、そうですか。名案……」

あ、これは疑っている顔ですね！

でもこれは名案ですよ。名案に違いありません。

わたしは自信満々に胸を張って、内緒話を続ける。

「さっきエレン様が言っていたのを聞いて思いついたんです。養女はいらないと言われましたが、妻ならどうかなって。ほら、リヒャルト様、結婚なさる予定がないそうなので、あいている妻の椅子の上にわたしを乗っけておいてくれないかな～って。リヒャルト様が結婚を考えたときは潔く離縁に応じますって言えば、案外、仮初妻として椅子に座らせてくれないかな～って」

どう？　どうどう？　名案でしょう？

ドヤ顔でベティーナさんを見つめると、ベティーナさんは何とも頭の痛そうな顔をしていた。何故に？

そしてきつく目をつむると、しばらく黙り込んで何かを考えはじめる。

……いい計画だと思ったけど、ダメだった？

でも妻なら堂々とリヒャルト様のそばにいられるよね？

養女も使用人もだめだって言われたから、もうこれ以外に方法はないよね？

だってさすがにわたしはリヒャルト様の義母にはなれないもん。だってリヒャルト様のご両親は先王陛下夫妻ですからね。それに義母と義理の息子が一緒に暮らすのはなんか変でしょ？

同じ理由で義妹も無理だろうから、妻が一番いい気がするんだけど。

二度目の失敗は喫したくなくて、わたしは息をつめてベティーナさんの判断を待った。

諦めるつもりはないが、計画に問題があれば今のうちに修正しなくてはならない。

胸の前で拳を握り締めて、わたしはごくんとつばを飲み込む。

やがてベティーナさんは目を開けて、困ったような、それでいてどこか楽しんでいるような顔をした。

「穴だらけですし、修正は必要ですが、スカーレット様がリヒャルト様の妻になるという点においては反対いたしません」

「本当ですか!?」

「ですが、先ほどおっしゃったことをそのままリヒャルト様に言ってはいけません」

「そうなんですか？」

「当たり前です」

何故わからない、という顔をされて、わたしはこてんと首を傾げる。

するとベティーナさんは、やれやれと肩を落とした。

「椅子が空いているのだから仮初妻として置いてくださいいつでも離婚には応じますと言われて、リヒャルト様が許可なさると思いますか？」

「許可してくれないんですか？」

「当然です。リヒャルト様はスカーレット様が幸せに暮らせるように、いい縁談を見つけようとなさっていたのですよ。そんなリヒャルト様が、いい加減な気持ちでスカーレット様を妻にするはずがございません」

つまり、妻にしてもらえないってことですか？

でもさっき、ベティーナさんは反対しないって言ったよね？

……ぐむむむ、結局妻計画が大丈夫なのかダメなのか、わかんない……。

わたしが考え込んでいると、ベティーナさんが苦笑した。

「先ほども申した通り、スカーレット様がリヒャルト様の妻になるという点においては、わたくしは反対いたしません。そうですね、わたくしがどうしてそう思ったのか、リヒャルト様の置かれているお立場も含めて少しご説明しておきましょうか」

「お願いします！」

説明されても全部理解できるかどうかは怪しいけれど、頑張って聞きますよ！

「リヒャルト様は玉座に担ぎ上げられないために、高位貴族との縁談をお受けになるつもりはないようですが、そうなると貴族の中からリヒャルト様のお相手を探すのはなかなか厳しいのです。下級貴族のご令嬢を選んだとしても、リヒャルト様を擁立したい上級貴族が裏から手を回すでしょう。

結婚前に上級貴族の養女にされる可能性もあります。いろいろややこしい問題なのです」

はい、わたしにはさっぱりわかりません！

「その点、スカーレット様は政治的な思惑の外にいらっしゃいます。同時に……このような言い方をすると失礼かとは存じますが、スカーレット様には王妃はとても荷が重いです。絶対に無理だと断言できます。ですので、スカーレット様をお娶りになった場合、リヒャルト様は玉座につく意思なしと貴族たちにこれ以上ない形で示すことができますし、何とかしてリヒャルト様に上級貴族の妻を娶らせようとしている貴族たちの思惑を退けることも可能です」

よくわかりませんが、わたしに王妃は絶対に無理だという点だけは理解できました。その通りです！

「そして、リヒャルト様は神殿と敵対しようとされていますが、その場合、今後神殿の聖女の力を借りにくくなると思われます。ですので、リヒャルト様の側にスカーレット様がいらっしゃれば、リヒャルト様も大変心強く思われるでしょう。……何といっても、その、スカーレット様はお風呂のお湯を『癒しの水』に変化させるほど規格外でいらっしゃいますから」

……規格外って、それは褒められているのだろうか？

「最後に、リヒャルト様はスカーレット様と一緒にいらっしゃるとき、とても楽しそうにしていらっしゃいます。憎からず思われているのではないでしょうか。つまり、これは一石二鳥ならぬ、一石四鳥の作戦だと、わたくしは愚考いたします」

ほとんど理解できなかったけど、妻計画は悪くないってことはわかったからわたし的にはそれでいい。

「じゃあさっそく――」

「お待ちくださいませ。今のまま突撃しても、リヒャルト様のことですからスカーレット様の好意をご遠慮なさる可能性がございます。ですので、スカーレット様から求婚なさる前に、お二人の心をもう少し近づけておく必要がありますよ」

……あれ？　仮初妻として置いてくださいと跪いてお願いする計画が、何故か求婚という単語に変換されたよ？

思っていたのと違うな～と思ったけど、ベティーナさんの協力なしでは計画が失敗する可能性大だ。参謀の言うことは素直に聞いておくべきだろう。だって、わたしは考えることが苦手だ。

「いいですか？　リヒャルト様に、スカーレット様と結婚したいと思わせることが、この計画を成功させる鍵でございます」

うんうん、それはその通りだ。

「そのためには、スカーレット様にはもう少し頑張ってもらわなくてはなりません」

「お薬を作るとかですか？」

「違います」

即答されて、わたしはむむっと眉を寄せた。

癒しの力を使うか薬を作るかのどっちかしか、わたしにできることはないよ？

「まず、スカーレット様は今まで以上にリヒャルト様と一緒に過ごしていただく必要がございます。

そうですね。例えばですが、スカーレット様からリヒャルト様をお散歩に誘ったり、お茶に誘ったりしてみてください」

「そうしたら妻にしてもらえるんですか？」

「スカーレット様、何事も、回り道の方が実は近道だったりするのですよ」

……なぞなぞですか？

「何事も焦ってはいけません。大丈夫です。わたくしがリヒャルト様の様子を観察しながら、適切な指示を出して差し上げます」

よくわからないが、参謀、心強い!!

ベティーナさんは、にっこりと微笑んだ。

「エレン様がお帰りになったら、もう少しおしゃれもしましょうね。もともとお綺麗でいらっしゃいますが、磨けばさらに光ると、わたくしは常々思っていたのです」

……う、うん？

「リヒャルト様にお願いして、可愛らしいドレスやアクセサリーももっと買っていただかなくては。あとお化粧品も買い足しましょう。……あらでも、可愛らしさはもう充分伝わっている気がいたしますから、少し路線を変更して大人っぽさを演出……はスカーレット様には少々荷が重い気がいたしますので、こうなれば可憐さを最大限にアピールして……」

……あれ、なんかベティーナさんに変なスイッチが入った気が……。

ぶつぶつとわたしを着飾る計画を立てはじめたベティーナさんに、わたしは一抹の不安を覚える。

妻計画とわたしを着飾ることに、何の関係があるのでしょうか？

真面目な顔でぶつぶつ言いながらクローゼットを開けて中を確認しているベティーナさんがちょっとだけ怖いけど、賢いわたしは参謀には逆らわない。

……ちょっぴり不安だけど、ベティーナさんが味方になってくれたし、今度はうまくいく予感がするよ！

八、妻計画、始動

Hungry saint meets the duke (eat♪)

次の日、エレン様は早々に帰って行った。

……うーん、嵐みたいな人だったな～。

イザーク王太子殿下とエレン様はあまり仲がよろしくないらしいとは聞いたけど、なんとなく、エレン様はイザーク殿下のことが好きなのではないかと思う。

だって、わたしがイザーク殿下の新しい婚約者になるかもしれないと聞いて慌てて駆けつけてくるくらいなんだもの。

王都からヴァイアーライヒ公爵領まで、馬車で二週間ほどかかるって聞いた。

事実確認するためだけに片道二週間もかけてやってくるなんて、イザーク殿下への気持ちが冷めていたら、そんなことはしないよね？

エレン様が帰った後で、わたしはベティーナさんの手によって飾り立てられていた。

コルセット不要のドレスはいつも通りだが、ベティーナさんはわたしを鏡台の前に座らせて、お化粧をし、真っ赤な髪を丁寧に結い上げてくれている。

理由はさっぱりわかっていないが、着飾ることで妻計画が順調に進むのであれば、わたしに文句はない。

ない、けれど……。

……お化粧されている間はおやつ禁止だから、それがちょぴっとだけつらいな〜。

ベティーナさんは女の子を着飾るのが好きみたいで、さっきからとっても楽しそうだ。

今日のドレスは、白と薄ピンク色のAラインドレスである。

冬用のちょっと重めの白い生地の上に、薄ピンク色の透けるくらい軽い生地が重ねられていて、胸の下で同色の大きなリボンがきゅっと結ばれていた。

下の白い生地のスカートの裾部分には緑色の糸で蔦模様が刺繍されている。

わたしの赤い髪は、サイドを編み込まれて一つにまとめられた。

ベティーナさん曰く、髪を全部アップすることで、ちょっぴり大人っぽく仕上がるのだそうだ。うなじを見せるのもポイントらしい。よくわからない。

お化粧も、いつもより念入りにされた。

いつもはお出かけする時以外でお化粧なんてほとんどしない。

家の中にいるのだからわざわざお化粧する必要はないのでは？　と訊ねてみたけれど、家の中だからこそ気を抜いてはいけないそうだ。ますますよくわからない。

だが、参謀の言うことは絶対なので、わたしはおとなしく着せ替え人形に徹しますよ。

着飾ることは、リヒャルト様に「妻にして下さい！」と特攻する前の準備段階でとっても大切な事らしいのだ。

ベティーナさんからは、決して先走って「妻にして下さい！」と特攻してはいけないと言われているので、許可が出るまで大人しく指示に従っておくのである。

午後からサリー夫人がいらっしゃるのだけれど、ベティーナさんからは、お昼ご飯の前にリヒャルト様をお散歩に誘えと言われている。

……お散歩かあ。今日はいいお天気だし、お庭を散歩するのはいいけど……、冬だからお庭を歩いてもほとんど花は咲いてないよ？

冬の花がほんの少しあるけれど、落葉樹は葉っぱが落ちて寒々しい感じになっているし、これと言って見るものはない。

でも、参謀が行けというのだから行くしかあるまい。

リヒャルト様は書斎でお仕事中だが、ベティーナさんによれば、あと三十分後に休憩を取るそうだ。アルムさん情報だから間違いないという。

ベティーナさんの素早い判断で、わたしの妻計画にはアルムさんも巻き込まれている。それどころかフリッツさんや、他の使用人の方々まで巻き込んだらしい。

……参謀、とっても仕事ができますね！　これぞ外堀を何とかというやつですね！　わたしじゃ真似はできないけど、参考になります！

たくさんの仲間を得て、わたしはすでに計画が成功した気になっていた。

リヒャルト様に妻にしてもらって、リヒャルト様と使用人のみんなと、ここでおかしく楽しく、そして美味しく暮らすのだ！

支度を終えると、空腹対策にお菓子のつまったバスケットを持って、わたしはリヒャルト様の書斎に向かった。

　こんこんと扉を叩くと、アルムさんが開けて、にこりと笑う。

「旦那様、そろそろ休憩の時間ですよ」

　そう言いながら、アルムさんは扉を大きく開けてくれた。

　ライティングデスクに向かって書き物をしていたリヒャルト様が、顔を上げて目を丸くする。

「スカーレット、どこかへ行くのか？」

　わたしが着飾っているから驚いたのだろう。

　……お散歩。お散歩にお誘い。あれ？　お散歩しましょうでいいのかな？

　誘えと言われたが誘い方を聞いていなかったわたしは、むーんと悩む。

　すると、できる家令のアルムさんがすかさず助け舟を出してくれた。

「スカーレット様は旦那様をお散歩に誘いに来てくださったみたいですよ。座って仕事ばかりしていたら体によくありませんし、スカーレット様とお庭を歩いてきたらいかがですか？」

　……おお。アルムさん、さすがです。参謀二号とお呼びしましょう。

　リヒャルト様がペン立てにペンを置いてインク壺に蓋をして、ちょっと不思議そうな顔をする。

「庭を散歩？　そうなのかスカーレット？　着飾っているのだからどこかへ行きたいのではないのか？」

　どこかと言われてチョコレートのお店がパッと頭に浮かんだが、午後からサリー夫人の授業があるのでそんな暇はないし、そのような計画でもなかった。

わたしは参謀の言うことに忠実に従って、「お庭でお散歩です」と答える。

「わざわざ着飾って？」

ベティーナさん、やっぱり着飾ったのはまずかったんじゃないですか？　なんか怪しまれていますよ。

すると、わたしの背後から、ベティーナさんがにこりと微笑む。

「今日はダンスについて学ぶとサリー夫人から聞いておりますので」

「それで着飾ったのか。練習ごときで着飾る必要もなかろうに。大変だな、スカーレット。化粧が嫌なら、私の方からサリー夫人に言っておくが」

「いえ、楽しかったです！」

実際にわたしの顔がお化粧で変わっていくのを見るのは楽しかった。ベティーナさんは魔法使いなのではと思ったくらいだ。問題なのはお化粧中にちょっぴりお腹がすいてしまったことだけである。

「そうか、それならいいが。ああ、散歩だったな。わかった。行こうか」

……おおおお！　本当にオッケーしてくれた！

参謀、参謀二号、すごいですね!!

リヒャルト様が服の上にコートを羽織ってマフラーを片手に近づいてくる。

そして、コートを着ているわたしの首に、マフラーをぐるぐる巻きにした。

「そのコートは首元があいているからな。これなら寒くないだろう。そのバスケットは？」

ふわっふわのマフラーは確かにとっても温かい。

「お菓子です！」

「なるほど。君には必要不可欠なものだな。かしなさい。私が持とう」

リヒャルト様がわたしからバスケットを取り上げて、もう片方の手をわたしとつなぐと歩き出す。

ちらりと肩越しに背後を確認すれば、ベティーナさんとアルムさんがいい笑顔で手を振っていたのでわたしはこっそり振り返した。


「天気がいいからか、今日は少し暖かいな」

「お昼寝したくなりますね！」

「クッ、いくら日向でも、さすがに冬に外で昼寝をしたら風邪をひくぞ」

ヴァイアーライヒ公爵邸のお庭はとっても整然としていて、公園みたいに広い。

ところどころに人工的な勾配が付けられていて、わたしの身長よりも低いくらいの丘になっている場所にはいろいろな種類の木が植えてある。

そんな、巨大なお椀をひっくり返したような丘の間を縫うように石畳の道が作られていて、わたしはリヒャルト様と手を繋いで、のんびりとその道を門の方へ向かって歩いていた。

遠くには四阿《あずまや》や、冬だから水を止めている噴水がある。

ところどころにベンチも置いてあった。

「冬の庭はあまり見るものがないが、門の近くには何かの花が咲いていたはずだ。あとは温室に行けば蘭や薔薇が咲いているだろう」

わたしのミッションはリヒャルト様とお庭をお散歩することなので、温室は違う気がした。だから門の近くに咲いている花を見に行くことにする。

門の近くには小さな箱型の花壇がいくつもつくられていて、その中に色とりどりの花が咲いていた。

リヒャルト様によるとプリムラという花らしい。

「そこのベンチにでも座って少し眺めるか？」

「はい！」

リヒャルト様と並んで座ると、リヒャルト様がバスケットを開けてお菓子を手渡してくれる。

夢中でドライフルーツの入ったバターケーキを貪っていると、リヒャルト様がじっとこちらを見つめていることに気が付いた。

どうしたのだろうと顔を上げると、リヒャルト様は柔らかく目を細める。

「言い忘れていたが、そうやって髪を結いあげているのも似合うな」

……ほえ!?

リヒャルト様がわたしの顔に手を伸ばして、落ちかけていた顔の横の髪を耳にかけてくれた。

よ、よ、よ、よくわかりませんが、なんか恥ずかしいですよ!?

リヒャルト様の指先がかすめていった耳たぶが、なんか、熱い。

バターケーキを持ったまま動きを止めたわたしの、今度は口元に、リヒャルト様が長くて綺麗な指を伸ばした。

わたしの口の端をリヒャルト様の親指がかすめていく。

「口の端に食べかすがついていた。君は相変わらず、食べ物を一度に口に詰め込みすぎだ。落ち着いて食べなさい」

……あわわわわわわぁ!!

目の前のリヒャルト様はいつものリヒャルト様だけどなんかちょっと違う気がしますよ何故ですか!?

耳たぶに続き口元も熱くなってきたわたしは、恥ずかしさを誤魔化すためにバターケーキを食べることにする。

……手は繋いだことがあるけど。というかどこかに行くときはたいていい繋ぐけど。耳とか口とかを触られたことは、なかったよねえ!? たぶん!

ちらりと隣のリヒャルト様の横顔を見上げると、ぼんやりと花壇のプリムラを見ていた。

冬枯れの庭の中、カラフルな花が宝石のように輝いて見える。

……でも、リヒャルト様の方が綺麗なんだよねえ。

長い睫毛に覆われた切れ長の双眸。ラベンダー色の、理知的な瞳。

すっきりとした輪郭にかかる、さらさらの金色の髪。

リヒャルト様はいつも泰然としていて落ち着いて見えるから、つい忘れちゃうときもあるけど、まだ二十一歳の若き公爵様だ。

……よく考えてみたら、王弟殿下で公爵様でびっくりするほどイケメンさんでお金持ちで優しいリヒャルト様に妻にもらってもらおうとか、わたし、欲張りすぎじゃない？

でも、リヒャルト様の側から離れたくないから、強欲であろうとも何とかして妻にもらってもらいたいのであるが。

じーっと見つめていると、わたしの視線が鬱陶しかったのだろうか。リヒャルト様がこちらを見て「どうした？」と優しく微笑む。

毎日おなかいっぱいご飯が食べたいとか、リヒャルト様の養女になりたいとか妻になりたいとか、わたしはとっても強欲だけど、リヒャルト様が何かをしたいとか、何かがほしいとか、そう言った願望を口にしたことはない気がした。

兄である王様と甥である王太子殿下と争いたくないから結婚できなくて、次の王様として担ぎ上げられないために神殿と敵対しようと考えている。

でもそれはリヒャルト様が「したいこと」ではなくて、以前サリー夫人が言っていた「リヒャルト様に課せられている義務」なのだと思う。

……だったら、リヒャルト様個人の願望ってなんだろう。

リヒャルト様は今の生き方が、楽しいのかな？

わたしは神殿で暮らしていたときは、聖女仲間とのおしゃべりは楽しかったけど、神殿にいて特別幸せとは思わなかった。でも、リヒャルト様に拾われてからはとっても楽しいしとっても幸せだ。

「リヒャルト様。わたしは昨日、リヒャルト様のおうちの子になりたいって言いましたけど、リヒャルト様は、したいこととかはないんですか？」

「どうしたんだ急に」

「なんとなく、気になって」

ふと思ったことだから、理由はわたしにもわからない。

だがなんとなく、訊いてみたいと思っただけだ。

「そうだな。以前も言ったが、私は神殿と対立したいと思っている」

「リヒャルト様。それはリヒャルト様がしたいことじゃないと思います。するべきだと思っていることと、したいことは違うんですよ。ええっと、義務と願望は違うんです！」

頑張ってちょっと賢そうに言ってみると、リヒャルト様が虚を突かれたように目をしばたたく。

「サリー夫人にでも言われたのか？」

「義務がどうとかはサリー夫人が教えてくれましたけど、違います。本当に、わたしがなんとなく気になっただけです」

わたしは普段ごはんのことしか考えていないけど、たまには何かが気になることだってあるのだ。

リヒャルト様はそんなわたしの思いつきな質問を茶化したりはしなかった。

ふむ、と視線を落として考えこんだ後で、言葉を選びながら答えてくれる。

「なかなか答えにくい質問だな。確かに義務と願望は違う。そして神殿と対立しようと決めたのは、君の言う通り義務からのものだろう。必要がなければわざわざ敵対したいとは思わないからね。まあ、神殿のやり方が気に食わないのは本当なのだが」

リヒャルト様は腕を伸ばし、またわたしの口もとを拭った。……どうやらまた食べかすがついていたようである。恥ずかしい。

「したいこと。……したいこと、か。そんなこと、長らく考えていなかった気がするな」

その言葉がふと引っかかった。

したいことは「考え」ないとわからないものなのだろうか。

……違うよね？

願望は勝手に頭の中に湧いてくるものである。考えて見つけるものではない。

「したいことは、考えて出てくるものじゃないですよ」

「うん？」

「したいことはしたいことです。したいと思うのがしたいことです。わたしはお腹一杯ご飯が食べたいし美味しいおやつも食べたいし、このままここでリヒャルト様とみんなと面白おかしく暮らしたいです。でもこれは、考えたから出てきたことじゃないです。……そのための手段は考えるけど、したいことは考えたから思いついたことじゃないです」

「なるほど、正論だ」

リヒャルト様が苦笑する。

「君の言うところの手段は実に頓珍漢だったがな」

「むぅ」

「ああ、茶化して悪かった。拗ねないでくれ」

リヒャルト様がよしよしとわたしの頭を撫でた。

まとめてある髪を乱さないようにそっと触れられたので、なんだかとってもくすぐったい。

「君はそんなにここにいたいのか」

「はい！」

「そうか。では君のその願望は、叶えてやらなければならないだろうな」

……むう。それは嬉しいけど、今はそういうお話じゃないんですよ。

リヒャルト様の願望を知りたかったのに、いつの間にかわたしの願望を叶えるという話にすり替わっている。

むーっと眉を寄せて怒った顔を作ってみると、リヒャルト様がそんなわたしの顔を見て眩しそうに目を細めた。

……何故に？

「君の質問には答えられない。答えたくないのではなく、答えられないんだ。だが、そうだな……、私の中で、君の言うところの『したいこと』が見つかったら、真っ先に君に教えると約束しよう。今はそれで許してくれないか」

わたしは自分の欲求に忠実なので願望がわからないなんてことはないけれど、リヒャルト様には自分の願望を理解するのは難しいことのようだった。

……とっても賢いリヒャルト様なのに、なんだかおかしいね。

でも、願望が見つかったら真っ先に教えてくれるらしいから、わたしはそれで満足である。

「約束ですよ」

「ああ。約束だ」

……リヒャルト様との約束って、ちょっとだけくすぐったいね。なんでだろう。

☆

(願望、か……)

その夜、リヒャルトは考えていた。

願望を、ではない。スカーレットのその言葉を、である。

願望は考えて見つけるものではないとスカーレットは言ったけれど、長らく自身の願望を押し殺してきたリヒャルトにはどうにもそれが難しい。

王族が願望を口にすれば、周囲はそれを叶えようと動く。

だからこそリヒャルトは幼少の頃から自分の願望を口にしないように言われていたし、実際に自分の中の欲求をコントロールする訓練も受けた。

だからだろうか。

きらきらとした金色の目で、まっすぐに願望を口にするスカーレットがとても眩しい。

（願望か。……ああ、そう言えば、スカーレットの『癒しの水』を調べることは、そうだったと言えるかもしれないな。ためになるとは思ったが、それ以上に興味深かった）

思えば、意識していなかったが、スカーレットを町に誘ったときもそうだったかもしれない。

彼女を連れて行ってやりたいと思った。それはまさしく、自分の願望だっただろう。

けれども、スカーレットが求めている「リヒャルトがしたいこと」は、たぶんこれとは別のものだ。

どちらもまさしくリヒャルトがしたいことだったが、それを告げてもスカーレットは納得しない。

スカーレットは単純で、だからこそまっすぐだ。眩しいくらいに。

（そういえば、ずっとここにいたいと言っていたな）

そしてリヒャルトは、それを叶えると口にした。

つい安易に了承してしまったけれど、まずかっただろうか。

リヒャルトの側にいても、スカーレットが得をすることなんて何もない。

（……そうか。こう言う考えが、ダメなんだろうな）

つい、損得で考えてしまう。

スカーレットは願望を口にした。それを自分の勝手な損得勘定で測ってはだめだろう。

スカーレットがずっとここにいたいという願望を叶える手段は、あるにはある。

一番簡単なのは結婚だ。

リヒャルトが、スカーレットと結婚すればいい。

しかし、スカーレットがリヒャルトと共にいたいという感情は、恋愛感情とは別の何かだろうと思っている。

そんなスカーレットを、結婚すればずっと一緒にいられると言って惑わせるのは間違っていた。

十六歳の年齢の割に、中身は子供のようなスカーレット。

神殿育ちなのもあるだろうが、そんな彼女の子供のような内面は、永遠ではない。遅かれ早かれ成長をはじめるだろう。

そうなれば、スカーレットも自分の将来のことをもっと具体的に考えはじめるかもしれない。

スカーレットにもいずれ好きな男ができるかもしれないし、そうなった時にリヒャルトが結婚という形で縛っていたら、彼女はきっと後悔するだろう。

（……スカーレットの好きな男、か）

ちり、と胸の奥が焼け焦げたような変な感じがする。

世間知らずで、でもどこまでもまっすぐで明るいスカーレット。

行き倒れているのを見つけて気まぐれに拾った彼女は、いつの間にかリヒャルトの中で大きな存在になっていた。

幸せにしてやらなければならない。

義務とは違うそんな願望が、大きく胸を占めるほどに。

だからこそ貴族と縁を繋いでやろうと考えたりもしたが、それは本当に正しいことだったのだろうか。

ちりちりと、胸の奥が焼けている。

（…………ああそうか）

何故胸が痛いのかと、ぼんやりと考えた頭の中に、すとんと答えが落ちてきた。

（惹かれていたのは、私の方か）

平坦だったリヒャルトの日常。

スカーレットは、そんな毎日に突如現れた、まるで太陽のような女性だ。

彼女を見ていると自然と口元がほころぶし、彼女のために何かしてやりたいと思う。

それは義務ではなく、スカーレットの言うところの願望で、どうしてそんな願望を抱くのかと考えると、答えは簡単に見つかった。

（私はスカーレットが、好きなのか）

今更ながらに、参ったな、と思う。

気づいてしまったらもう手放せない。

しかし、無垢なスカーレットを騙すようにして結婚するのは罪悪感が大きすぎた。

（まずは、スカーレットの感情をこちらに向けることが先だな）

これは骨が折れそうだと、リヒャルトは笑った。

九、甘々注意報

Hungry saint meets the duke (eat♪)

「ちょっとねぇ聞いた～？」

「聞いた聞いた、あれ、絶対スカーレットの仕業よねぇ？」

「それしか考えられないわよ。噂が誇張されているとしても、わたしたちじゃあ、無理だもの」

ヴァイアーライヒ公爵領から北に馬車で十日ほど。

アルムガルド国の中腹あたりに建つ中央神殿は、最近、ある噂でもちきりだった。

食事を取りながら、薬を作りながら、聖女たちがこそこそと噂をするのは、ヴァイアーライヒ公爵領の話題である。

神殿をたまに訪れる行商人が、とある噂話を持って来たのだ。

なんでも、ここから南の広大なヴァイアーライヒ公爵領の町で、流行風邪が猛威を振るっていたらしい。

しかもただの流行風邪ではなかったようで、町は封鎖され、許可なく出入りができない状況だったそうだ。

神殿を訪れていた行商人はその町で綿製品の仕入れを行っており、封鎖されて買い付けができなくなったと愚痴を言っていた。

それが、数週間前のことだ。

神殿長はその話を聞いて、恐らく聖女の薬の購入依頼が大量に入るはずだと騒ぎ出し、聖女たちにいつもよりも多くの薬を作るようにと指示を出した。

とはいえ、薬を多く作れと言われても、限度がある。

聖女一人当たり、どんなに頑張っても一日にせいぜい五、六本が関の山だろう。十本も作れば力の使い過ぎで倒れてしまう。
五、六本であっても、連日作り続ければ疲労もたまる。
だから正直やりたくなかったが、稼ぎどころを見つけた神殿長がうるさいので、聖女たちは仕方なく作業を続けながらため息を吐いていた。

だが、待てど暮らせど、ヴァイアーライヒ公爵領から聖女の薬の買い付けの話は舞い込んでこない。

それどころか、いつの間にか町の封鎖まで解かれていたという。

当てが外れた神殿長は、よほど悔しかったのか、なじみの行商人を使って情報を集めさせた。

するとどうだろう。

どうやら、ヴァイアーライヒ公爵はどこかから大量の薬を仕入れてきて、それを用いて流行風邪の蔓延を抑え、罹患者を回復させたと言うのだ。

薬師の作った薬が効くならば、初めから町を封鎖するなんてしないはずである。

つまり、ヴァイアーライヒ公爵が仕入れてきた薬は聖女の作った薬以外考えられない。ヴァイアーライヒ公爵は王弟だ。義理の姉は聖女であるし、貴族出身や貴族に嫁いだ聖女にツテもあるだろう。

だがしかし、王都からヴァイアーライヒ公爵領までは馬車で片道二週間ほども距離がある。薬をすぐに用意できるはずがないし、できたとしても、数が数だった。

噂では、町人全員にいきわたるほどの薬が用意されたと言うのだ。

町の規模は四千人ほどと聞いているが、一人最低一本と計算しても四千本もの薬が必要となる。

聖女一人がどんなに頑張っても五本程度しか作れないのに、どうやって四千本も用意できたと言うのか。

アルムガルド国では、貴族平民問わずすべての聖女をかき集めても百人に満たない。

そして、聖女の大半は神殿が抱えている。

まるで神の奇跡が起こったとしか思えない現象に訝しんでいると、行商人がまた新しい情報を持って来た。

なんでも、数か月ほど前からヴァイアーライヒ公爵の邸に、赤い髪の美少女が暮らしていると言うのだ。

その美少女は大変よく食べる女の子らしく、とある町のチョコレート店の在庫を一日でからっぽにしたほどらしい。

それを聞いた瞬間、聖女たちは確信した。

――スカーレットだ!!

食べることにしか意識が向かない能天気な聖女スカーレットのことは、聖女たちも常に気にしていた。

神殿長に神殿から追い出されたスカーレットは、元気にしているだろうか。

いや、無事に生きているだろうか、と。

燃費が悪すぎるスカーレットは、一食どころかおやつを抜くだけで倒れてしまうほどだった。

そんな彼女が神殿を追い出されて生きていけるとは思えず、聖女たちは神殿長を心の底から恨んだものだ。

スカーレットが神殿を出て行くときに、手持ちのお菓子を全部渡したけれど、彼女の食欲では一日も持つまい。

せめて町にたどり着くまでお菓子が持ってくれれば、と祈っていたのだが、どうやらスカーレットはヴァイアーライヒ公爵に拾われたようだ。

そして同時に納得した。

スカーレットならば、四千本の薬なんてあっという間に作るだろうな、と。

スカーレットは燃費は悪いが、恐ろしく力の強い聖女だった。

どういうわけか本人は無自覚だったけれど、何十本もの薬を作ってけろりとしている聖女なんて、この神殿にはスカーレット以外存在しなかった。

スカーレットの力が強すぎると知った先輩聖女が、神殿側に悪用されないために、薬作りはみんなと同じ本数に合わせるようにという注意までしたほどなのだからよっぽどだろう。

おかげで神殿側は、スカーレットの特異さには気づいていなかったが――おそらく、今回の件でばれたなと聖女たちは思った。

果たして、逃がした魚がとてつもない大魚だったと知った神殿長は今頃どんな気分だろうか。いい気味だと思うと同時に、聖女たちは不安でもあった。

金の卵を産む鶏を逃がしたと気づいた神殿が、スカーレットの回収に動かないだろうか、と。

「ねえ、スカーレットってば大丈夫かしら？」

「そうねえ。だってあの子、お菓子を上げるって言われたら、誰かれ構わずほいほいついて行きそうだものね」

「あらでも、スカーレットを拾ってくれたのは公爵様なんでしょう？　それも王弟殿下！　だったら、神殿からもスカーレットを守ってくれるんじゃない？」

「それもそうね」

「でもよかったわねえスカーレット。チョコレートのお店の在庫を全部食べさせてくれるようなお金持ちに拾われて」

「羨ましいったらないわ」

「しかも王弟殿下ってすっごいイケメンなんでしょ？　いいなあスカーレット」

「わたしもここから出たいわ～」

「ほんとよね～。でも、あの強欲親父じゃあ、縁談が来ても勝手に断っちゃいそうだわ」

「言えてる〜。嫁《い》き遅れたらマジで呪ってやるわ〜」

「そうなる前にストライキでもしてみる〜？」

「ちょっとぉ、冴えてるじゃない〜」

「名案〜」

くすくすくすくす、と聖女たちは笑いあう。

彼女たちの起こしたストライキは、そののち各地の神殿にまで飛び火してひと騒動を巻き起こすことになるのだが、それはもう少し後のお話——

☆

あれからわたしは、毎日、参謀ベティーナさんの手によって飾り付けられていた。

最初は不思議がったリヒャルト様も、二日目、三日目と経つ頃には何も言わなくなって、着飾るのが当たり前になりつつある。

……でも、さすがは参謀だわ！　リヒャルト様の様子が以前と少し違う気がするもん！

初日こそわたしが（というよりはアルムさんとベティーナさんの見事な連係プレイだけど）お誘いしたお散歩だが、次の日からはリヒャルト様が誘ってくれるようになった。

お昼前のリヒャルト様の休憩時間は、お散歩タイムが定着しつつある。

あと、ちょっと気になるのが、リヒャルト様がふとした拍子にわたしに触れるようになったことだ。

以前から外出の際に手は繋いでいたけれど、リヒャルト様は最近、わたしの口元にもよく触れるようになった。

……まあ、わたしが口の周りにお菓子の食べかすをつけているのが原因ですけどね！

自分では気が付かないのだが、リヒャルト様が触れてくる頻度を考えると、お菓子を食べるたびにわたしは口の周りを汚すようである。

……うーん。神殿暮らしのときみたいに口の中いっぱいに食べ物を詰め込んだりしていないはずだから、口の周りもそれほど汚れないと思うんだけど。わたし、食べ方がへたくそなのかなあ？

そうそう、それから、わたしは今、サリー夫人からダンスについて学んでいるんだけど、ダンスの種類だとか歴史だとかを勉強し終わったので、実践練習が今日からはじまる。

なんと、その練習相手をリヒャルト様が務めてくれるらしい。

リヒャルト様、忙しいのにいいのかなあって思ったんだけど、ベティーナさんによると、これはとってもいい傾向なんだとか。

……このまま頑張れば、きっとそのうちリヒャルト様から結婚を申し込んでくれるはずだってベティーナさんは言ってたけど、本当かなあ？

いえ、参謀の言うことを疑っているわけではないんですけどね。

あと、当初はわたしが跪いてお願いし倒すつもりでいたのに、いつの間にかリヒャルト様から結婚を申し込んでもらう方向に作戦がシフトしているのはどうしてだろう？

でもまあ、わたしが申し込んだ場合は断られるというリスクがあるので、リヒャルト様から申し込んでくれる分には全然問題ない。むしろウェルカムだ。

もし、問題があるとすれば。

あの日から、リヒャルト様に触れるたびに心臓がどきどきざわざわして恥ずかしくなる、わたしの方だろう。

うーん、急に出はじめた症状だけど、何かの病気とかじゃあ、ないよね？　不安です。


「スカーレット、そんな風に全身に力を入れていたら転ぶぞ」

サリー夫人の手拍子が響く中、リヒャルト様がわたしの耳のすぐ上でささやいた。

……ちっ、近いです近いですよリヒャルト様！　いえ、ダンスってこんなもんですか？

この距離が普通なんてダンス怖い！

貴族の常識にびっくりだよ！

今日からはじまったダンスレッスンだが、わたしは早くもギブアップと叫びたい気持ちだった。

だって、近い！

これはもう、ほとんど抱きしめているのと同じレベルですよ！

リヒャルト様にホールドされて、わたしの心臓はもうばっくんばっくんです。

体なんて緊張でカチンコチンですよ。

足がもつれて、さっきから右によろよろ左によろよろとよろけまくりです。

リヒャルト様がうまくフォローしてくれて支えてくれるから倒れなくてすんでいるけど、そのたびに耳元で「大丈夫か？」とか「足をひねっていないか？」とかささやいてくるから、わたしの心臓さんはさらにドドドドドドッと変な音を立てる。

……やっぱりわたしの心臓さん、変な病気なんじゃないですか!?

動悸と息切れがすごい。

そしてそのたびにぐわんぐわんと上がっていくわたしの体温が異常すぎる！

「スカーレット、呼吸がおかしいが大丈夫か？」

「だ、だだだ、大丈夫ですよ。ほらっ、ひっひっふー！」

「大丈夫じゃなさそうだな。サリー夫人、少し休憩を。ベティーナ、飲み物を運ばせてくれ」

サリー夫人の手拍子が止み、リヒャルト様がわたしをソファに座らせてくれた。

……あの。あのぅ。リヒャルト様、腕がわたしの肩に回っていますけどどうしてですか!?

わたしの隣に座ったリヒャルト様がわたしの肩を引き寄せて、心配そうに顔を覗き込んでいる。

おかげで、わたしはついに呼吸の仕方を忘れてしまった。

はふはふと、真っ白な頭で何とか酸素を取り込もうと金魚のように口をパクパクさせていると、リヒャルト様がさっと表情を強張らせて、ダンスレッスンのために身に着けていたシルクのグローブを外すとわたしの額に手を当てる。

リヒャルト様の手、冷たくて気持ちぃいー。

「……熱があるな。サリー夫人、申し訳ないが、今日はこれで終わりにしていただけるだろうか？」

「それがよろしゅうございますね。ですが、聖女様が風邪をひくなんて、珍しいこともありますね」

聖女は自分で自分を癒せるので、病気なんてほとんどしない……はずだ。

……でもこれ、病気としか考えられないよ！　どうしよう。聖女の力もきかない不治の病とかじゃないの!?

メイドさんが運んで来たお茶をちびちび飲みながら青くなっていると、リヒャルト様がベティーナさんに話しかけている。

どうやらわたしのドレスを着替えさせて、寝かせろと言っているようだ。

「スカーレット、私は医者に連絡を入れてこよう」

聖女が医者にかかるなんて、前代未聞に違いない。

わたしは情けない気持ちで、「ひゃい」と小さく返事をした。

「知恵熱ですね」

着替えをすませて、ベッドではふはふと熱い息を吐いていると、やって来たお医者様がわたしを診察してそう言った。

「……知恵熱!?　それって重い病気ですか!?　わたし、死んじゃうんですか!?」

知らない単語にショックを受けているのは、どうやらわたし一人だけだったらしい。

ベティーナさんもリヒャルト様も、心配で残ってくれていたサリー夫人も、ついでにメイドさんたちも、揃って微妙な顔をしていた。

「……知恵熱って、大人でも出るものなんですね」

ベティーナさんのつぶやきに、お医者様は聴診器を片付けながら頷く。

「もちろんです。頭を使いすぎたときに知恵熱が出ることがありますよ」

すると、ベティーナさんもリヒャルト様も、さらに不可解そうな顔になった。

「頭を使いすぎた……」

「スカーレットがか？」

「よほど、食べたいお菓子があったのでしょうか？」

「なるほど。食べたいけれど名前が思い出せなかったりしたんだろうな」

「……あのぅ。お二人ともちょっとひどいですよ。さすがのわたしも傷つきます」

だが、どうやら知恵熱とは頭を使いすぎたときに出る熱だそうだ。難病ではなかった。よかった、わたし死なない！

「知恵熱の場合、解熱剤はさほど効果がありませんので、安静にして様子を見られてください」

お医者様はそう言って、アルムさんに案内されて帰って行く。

サリー夫人も、大きな病気ではなかったと知って安心したようで、お医者様のあとを追って部屋を出て行った。

ベティーナさんがわたしの頭の上に濡らしたタオルを置いてくれる。

リヒャルト様がベッドの横に椅子を持ってきて座った。

「少し寝なさい」

「リヒャルト様は……」

体調が悪いと人恋しくなるのか、いなくなったら嫌だなあと見上げると、リヒャルト様が優しく微笑む。

「君が目覚めるまでここにいる」

「お仕事は……？」

「急ぎで片づけなければならないものはないから大丈夫だ」

リヒャルト様が腕を伸ばしてわたしの頭をゆっくりと撫でる。

それが気持ちよくて、わたしはだんだんと瞼が重くなった。

熱があるからだろうか、目を閉じると、急速に眠気が襲って来る。

「おやすみ、スカーレット」

おやすみなさいと、返事をしたつもりだったけれど、声になったかどうかは怪しかった。


ぐうぅ。

「お腹すいたー」

ぱちり、と目を開けると、リヒャルト様が肩を震わせて笑っていた。

なんでリヒャルト様がベッドの横に座っているのだろうと首を傾げて、そう言えば知恵熱を出して寝込んだんだったと思い出す。

「君は、腹の音で目を覚ますのか……」

……む？

リヒャルト様は、何かのツボにでも入ったのか、ずっと笑っている。

わたしが自分の腹の虫の声で目を覚ましたのがよっぽど面白かったらしい。

「ほら、ちゃ、ちゃんと持って来てあるぞ」

クツクツと笑いながら、リヒャルト様がベッドサイドの棚の上から綺麗に剝いてあるリンゴの入ったお皿を取った。

皿ごとくれるのかと思ったのだが、どういうわけかリヒャルト様はフォークにリンゴを突き刺すと、「あーん」と言って口元に持ってくる。

……あーんと言われれば食べますけど、わたし、両手はちゃんと使えますよ？

何故食べさせてくれるのだろうと思いつつも、目の前に食べ物が出されたら口に入れるのが食いしん坊の性だ。

リンゴは一口サイズに切ってあったので、まるっと一かけらを口に入れて、シャリシャリと咀嚼する。みずみずしくて、甘酸っぱくて、大変美味しい!!

口の中のものをごくんと飲み込んだら、また次が差し出されたので口を開けた。

自分で食べられますよーと言う暇もなく次々とリンゴが差し出されるので、気づいたときにはわたしはすっかりリンゴに夢中になっていて、リヒャルト様に食べさせてもらうのも気にならなくなっていた。

わたしの食欲を理解しているリヒャルト様は、リンゴをまるまる三個分剝いて用意させていてくれたらしい。

全部ぺろっと完食したら、次は水を差し出されたので飲んでおく。

「腹の具合はどうだ？」

「まだ食べられます」

「まあそうだろうな。それだけ食欲があれば大丈夫か。……熱は？」

リヒャルト様がわたしの額に触れる。

リヒャルト様に触れられると、どきどきと、わたしの心臓がまたうるさくなりはじめた。

……本当にこれ、重たい病気じゃないよね？

こんなに心臓がドキドキいうことなんて、今までなかったのに。

「まだ熱があるな。念のため、今日はこのままベッドですごしなさい」

「夕ご飯は……」

「心配しなくともここに運ばせる」

リヒャルト様が時計を確認し、「夕食はあと二時間後だな」と教えてくれた。

「熱があるから水分の多いものの方がいいだろう。フリッツがゼリーを作っていたからそろそろ……ああ、持って来たみたいだな」

部屋の外からワゴンを押す音が聞こえてきた。

ベティーナさんが扉を開けると、メイドさんがワゴンを押して入って来る。

ワゴンの上には、色とりどりのゼリーがぷるんぷるんと揺れていた。

……ほわああああ！　宝石！　宝石ですか!?　食べる宝石!!

ゼリーは神殿で過去に二度ほど食べたことはあるけれど、あんなにキラキラしていなかった。よく見ると、中にカットしたフルーツが入っている。神！　フリッツさんは神様ですか！

「本当は夏によく食べるんだが、熱がある君にはちょうどいいだろう」

色とりどりのゼリーたちの中から、リヒャルト様は薄い赤色のゼリーを取った。色からしてイチゴ味だと思う。そうに違いない！　だって中にカットしたイチゴが入っているもん！

リヒャルト様がゼリーをスプーンですくって口に近づけてくれたので、わたしは素早い動作でぱくりとそれに食いついた。

気分は釣り針にかかる魚の気分だ。我慢できない！

「ん〜〜〜っ」

「美味いか？」

「ひゃい！」

つるんとして、口の中でほろっとほどけて溶けていく。

たまらない。もう一口!!

あーんと口を開けると、リヒャルト様がゼリーをすくったスプーンを口の中に入れてくれる。

……うまうま、さいこー!

「……これは癖になるな」

わたしにゼリーを食べさせながら、リヒャルト様がぼそりと言う。

わたしは大きく頷いた。

「はい！　癖になるお味です！」

「そういう意味ではないんだが」

リヒャルト様が苦笑して、次のゼリーを手に取った。今度はオレンジ色をしているので、柑橘系のお味だと思う。

次々にゼリーを口に運んでもらって、ワゴンの上に載っていたゼリーをすっからかんにしたわたしは、そこでハッとした。

……わたし、リヒャルト様に全部食べさせてもらっちゃったよ！

ゼリーに夢中になりすぎて気が付かなかったが、リヒャルト様はさぞ大変だっただろう。

お礼と謝罪とどちらを口にすべきかと悩んでいると、リヒャルト様に優しく肩を押されて、ぽすんとベッドに倒れ込む。

「ほら、腹が膨れたなら夕食まで休んでいなさい。まだ熱が高いからな」

「あ、あ、あのっ」

「うん？」

「……リンゴとゼリー、ありがとうございました」

悩んだ末にお礼を言ったが、どうやら正解だったみたいだ。

リヒャルト様はとっても綺麗に微笑まれて、わたしの心臓がまたどきどきしはじめた。

……今は触れられたわけじゃないのにね。どうしてだろう。やっぱり病気かなあ？

熱が下がったらベティーナさんに訊いてみようと思いながら、わたしはゆっくり目を閉じた。

☆

……スカーレット、完全ふっかーつ!!

一夜明けて、熱もすっかり下がったわたしは、ベティーナさんからベッドから出るお許しをもらった。

今日はおしゃれはしなくていいそうなので、わたしは楽なドレスに着替えさせてもらって、朝ごはんを食べるべくダイニングへ降りる。

いつものように、リヒャルト様はダイニングで新聞を読んでいた。

「おはよう。熱はもういいのか？」

「おはようございます！　熱は下がりました！　元気です！」

「そうか、それならよかった」

ふっと笑ったリヒャルト様が新聞をたたんで脇によけると、ややあって朝食が運ばれてくる。

いつも通りご飯をたらふく食べていたわたしを、リヒャルト様が「食後に少し庭を歩こうか」とお散歩に誘ってきた。

いつもはリヒャルト様の休憩時間がお散歩タイムなのに、今日は食後にすぐに庭へ向かうらしい。

……昨日は午後からずっとベッドの上だったから、体を動かしたかったし、全然いいけどね！

お仕事はいいのかなあと思いつつ、わたしが元気よく「はい！」と返事をすると、リヒャルト様が笑みを深める。

……そう言えば、リヒャルト様は以前にも増してよく笑うようになったなあ～。

何かいいことでもあったのだろうか。

リヒャルト様が楽しそうにしているとわたしも楽しくなってくる。

ご飯を食べ終えて、わたしはコートを取りに一度部屋に戻った。

ベティーナさんにコートを着るのを手伝ってもらっていたわたしは、ベティーナさんに訊きたいことがあったんだったと思い出す。

「ベティーナさん、教えてほしいことがあるんですけど」

お医者様も気が付かなかった重病だったら大変だと、わたしはベティーナさんに、心臓がやたらとドキドキと騒がしくなるのはどうしてなのかと訊ねた。

「普段は何ともないんですけど、リヒャルト様に触れられたりすると、動悸と息切れがするんです。昨日は、触れられていなくても動悸がしました。病気でしょうか？　自分に癒しの力を使ってもまったく改善しないので、病気だったらもしかしたらとんでもなく重たい病気かもしれないです！」

するとベティーナさんは虚を突かれたような顔をした。

「動悸と息切れ、ですか」

「はいそうです、ドキドキして、息が苦しくなります！」

「リヒャルト様に触れられると？」

「はいそうです、でも、昨日は触れられなくてもドキドキしました！」

「そう、ですか……」

ベティーナさんは「何故わからない」とでも言いたそうな顔をしてから、にっこりと微笑んだ。

「大丈夫です、病気ではありませんよ」

「そうなんですか？」

「ええ」

「でも、心臓がぎゅーっと苦しくなるんですよ？」

「そうなることも、ままあることです」

「そうなんですか!?」

知らなかった。

わたしが経験したことがなかっただけで、世の中の人は、心臓がぎゅーっと苦しくなったり息切れを起こしたりすることは、よくあることらしい。

……でもそっか。病気じゃないんだ。よかった〜。

コートを着込んで玄関へ向かうと、リヒャルト様はすでにそこで待っていた。

「お待たせしてごめんなさい」

ぱたぱたと階段を駆け下りようとして、そう言えば階段を駆け下りてはダメらしいと言うことを思い出した。サリー夫人が、廊下を走ったり階段を駆け下りたり駆け上がったりするのは、淑女らしからぬ行為だと言っていたのだ。

わたしが淑女かどうかは置いておくとしても、行儀が悪いことはしない方がいい。

……行儀の悪い女は妻にしたくないって思われたら大変だもんね！　妻計画のためにも、お行儀良くしなきゃ。

ふと、昨日の「あーん」は行儀がよかっただろうかと疑問を持ったが、すでにやらかした後なので考えないことにした。

わたしは前ばかり向いて生きていくタイプである。すんだことは気にしない。だって……わたしはよくやらかすので、いちいち気にしていたら反省ばかりの毎日になっちゃうもんね。

「待っていないから気にするな。行こうか」

手を繋いで庭に向かうと、少しも歩かないうちにリヒャルト様が足を止めた。

「誰か来たようだな」

「え？」

見れば、遠くに見える門が開いて、馬に乗った人がこちらにやってくるのが見えた。

……馬車じゃなくて馬に乗って来た人、はじめてだね。

ここを訪れる人の多くは馬車に乗ってやってくる。

馬に乗っている人がいても、それは馬車の周りの護衛の人だけで、馬に乗った人が一人でやってくることはなかった。

「あの服は、騎士団のものだな」

「騎士団！」

かっこいい響き！

馬に乗った人はあっという間に玄関までやってくると、ひらりと華麗に馬の上から降りた。

詰襟の白い軍服に、肩章。腰には剣を差していて、ピカピカに磨かれたブーツを履いている。

……年は、リヒャルト様と同じくらいだね。

これが騎士団の人かと見つめていると、リヒャルト様が苦笑して「お前か」と騎士団の人に話しかけた。

お知り合いらしい。

「ちょっと会わないうちに、可愛い人をお迎えですか？　殿下も隅に置けませんねえ～」

「ぬかせ。……スカーレット、こいつはハルトヴィッヒ。バーデン伯爵家の三男で私の友人の一人だ。ハルトヴィッヒ、聖女スカーレットだ」

「ああ、この方が」

ハルトヴィッヒ様がにこりとヘーゼル色の瞳を細めて笑う。

ハルトヴィッヒ様はリヒャルト様と同じ年齢で、騎士団に籍を置く騎士様だそうだ。灰色の髪をしている。

「待て。この方が、とはどういう意味だ。スカーレットの情報が漏れているのか？」

「お名前までは存じませんでした。ただ、殿下が聖女の養女を迎えると、王都ではすっかり噂になっていますよ」

「……なんてことだ」

どうやら、ベルンハルト様とシャルティーナ様が王様にお伺いを立てたことで、それを耳にした貴族たちがこぞって噂を広めたらしかった。

「私は陛下にそんな予定はないと手紙を出したはずだが」

「すでに噂が広まっちゃってましたからねえ。それに、殿下の側に聖女がいるのは確かなようなので、みんないろいろ勘ぐるんですよ。おかげで、俺がこうしてお使いに出されたってわけです」

ハルトヴィッヒ様が「はい、陛下からです」と無造作にリヒャルト様へ手紙を差しだす。

手紙は郵便屋さんを通してやり取りされるのがほとんどだが、とっても高貴な方の手紙は、情報の漏洩を恐れて騎士や信用のおける使用人が運んだりするらしい。

リヒャルト様は手紙をくるりとひっくり返し、封蠟を確かめた後で、ハルトヴィッヒ様を見やった。

「内容は？」

開封されていないのだからハルトヴィッヒ様が内容なんて知るはずがないと思うのだが、ハルトヴィッヒ様はけろりとした顔で答える。

「召集令だそうですよ。噂の聖女に会いたいのだとか。……それから、聖女をどうするのかについても、訊きたいのだそうですよ」

リヒャルト様は「はー」と大きなため息を吐いた。

「つまり、本当に私に聖女を養女に取らせて、イザークにあてがえと言い出した馬鹿がいるわけか」

「ご明察」

ハルトヴィッヒ様は、茶目っ気たっぷりに片目をつむって見せた。

十、王都へゴー

Hungry saint meets the duke (eat♪)

国王陛下から「来い」と言われたら行かねばならない。

王様はわたしに会いたいそうなので、わたしが行くことも決定事項だ。

リヒャルト様とわたしは、慌ただしく旅支度を整えると、三日後、王都へ向けて出発した。

王都までは街道が整備されているので馬車の揺れも少なく快適ではあるけれど、北に向けてしばらく進んだところにある高い山の近くは雪崩が起きることがあるため大きく迂回して通ることになる。そのため、この時期はいつもより少し日数がかかるんだって。

冬もだんだん終わりに差し掛かって来て、少しずつ気温が上昇しているため、雪崩が起きやすくなるからだそうだ。

二十日ほどかけて王都に到着すると、馬車はリヒャルト様のタウンハウスへ向かった。

お城の近くに、大きなタウンハウスがあるそうだ。ベティーナさんが教えてくれた。さすが公爵様。

王都に来たのがはじめてのわたしは、馬車の窓に張り付いて外を眺めている。

……人が多い！　そして、道が広いしなんか綺麗！

馬車は大きな道を進んでいるのだが、道の両脇には大勢の人が歩いていた。みんなおしゃれな格好をしている。

王都には貴族以外に平民ももちろん住んでいる。土地が高いから、平民の中でも富豪が多いって聞いたことがあるけど、本当だったんだ！

王都には国中からたくさんのものが集まっていて、人の行き来も盛んだ。

王都に住んでいる人以外にも、買い付けに来たり、逆に卸に来ている人もいるのだろう。

……美味しいもの、あるかなあ？

南門の近くには市があるのだとリヒャルト様が教えてくれた。

市というのは、たくさんのお店が並ぶところらしい。

固定のお店を構えるのではなく、地代を払って、その場にテントを張ってお店を並べているところだそうで、商人以外でも店を持つことも可能だそうだ。

例えば農家さんが野菜を売っていたり、使わなくなった不用品を売っていたりする店もあるらしい。

ただ、治安がいいとは言えないから、わたしは行ったらだめだそうだ。残念。

王都は扇状の形をしていて、王都の外にはぐるっと濠があって、水が流れている。近くの川から水を引き入れていて、また川に流れていくようにしてあるそうだ。その水は王都の中にも引き入れてあって、生活用水として利用されているという。

建物はレンガ造りのものが多い。

馬車が北へ進むにつれて、人通りもまばらになって来た。

このあたりは貴族街のため、道を歩く人は、南のあたりと比べると極端に少なくなるという。

ただ、人通りは少ないけど馬車移動が多いから、道はとても広く作られているんだって。

ほかにも「一方通行」とか「馬車進入禁止」とか、規制されている道もあるのだとか。面白いね。

「あ！　あれがお城ですか？」

馬車が進んでいくと、建物と建物の間に、とっても大きなお城が見えた。

どの建物よりも高いため、先端は空に突き出している。

「ああ。私の邸は城より東のあたりにある。もうすぐ着くぞ」

リヒャルト様がそう言って数分後に、馬車が大きな門の前で停車した。

門番が門を開くと、馬車はそのまま敷地の中へ入っていく。

……ほわあああ！　広い！

領地のお邸ほどではないが、ここのお庭もとっても広かった。

ただ、領地と違って木や花はほとんど植えられていなくて、冬枯れの芝生が広がっている。

芝生と芝生の間の石畳の道を、馬車がかっぽかっぽと進んでいくと、馬車の窓からレンガの赤茶色ではなく白い壁のお邸が見えた。

お邸の玄関の前で馬車が停まると、中から六十をいくらかすぎたくらいの姿勢のいい男性と、複数人のメイドさんが出てくる。

男性は王都のお邸の管理を任せている家令のゲルルフさんだそうだ。

「お帰りなさいませ、リヒャルト様。それからようこそおいでくださいました、スカーレット様」

事前に連絡を入れていたため、ゲルルフさんはわたしの名前も知っているようだ。

リヒャルト様に手を貸してもらって馬車から降りたわたしを、ゲルルフさんはにこりと微笑んで歓迎してくれる。

「リヒャルト様がお戻りだと聞いて、先日からパーティーの招待状が届きはじめておりますが、いかがなさいますか？」

玄関をくぐりながらゲルルフさんが言う。

リヒャルト様は嫌そうな顔をして「全部断ってくれ」と即答した。

ゲルルフさんはリヒャルト様がそう言うのがわかっていたようだ。笑顔のまま「かしこまりました」と頷く。

「城へは三日後に行くが、その前に急いでスカーレットのドレスを整えたい。仕立て屋を呼んでおいてくれ」

「三日しかありませんので、既製品を手直しする形になると思われますが、そのように連絡しておいて大丈夫ですか？」

「ああ。今年の流行を取り入れつつ、コルセットできつく締め付けなくていいものを選んでくれと伝えてくれ。それからスカーレット。すまないが、城にはいつもの普段着では行かれない。我慢してくれ」

つまり、コルセットで締めるドレスを着なくちゃいけないいんですね。

憂鬱だけど仕方ない。

……まあ、お城にはご飯を食べに行くんじゃないもんね。ちょっと我慢していたらすぐ終わるよね？

リヒャルト様はわたしの燃費の悪さを熟知しているので、お腹がすいて倒れる前に対処してくれると思う。だから大丈夫だ。

「わかりました」

「すまないな。荷物を置いたらお茶にしよう。ゲルルフ、事前に連絡を入れていた通り、スカーレットはよく食べる。たくさんお菓子を用意してやってくれ」

「すでに準備はできておりますよ」

さすがリヒャルト様のおうちの家令！　アルムさんもそうだけど、ゲルルフさんもできる大人の匂いがする！

お菓子がもらえると聞いて上機嫌になったわたしは、ベティーナさんと共に、ここで使うお部屋へ向かった。

……お部屋は、ここでもリヒャルト様のお部屋のお隣だそうですよ！

☆

三日後。

リヒャルト様が買ってくれたドレスを着て、ベティーナさんにどこのご令嬢だろうかと言うくらいに飾り立てられたわたしは、お城にいた。

正直、この三日は大変だった。

リヒャルト様の指示で仕立て屋のご婦人がお針子さんたちを連れてやってきたのだけど、そこから先はもう、怒濤の着せ替えタイムだった。

そしてベティーナさんの独壇場。

最初はリヒャルト様も様子を見に来てくれたのだけど、早々に疲れたような顔になって、わたしに一言「がんばれ」と言ってさっさと逃げてしまったのだ。ずるい！

わたしは言わずもがな、着せ替え人形に徹するしかなくて、間でお菓子を食べさせてもらってはひたすらドレスを着ては脱ぎ着ては脱ぎを繰り返した。

……ベティーナさんが、びっくりするくらい生き生きしていたよ。ものすごくにこにこして、楽しそうだったもんね。ベティーナさん、人を着せ替えるのが好きなんだろうな～。

コルセットをぎゅうぎゅうに締めるとわたしが倒れる危険性があったので、デザインはウエストをあまり締め付けないものから選ばれた。

だけど……うん、ドレスって、たっくさん種類があるんだね～。

わたしには違いは判らなかったけど、デザインからはじまり、生地の種類だ色だなんだかんだと魔法の呪文を聞いている気分だったよ。

ベティーナさんから「おしゃれと利便性は必ずしも比例しない」とかいう格言が飛び出してきて、

おしゃれを優先するか利便性を優先するかで仕立て屋さんと意見が割れたりもした。

わたし？　もちろん、だんまりですよ。わかんないからね！

ただ、背中が大きく開いたドレスは寒い、というベティーナさんの意見には大賛成だったので、これには大きく頷いてベティーナさんを応援したけどね！

おしゃれのために寒さを我慢なんてできないよ！

仕立て屋のご婦人によると、今年の流行は襟元とか背中とかが大きく開いているデザインなのだそうだ。

流行が何だと言っていたけど、国王陛下にご挨拶するのに流行は必要な要素なのだろうか。

最終的にベティーナさんの「暖かくて可愛いもの！」という意見が採用されて、ティペットというもふもふの白い襟がついた赤いベルベットのドレスに決定した。

だけどこの赤を選ぶのも大変で、わたしの髪色に近いものがいいとベティーナさんがこだわったため、赤いドレスを何回も試着させられる羽目になったんだけどね。

ドレスが決まったら細かいところのお直しとか、デザインを足すとか、あーでもないこーでもないと打ち合わせと着せ替えが続いて、ドレスが仕上がったのは昨日の夕方というギリギリなスケジュールだったよ。

リヒャルト様もさすがに「まだか？」と焦っていたもんね。

そんなこんなで、ベティーナさん一押しの赤いベルベットのドレスを着て、髪をくるくるに巻かれてお化粧もされたわたしは、見た目だけはお嬢様！　って感じに仕上がっている。

「スカーレット、大丈夫か？」

「大丈夫です。ベティーナさんがコルセットをぎゅうぎゅうに締めなくていいものを選んでくれたから、お腹もそんなに苦しくないので！」

もりもりたくさんは食べられないと思うけど、この締め付け具合ならある程度お菓子も食べられるはずだ！　お城のお菓子、とっても楽しみ！

わたしが緊張するといけないからと、王様とはお城のサロンで会うことになっている。

サロンに行くと、中には王様らしき壮年の男性以外に、ベルンハルト様とシャルティーナ様の姿もあった。

「スカーレット、なんだか面倒なことになってしまって、ごめんなさいね……」

挨拶を終えると、シャルティーナ様がしょんぼりした顔でそう切り出した。

だが、シャルティーナ様が謝るのは違うと思う。だって、もともとはわたしがリヒャルト様の養女になりたくて、シャルティーナ様はそんなわたしに協力してくれただけなのだから。

「シャルティーナ様のせいじゃありません。わたしがお願いしたからですし」

「いいえ、油断していたわたくしのせいだわ。まさか使用人が口を滑らせるなんて思わなかったのよ」

ベルンハルト様とシャルティーナ様は、王様にこっそりとリヒャルト様が聖女を養女に取ることについてどう思うかと訊ねてくれたそうだ。

その際にサロンに待機していたメイドの一人が、うっかり使用人仲間に口を滑らせたという。

本来城で働いている使用人は口が堅くなくてはならないらしい。

耳にしたことが王族間での話であればなおさら口外してはならない。

しかしそのメイドはまだ城勤めを開始して日が浅く、使用人仲間にならいいだろうと安易に考えてしまったそうである。

その話を、たまたま貴族の誰かが耳にし、あっという間に噂が広まってしまったようだ。

「城の使用人のうっかりが招いたことだから私のせいともいえるな。だが、噂になってしまったからにはそう簡単には静まらないだろう。特に、イザーク派の人間は浮足立っている。リヒャルトの養女がイザークの妃にでもなれば、イザークの地盤が固まるとな」

王様が困った顔で言った。

ベルンハルト様とリヒャルト様は雰囲気がとても似ているけれど、王様とリヒャルト様はそこまで似ているわけではない。似ていないわけではないけど、穏やかそうなリヒャルト様に比べて、王様はちょっと気難しそうだ。

……きっと、王様業って大変なんだろうな～。

眉間に刻まれた皺のあとを見ると、そんな気持ちになってくる。

基本的に小難しい話はわからないので、わたしが明後日の方向に思考を飛ばしていると、リヒャルト様が目の前の王様みたいに眉間にしわを寄せた。

「お伝えした通り、私はスカーレットを養女に取るつもりはないですよ」

「確かにそう聞いたが……、聖女を手元に置いている件についてはどうするつもりだ。養女にしないのであれば神殿が何か言って来るぞ」

「むしろそんなことになれば、スカーレットを追い出した神殿を告発しますよ」

「……冗談かと思ったが、本当に聖女スカーレットは、その……、よく食べるからと言う理由で神殿を追い出されたのか」

「ええ。行き倒れていたのを私が拾いました。間違いありません。そうだろう、スカーレット」

「はい！」

「……食べてもいいんだぞ」

わたしがじーっと目の前のお菓子に視線を注いでいるのに気が付いたリヒャルト様が、ふっと笑った。

誰も手を付けないから、目の前のお菓子とお茶は飾りなのかとしょんぼりしていたわたしは、食べていいと言われてパッと顔を輝かせる。お城のお菓子！

「ただし、今日はコルセットで腹を締めているんだ、食べすぎには注意しなさい。苦しくなるぞ」

「はい！」

わたしはさっそくジャムが挟んであるクッキーに手を伸ばす。

もりもり食べていると、王様が目を丸くしてこちらを見ていた。王様も食べたいのだろうか。

「この通り、スカーレットはよく食べます。そして、素直で取り繕うことを知りませんので、王太子の妃は無理ですよ。腹芸なんて絶対にできません」

「……イザークは、こういう飾らない子の方が好きなんだろうが」

「好き嫌いの問題ではなく、務まるか務まらないかの問題でしょう。スカーレットのことですから、例えば他国の賓客を招いた晩餐でもこの通り食事に夢中になって話を聞きませんよ。スカーレットに食事を我慢させるのは無理です」

その通りなので、わたしは口をもぐもぐさせながら大きく頷く。お菓子でさえお預けされると悲しくてしょんぼりするのに、ご飯をお預けとか拷問でしかない。

「じゃあ、噂はどうするつもりだ」

「兄上としては、噂を本当にして、私を次の王に推そうとする一派を退けたいところなのでしょうが、そんな理由でスカーレットを差し出せません。……それに、私が次の王に担ぎ出されない手段なら、もう一つありますよ」

「なんだ？」

王様がわずかに身を乗り出した。

リヒャルト様同様、リヒャルト様を次の王様に押し上げようとする派閥に頭を抱えていたのだろう。心なしか瞳が輝いているように見える。

リヒャルト様はちらりとわたしを見た。

わたしに関係ある話だろうかと首をひねると、困ったように笑われる。

「まだ本人に了承を得ていないので、この場では申せませんが、噂を鎮静化させてなおかつ私を王に推そうとする一派を黙らせる策は考えてあります」

「ベルンハルトから聞いたが、神殿と敵対するというあれか？」

「あれも方法の一つではありますが、そちらの場合は効果はすぐに出ないでしょう。神殿のあり方には兄上も頭を抱えていたはずですので、それはおいおい対処しますよ」

王様は探るようにリヒャルト様を見つめていたが、やがて大きく息を吐き出した。

「できれば春までになんとかしてくれ。長引かせるとイザークまで乗り気になって、王家とクラルティ公爵家との間に亀裂が入りかねん。私としても、クラルティ公爵家を敵に回したいわけではないからな」

クラルティ公爵家と言うとエレン様のおうちだ。

リヒャルト様はもう一度わたしを見て、にこりと微笑んだ。

「承知しました」

☆

王様への挨拶は終わったけれど、王都にはもうしばらく滞在するそうだ。

翌日から、リヒャルト様は慌ただしくあちこちに出かけはじめた。

王弟殿下で公爵様だから、社交とか言うのに忙しいのだろう。

わたしはお邸でお留守番だけど、美味しいご飯もお菓子ももらえるから何ら問題ない。ただちょっぴり、リヒャルト様と会う時間が減ったのは寂しいけどね。

「え？　お客さんですか？」

王都に来て一週間ほどが経ったある日。

リヒャルト様がご不在中にお客さんが来たと、ゲルルフさんが申し訳なさそうな顔でわたしを呼びに来た。

新しく仕入れた髪飾りに似合う髪形を考えるとかで、わたしの髪を編み込んでいたベティーナさんが手を止めてため息をつく。

「ゲルルフが断れなかったのならば、相応のお客様なのでしょうね。どちら様ですか？」

「クラルティ公爵令嬢です。スカーレット様にお会いしたいとかで……」

クラルティ公爵令嬢……あ！　エレン様ですね！

ゲルルフさんは突然の訪問だからと、エレン様にサロンで待っていただくようにお願いしたのだそうだけど、さすがに公爵令嬢をあまり長く待たせるわけにもいかないらしい。

弱り顔で、わたしに対応してほしいと頼んでくる。

……それはいいんですけどね、わたし、エレン様に嫌われていたような気がするんだけど、大丈夫でしょうか？

わたしがイザーク殿下の新しい婚約者になるかもしれないととんでもない誤解をしていたエレン様は、そのせいか、わたしのことが好きではないようなのだ。

ちらりとベティーナさんを見れば「仕方がないでしょうね」と困った顔をしている。

「すぐに支度をしますから、もう少しだけお待ちいただいてください。スカーレット様、さすがにその格好ではお相手できませんので着替えましょう。……襟元にクリームがついていています」

は！

わたしは手に持っていた生クリームたっぷりのシュークリームに視線を落とした。

……シュークリームって、食べるのが難しいっ！

口の周りにクリームがついているのには気が付いていたけど、襟元にまでついていたとは！　お洗濯をするメイドさんたち、ごめんなさい。

ゲルルフさんはたまらずと言った様子でくすっと笑うと、「支度中ですと言ってお待ちいただきましょう」と部屋を出て行った。

食べかけのシュークリームを急いで胃の中に押し込んで、ベティーナさんが手渡してくれたおしぼりで手と口元を拭く。

そして、お着換えをするのだけど――えー、それを着るんですか？

ベティーナさんが選んだのは、この前お城に行った時に着たドレスを買った時に一緒に買った、コルセット着用の別デザインのドレスだった。

必要になるだろうからと、ベティーナさんが三着ほどコルセット着用のドレスを買ったのである。

わたしはコルセットが苦手なのでできれば避けたいところだったけど、ベティーナさんは「急な来客に対応しきれていないと相手に思われるのが癪です」とよくわからないことを言う。

つまり、きっちりした格好で対応する必要があるのだろう。

ベティーナさんが選んだドレスは、ライラック色のデコルテのあいたドレスだ。

お城に行くときは寒いからと襟の詰まったものを着たけれど、今日はお邸の中なのでデコルテが開いていても寒くない。

あちこちで暖炉が焚かれているお邸の中は、どこにいてもぽっかぽかなのだ。

途中だった髪を整えて、着替えて、お化粧までされて。支度が全部終わったのは、ゲルルフさんが呼びに来てから四十分も経過したあとだったけど大丈夫だろうか。

ベティーナさんが余裕そうなので、たぶん、このくらいの時間ならば待たせたうちに入らないのかもしれない。

……まあ、突然のご訪問だもんね。

ベティーナさん曰く、前触れもなく突撃してくるのはマナー違反とのことだ。

エレン様がそれを知らないはずがないので、前触れなく突撃してきたのは、わざとだろうとも言っていた。リヒャルト様の留守を狙ってやってきたのだろう、と。

そこまでしてわたしになんの用があるのかな？

ベティーナさんと一緒にサロンに向かうと、エレン様は優雅にティーカップを傾けていらっしゃる。

レモンイエローのドレスが、大変よく似合っていた。

「お待たせしてごめんなさい」

こういうのはきちんと謝罪した方がいいよね、とご挨拶前に謝ると、エレン様はツンと細い顎を反らす。

「まったくだわ」

……うぅ、怒っていらっしゃる。ごめんなさい。

やっぱり四十分は待たせすぎじゃなかったのかな～とベティーナさんを見たけれど、ベティーナさんはけろりとしていた。それどころか、こめかみがぴくぴくしている。

……こちらも怒っていらっしゃる!?

あれ、なんでだ？

どうしてベティーナさんまで怒っているのかな。

……わたし、対応間違えた？

不安になったけれど、ゲルルフさんが「こちらへどうぞ」とソファの前で手のひらを向けてくれたので、わたしは緊張しながらソファに腰かけた。

メイドさんがすぐに新しい紅茶を用意してくれる。

お菓子もたっぷりだ。

……あれ？　このお菓子、はじめてのお菓子かも。

テーブルに並べられたのは色とりどりのケーキである。

王都のお邸で出されるお菓子は、お店で購入されているものがほとんどだ。

フリッツさんは王都まで一緒に来ていないからである。

王都のお邸の料理人さんたちもお菓子を作れないわけではないけれど、お菓子専門ではないので、あまりお得意ではないらしい。加えて、わたしがよく食べるので、ゲルルフさんが気を利かせてなじみのお菓子屋さんから購入してくれているのだ。

でも、今日のケーキはいつものお菓子屋さんのケーキではなかった。

ケーキの上にちょこんと、お店のロゴの入ったチョコレートプレートが乗っているけれどそれも知らない名前である。

……はじめてのお店だけど、美味しそう。

フランボワーズジャムで彩られたレアチーズケーキに、ザッハトルテ。イチゴたっぷりのカスタードタルトに、クリームたっぷりのロールケーキ、可愛らしい陶器のカップに入ったティラミスに、色とりどりのフルーツの乗ったたくさんのタルトレット。リンゴのクラフティに、レモンのいい香りのするウィークエンドシトロン、パンプキンパイ。ふわっふわのシフォンケーキは、クリームでデコレーションされている。

……しかも、どれもワンホールずつあるよ!!

今日は何のお祭りだろうかと、我慢できずにごくりと唾を飲み込むと、エレン様がツンとそっぽを向いたままおっしゃった。

「それだけあれば、いくらあなたでも満足でしょう?」

……うん?

「これ、エレン様が買ってきてくださったんですか!?」

「当然でしょう?　手土産もなく押しかけてきたりしないわよ」

前回は手土産もなく領地のお邸に押しかけてきた気がするけれど、それを言ってはダメなんだろうな。

……はぅ！　エレン様、すっごくすっごくすっごーくいい人!!　お菓子の神様!!

「なんで祈ってるのよ！　おやめなさい！」

「は！　つい！」

感激のあまり祈りをささげていると、エレン様から注意されてしまった。

いけないいけない、リヒャルト様からも以前に祈ったらダメって言われたんだったわ。

今日はリヒャルト様がいらっしゃらないからか、エレン様の口調が前よりも砕けている。それがちょっと嬉しい。

「エレン様、ありがとうございます！」

完全にお菓子に釣られたわたしに、ベティーナさんがため息をついているけれど、ごめんなさい、わたしは目の前にお菓子があれば釣られる性分なんです。我慢できません。

「わたくしは結構ですから、全部あなたが召し上がってくれて結構よ」

「エレン様神様!!」

「だから祈らないでちょうだい！　神様って何!?」

「スカーレット様、落ち着いてください」

感激のあまり抱き着いていいだろうかと腰を浮かせかけたわたしの肩を、ベティーナさんがそっと押した。抱き着いたらダメらしい。

目の前のケーキの山を全部食べていいと言われたわたしはテンション最高潮である。

ゲルルフさんが苦笑しながら、わたしの前にケーキをいくつか取り分けてくれた。

「いただきますっ」

「ちょっと、食べるのは構わないけれど、わたくしの話も聞きなさい」

「むぐっ」

口いっぱいにロールケーキを頬張って頷けば、エレン様がちょっと引いた顔をしていた。

「リヒャルト様は何をしているの？　あなた、ちゃんと淑女教育は受けていて？」

「むぐぐ？」

淑女教育？

一般常識はお勉強中だけど、淑女教育なんて受けてたっけ？

「もぐもぐもぐ……、ダンスは習っている最中ですけど淑女教育って何ですか？」

「信じられない……」

エレン様にさらにドン引きされた気がする。

……あれ？　淑女教育も、受けなくちゃいけないやつなの？

ベティーナさんを仰ぎ見ればにこりと微笑んで「それはおいおい」と回答をくれた。

「おいおいらしいです」

「あ、そう。……リヒャルト様が何をお考えなのかは知らないけど、まあ、いいわ。わたくしには関係のないことだもの。それより」

ロールケーキを食べ終わって、イチゴのカスタードタルトにフォークを突き刺す。

わ！　タルトがサクッといったよ！　これは期待大!!

「陛下にご挨拶したんですってね。ということは、やはりあなた、イザーク殿下の新しい婚約者候補に上がっているのではなくて？　って、聞いてるの!?」

「ひゃいっ！」

つい、ケーキに夢中になってしまった。

……だって、ここのケーキめちゃくちゃ美味しいんだもん！　カスタードクリームは滑らかでバニラの香りがふわんと広がるし、イチゴは甘酸っぱくて、タルトはサックサクで！　さすが公爵令嬢のお土産！　たぶんきっととってもいいところのお菓子に違いない。

フリッツさんのお菓子もとってもとっても美味しいけれど、これはまたちょっと違ったお味なのだ。同じケーキなのに味が違うなんて、すごすぎる。きっとこの世には数えきれないお菓子があるに違いない。

「で、どうなの？」

「何がですか？」

「聞いていなかったわね！」

エレン様が目を三角に吊り上げた。

その迫力にびくっとしてしまうけど、話を聞いていなかったわたしが全面的に悪い。

「ご、ごめんなさい」

ケーキが美味しくて、ついうっかり。

「だから、イザーク殿下の新しい婚約者候補になったのかって聞いているのよ！」

「新しい婚約者候補？　イザーク殿下の婚約者は、エレン様ですよね？」

「今はね。……でも、このままだとわからないわ。学園を卒業した後で婚約が白紙に戻る可能性も充分あるもの。で、どうなの？」

「陛下にはご挨拶しましたけど、イザーク殿下の婚約者にはなりませんよ。リヒャルト様がお断りしていましたし」

確か陛下も、クラルティ公爵家を敵に回したくないみたいなことを言っていたような気がするので、エレン様が心配しているように婚約が白紙に戻ることはないと思うんだよね。まあ、わたしには難しいことはわかんないけど。

……でもやっぱり、エレン様はイザーク殿下のことが好きなんだな～。

領地でリヒャルト様が否定したにもかかわらず、心配になって確かめに来ちゃうあたり、エレン様はイザーク殿下のことを真剣に想っているのだろう。

エレン様とイザーク殿下はあまり仲良くないみたいなことをリヒャルト様が言っていたけど、少なくともエレン様はイザーク殿下と仲良くしたいんじゃないかな。

「あなたはどうなの？」

「むぐ？」

話は終わったぽいからとケーキの続きを食べていると、エレン様が疑わしそうな視線をわたしに向けていた。

「あなたは、イザーク殿下に選ばれたいと思わないの？　何と言っても王太子だもの。学園にも殿下の気を引こうと躍起になっている令嬢がたくさんいるわ」

……そんなこと言われても、わたし、イザーク殿下を知らないし、おーたいし、とかいうのにも興味ないし。何より、わたしに王妃は無理ってベティーナさんが言ったしわたしもその通りだと思うので、むしろお近づきになりたくないんですけど。

わたしはイザーク殿下に選ばれるより、リヒャルト様に選んでほしいのだ。リヒャルト様の妻の椅子に座らせてもらって、このままずっとリヒャルト様たちと暮らすのが目標なのである。

でも、興味ないです、って言うのは失礼になるのかな。

何というのが正解だろうかとベティーナさんに助けを求めると、にこりと微笑んで代わりに答えてくれた。

「僭越ながらわたくしがお答えいたしますが、スカーレット様に王太子殿下のお相手は務まりません。地位や権力にもご興味を持たれませんし、今の生活に満足されていらっしゃいますので、スカーレット様が殿下のお相手になることはまずあり得ないと断言いたします」

おお！　そう答えればよかったんですね！　さすがです、参謀！

やっぱり「殿下に興味ないです」というのはダメだったらしい。危ない危ない。

わたしが口にケーキを詰め込んだままこくこくと頷くと、エレン様はようやくちょっと笑顔を見せてくれた。

「そう……」

あ、笑った、と嬉しくなって笑顔を返すと、エレン様はまたツンと顎を反らしてしまう。

「そ、それならば結構ですわ。では、わたくしの用事はそれだけですのでこれで。……ああ、そうそう」

エレン様は席を立とうとして、思い出したように座り直し、ふと真顔になった。

「あなたの気持ちはわかったわ。でも、このままだったらあなた、否が応でも権力争いに巻き込まれるわよ。あなたを利用しようとするもの、邪魔に思うもの、派閥ごとにいろいろな思惑が散見しているようですの。お気をつけあそばせ。それでは、ごきげんよう」

エレン様は優雅に一礼すると、今度こそサロンを出て行く。

ゲルルフさんがお見送りのためにエレン様について行った。

わたしも行こうかと思ったのだけど、エレン様から「結構よ」と言われたのでサロンでお見送りである。

……エレン様が最後に何か言ってたけど、あれ、どういう意味なのかな？

よくわからなかったのでベティーナさんに訊こうと思って見上げると、ベティーナさんは難しい顔で何やら考え込んでいた。

……うん、今は声をかけない方がいいみたい。

わたしは難しいことを考えるのをやめて、ぱくりとシフォンケーキを頬張った。

☆

せっかく王都に来たのだから遊びましょうとシャルティーナ様からお誘いがあったのは、エレン様がお邸に来て二日後のことだった。

シャルティーナ様が王都の町を案内してくれるそうなので、わたしは、シャルティーナ様と二人でショッピングである。

リヒャルト様は相変わらずお忙しそうだ。

パーティーは断ったが、会いたいという誘いを断り切れない相手もいるそうで、王都の情報収集も兼ねてしばらくは社交中心の毎日を送るとも言っていた。

……貴族って、大変！

ただ、リヒャルト様がお出かけすると、決まってお土産を持って帰ってくれるので（ほとんどがお菓子！）、わたしはとっても大満足である。

なんでも、訪問先の貴族がお菓子をお土産に持たせてくれるのは、わたしがお菓子が好きだという情報が出回っているからだという。

神殿が聖女を大勢抱え込んでいるので、貴族たちは神殿の外にいる聖女とお近づきになりたいらしい。何かあった時に神殿を頼らず、順番待ちもせずに力を借りられる聖女は貴重なのだとか。

……リヒャルト様に拾われてから考えてたけど、神殿が聖女を抱え込むメリットって、神殿以外には全然ないいんじゃないかなあ。

貴族も平民も関係なく、多額の寄付金を積まなければ聖女の力が借りられない状態は問題だと思う。

それに、聖女にしても、外の世界を知らないだけで、知ったら神殿から出たいと考えるだろう。

だって、神殿の外には美味しいものもたくさんあるし、綺麗なものもたくさんある。

おしゃれが大好きな聖女仲間は、絶対外の暮らしの方が好きだと思うなあ。

聖女は神殿が保護するもの、という決まりをなくしてしまえばいいのに。

そうすると神殿はお金が入らなくて大変になるかもしれないけど、本来神殿はお金儲けをするところじゃないもんね。

……うん。今度リヒャルト様に言ってみよーっと。リヒャルト様は賢いから、きっと方法を考えてくれるんじゃないかな。

リヒャルト様は神殿と敵対すると言っていたけど、聖女が神殿以外にもたくさんいたら、神殿と敵対することで被る不利益も少ないはずだもんね？

……わたしにしては、冴えてるぅ！

じゃあ具体的にどうすればいいのかは、わたしの頭じゃ考えたって思いつかないからスルーする。

こういうことは、考えるのが得意な賢い人に任せるに限るのだ。

「スカーレット、このお店に入りましょう。新作の帽子が見たいわ」

シャルティーナ様がわたしの手をぐいぐいと引いて、ショーウインドウに帽子が飾られているお店に入った。

わたしとシャルティーナ様以外に、ベティーナさんとシャルティーナ様の侍女さんも一緒だが、お店が狭いので外で待っているようである。

もうすぐ春になるからなのか、春物のカラフルな帽子がたくさん並んでいる。

シャルティーナ様はミントグリーンの、つばの大きな帽子を手に取って姿見の前に立った。

「ちょっと若作りしすぎかしら？　でも可愛いわね、これ。あ、スカーレットはこっちが似合いそうだわ」

シャルティーナ様が、白地にピンク色のリボンがかかっている帽子を手に取ってわたしの頭にのせた。

おしゃれについてはチンプンカンプンなので、わたしはされるがままである。

貴族のご令嬢やご婦人の間では、今、空前の帽子ブームなんだって！　帽子イコール日よけという認識しかなかったわたしは、帽子がおしゃれになるって聞いてびっくりだよ。

「あら、あっちのクリーム色もいいわね。悩むわあ……」

シャルティーナ様が今度はクリーム色の帽子をわたしの頭に乗せた。

そして「悩むわあ」と言いながら十数秒考えて、ポンと手を打つ。

「両方買いましょう」

……貴族の方は思い切りがよくていらっしゃる。

わたしが口を挟む間もなく、シャルティーナ様が最初に手に取ったミントグリーンの帽子と、白い帽子、クリーム色の帽子の精算が終了していた。

荷物は邸へ届けてくれるそうだ。

「次に行きましょう」

帽子はもういいようで、次はアクセサリーを扱うお店に行くという。

シャルティーナ様は、見かけによらずパワフルで、あっち、こっち、と次々に店に寄ってはぽんぽんと即決でお買い物をしていく。

わたしのものもたくさん買ってくれて、いいのかなあと不安に思ったのだけど、これは、妙な噂が流れてしまったことへのお詫びだから気にしないでと言われた。

……お詫びにしては、いっぱい買ってもらったような。

五つのお店をはしごしたあとで、わたしのお腹がぐうと鳴ったので、カフェに入ることになった。

シャルティーナ様の好きなフルーツサンドのお店だそうだ。

「とりあえずそうねえ、全種類、くださる？」

席に着いた後で、にっこりと笑ってシャルティーナ様が注文すると、店員さんの顔が笑顔のまま固まった。

……うーん、この光景、前にも見た気が。

リヒャルト様と一緒に行ったチョコレートのお店でも最初は同じ反応をされたなと思い出して、なんだか懐かしくなった。それほど前のことではないのにね。

「好きなだけ食べてちょうだい。今日は食べられるドレスでしょう？」

今日のドレスはコルセット不要のものなので、たくさん食べてもお腹が苦しくならない。

「はい！」

食べていいと言われて我慢するわたしではないので、遠慮なくもりもりいただくことにした。歩き回ってお腹がすいていたのだ。

クリームたっぷりのフルーツサンドを次々に口に入れていると、シャルティーナ様がふと真面目な顔になって、声のトーンを落とした。

「ねえ、スカーレット、食べながらでいいから聞いてくれるかしら?」

「むぐ」

口にサンドイッチを詰め込んでいたので、わたしは頷くことで返事をする。

シャルティーナ様は目を細めて「ふふ、リスみたい」と笑う。

……おっといけない。口の中にたくさん食べ物を詰めたらだめってリヒャルト様にも言われていたんだった。お腹が減っていたからついつい……。

わたしは食べ物で頬がぷっくりしないように気を付けながら食事を続ける。

シャルティーナ様が紅茶を一口飲んでから続けた。

「リヒャルト様を王にしたい派閥があることは、知っているわよね?」

「むぐ」

今回も、口の中に食べ物があるので頷くことで返事をする。

「おそらく噂の件もあるんだろうけど、最近になってその一派が、あなたのことをやたらと嗅ぎまわっているようなの。リヒャルト様もベルンハルト様も警戒して情報を集めているようなんだけど、彼らがどういうつもりであなたのことを調べているのか、まだわかっていないんですって。リヒャルト様は神殿は絡んでいないと思うとおっしゃっていたけど、確証が得られるまでは気を付けた方がいいのではないかと思うのよね」

「むぐ?」

わたしも神殿は関係ないと思うけれど、貴族たちがわたしのことを探っているのは確かに不思議だ。

……あ、でも、エレン様も同じようなことを言っていたような。

エレン様の言うところの「派閥ごとにいろいろな思惑が散見している」とかいうやつだろうか。

わたしは気が付かなかったが、実は、シャルティーナ様は今日のお買い物にも、大勢の護衛を用意しているらしい。

……気づかれないようにこっそり護衛してくれているなんて、すごいね!

どこにいるのだろうかときょろきょろと視線を動かすと、シャルティーナ様が「探したらダメよ」と苦笑した。

もし誰かがわたしたちのあとをつけていたりした場合、相手に護衛の存在を気づかれるからきょろきょろしたらダメなんだそうだ。護衛、奥深い!

そして、今日わたしをお買い物に誘ったのも、相手がどう動くか探るためでもあったという。

わたしやシャルティーナ様の安全が確保できるだけの護衛を動員し、もし相手が釣れるなら釣り上げようという作戦だったらしい。

お店の前にベティーナさんとシャルティーナ様の侍女さんが立っていたのも、お店が狭いからではなくて、入り口から不審な人物が入ってこないか見張るためだったんだそうだ。

……なんかすごいね。わたし、すっごく守られてる。数か月前は、燃費が悪すぎていらないって捨てられたダメな子だったのに、こんなによくしてもらっていいのかなあ。

本当、いい人に拾われたなあって思う。だって、すっごく大切にしてもらっている。

リヒャルト様は拾った以上、面倒を見る義務があるなんて言っていたけど、普通は義務でここまでしないよ。

とくんとくんと心臓が音を立てる。

……やっぱりわたし、ずっとリヒャルト様のそばにいたいなあ。

十一、それぞれの思惑

Hungry saint meets the duke (eat♪)

「ここのところ忙しくしていて悪かったな。少し落ち着いたし、お詫びと言っては何だが、明日の昼は外食しようか。君が好きそうな店がある」

王都に来て二週間と少し。

朝ごはんを食べているとき、リヒャルト様がそうおっしゃった。

朝も昼も夜も忙しそうだったリヒャルト様だけど、明日は一日予定が空いているらしい。

……久しぶりにリヒャルト様と一緒！

この二週間と少し、まったく顔をあわせなかったわけではないけれど、一緒にいられる時間がとっても少なかったのでちょっと寂しかった。

だけど明日は一日一緒にいられるんだって！　やったね！

そうそう、エレン様とシャルティーナ様から聞いた「思惑」とやらだけど、ベティーナさんに訊ねたら、警戒しておく必要はあるけれど、貴族の思惑については詳細はまだわからないと言っていた。

というか、いろんな人がいろいろなことを考えていて、はっきりとしないのだそうだ。

ただ言えることは、リヒャルト様が動いているので、心配しなくてもそのうちうまい具合に片付くだろうとのことである。

さすがリヒャルト様！

ただ、そのせいでリヒャルト様がお忙しいみたいなので、申し訳なくもある。わたしのせいですみません。

「好きそうなお店って、どんなお店ですか？」

「それは当日のお楽しみだな」

リヒャルト様がそう言うってことは、とっても期待大ですね！

今日の朝ごはんのパンケーキもとっても美味しいけど、きっとこの何倍も何倍も美味しい何かに違いない！

今日の朝ごはんは分厚いけどふんわり軽い食感のパンケーキで、ローストしたバナナが添えてある。メープルシロップとバターをたっぷりつけていただくのだ。

わたしのお皿には分厚いパンケーキが三段重ねになっていて、なくなったらすかさず焼き立てがまた運ばれてくる。

さくっ、ふわしゅわっ、とろっとしてて、これは何枚でも食べられる。

リヒャルト様は甘いから一枚でいいと言っていたけれど、わたしがいつまでも食べているのを微笑みながら見つめていた。

リヒャルト様はわたしが食べている間は決して席を立たないのだ。お待たせして申し訳ないが、ゆっくり食べなさいと言ってくれるので、わたしは神殿にいた時のように慌てて口に詰め込んだりしなくていい。

「君は本当に美味しそうに食べるな」

「美味しいです！」

「そうか。好きなだけ食べなさい」

二週間以上たてば、王都のお邸の使用人の皆さんもわたしの食欲になれて来たらしくて、びっくりした顔をしなくなった。

ゲルルフさんも平然とお代わりを給仕してくれる。

「そろそろ同じ味で飽きてきたのではないですか？　シロップの代わりにこちらのジャムで召し上がっても美味しいですよ。それからこちらは、口直しのオレンジです」

なんて言って、リンゴジャムとカットされたオレンジを差し出してくれた。

……ゲルルフさん優しい！

領地の使用人の皆さんも優しかったけど、王都のお邸の皆さんもお優しい！　さすがはリヒャルト様と暮らす皆様である。主人が優しいとみんな優しいんだね！

「ありがとうございます！」

「いえいえ。お飲み物のお代わりはどうなさいますか？　さっぱりしたものがよろしければ、紅茶にレモンを落とすのもおすすめですよ」

「じゃあそれでお願いします！」

「かしこまりました」

ゲルルフさんとにこにこと微笑みあっていると、リヒャルト様がふっと笑う。

「ここの使用人たちとも仲良くなったようだな」

「はい！　みんな優しくて大好きです！」

わたしが答えると、何故か近くにいたメイドさんたちが笑顔でフルーツの盛り合わせを運んできてくれた。

ほらね。みんな優しくて、とってもいい人！

☆

今日はリヒャルト様と外にお昼ご飯を食べに行く日である。

コルセット不要ながらもおしゃれなドレスを、とベティーナさんが朝からとっても張り切っていた。

わたしはもちろん、されるがままである。おしゃれなんてさっぱりわからないから、お人形に徹するのだ。

ベティーナさんによると、今日は「デート」というものらしい。

デートが何かは知らないが、おしゃれをしていくのが鉄則だと言うので、わたしはがんばってじっと……はできないから、もぐもぐお菓子を食べながら大人しくしておきます。

お化粧中はお菓子は禁止だと言われたので、髪を結ってもらっている間にお腹にお菓子を詰めておく。

おしゃれとは時間がかかるものだそうで、いつも一時間くらいはされるがままなので、間でお菓子を食べておかないとお腹がすくのだ。

シャルティーナ様が帽子を買ってくれたから、せっかくだから今日は帽子を使ったおしゃれをするらしい。

髪を全部上げるか下ろすかで、ベティーナさんはしばらくうんうん悩んでいたけど、最終的に下ろす方向で落ち着いた。

ベティーナさんが選んだのは、クリーム色の帽子の方だ。

ドレスが濃いピンク色なので帽子はあまり主張しない色にするのだと言う。

「ドレスが華やかなので、アクセサリーは小ぶりのものにしましょうね」

いつの間にか、わたしのアクセサリーも増えていた。

……いつ買ったんだろう？

シャルティーナ様がいくつか買ってくれたけど、それよりもずっと多い。

ベティーナさんはたくさんあるアクセサリーの中から、繊細な銀色のチェーンのネックレスとブレスレットを取り出した。揃いになっていて、小さめの花の形をした飾りにラベンダー色の石がはめ込まれている。

同じデザインのイヤリングもあった。

このラベンダー色の石はヴァイオレットサファイアとかいう石らしい。リヒャルト様の瞳の色に近いから、とベティーナさんは言っていたけど、リヒャルト様の瞳の色の方が綺麗だと思う。

……もちろん、これも綺麗だけどね！

ようやく全部の支度が整ったら、お出かけにちょうどいい時間になっていた。

ベティーナさんと玄関に向かうと、リヒャルト様が待っている。

……今日のリヒャルト様、なんかいつもとちょっと違う！

いつもイケメンさんだけど、今日はかっちりした服装をしていた。

行く予定のレストランはきっちりした格好でないと入店させてくれないお店らしいからそのせいかもしれない。

……この前お城に行ったときより、きっちりしてる気がするよ？

艶々の金髪は整髪料で後ろになでつけられている。お城に行ったときは髪を上げてなかったよね？　前髪を上げているから雰囲気が違って見えるのかな？

ダークグレーのジャケットに、臙脂色のタイを締めていて、ジャケットと同じ色のズボンに、ぴっかぴかの黒い靴。

ジャケットの襟元には、真っ白いハンカチが百合の花びらの先っぽみたいに、ぴょんって飛び出ているけど、それってわざと出しているんだよね？

まじまじと見つめていると、リヒャルト様が少しだけ頬を染めた。

「そんなにじろじろ見られるとくすぐったいんだが……」

……くすぐったい？　くすぐってませんけど？

それにしても、さすがは公爵様で王弟殿下である。びっくりするくらい素敵だ。

……ちょっと妻計画が不安になって来たけど、わたしには心強い参謀がいるから大丈夫、だよね？

本当に、こんなに素敵な人の妻になれるのだろうか。お飾りでもさすがにわたしじゃあ釣り合わない気がしてきた。いや、もとからそんな気はしてるけど。

「さて、行くか」

「はい！」

今日は手を差し出されるのではなくて肘を差し出された。

エスコート、というやつですね！　サリー夫人に教えてもらいました！

ドキドキしながらリヒャルト様の腕に手をかけると、「合格だ」と言うようにリヒャルト様がふわりと目を細める。

エスコートは馬車までの短い距離だったけど、いつもと違って心がふわふわするね。

馬車に乗り込むと、ゆっくりと動き出す。

歩いて行こうと思えば行ける距離だけど、高位貴族は王都では歩いて行ける距離でも歩いたりしないんだって。護衛が大変だから。

今日もリヒャルト様と二人きりのようでそうではないのだ。

公爵家が雇っている護衛に加えて、リヒャルト様のお友達のハルトヴィッヒ・バーデン様も数人の騎士と護衛任務についているんだって。

シャルティーナ様とお出かけしたときと同じで、こっそりついて来ている護衛らしいから、どこにいるのか探したらダメだそうだ。

「悪いな。普段はもう少し自由がきくんだが、今はできるだけ用心しておきたい」

ってリヒャルト様が申し訳なさそうに言うけど、これってわたしのためなんだよね。わたしの情報を集めている人がいるってシャルティーナ様が言ってたもんね？　だったら謝るのはむしろわたしの方な気がするけど……。

身辺に気を付けておかなくてはいけないのに、わたしが退屈していると思ってリヒャルト様は今日のお出かけを計画してくれたんだよね。本当、優しいなぁ～。

……でも、ちょっと思ったけど、リヒャルト様ってあっちこっちに気を使いすぎだよね？　たぶんそれってとっても疲れるだろうから、せめてわたしには気を使わなくてもいいのにね。

そういう性分なのかもしれないけど、心配になる。

……あ、隈。

気になってリヒャルト様の顔を見上げると、目の下にうっすらと隈ができていることに気が付いた。

「リヒャルト様、お疲れですか？　癒しましょうか？」

「スカーレット、聖女の力はおいそれと使うものでは……」

「使えるんだから使うべきだと思いますよ。それに実験のときはたくさん使ったと思いますけど」

力を使ったところで何かが減るわけではないんだから、出し惜しみする必要なんてないはずなのに、リヒャルト様って変なところで聖女の力を使わせることを渋るよね。

実験のときは嬉々として力を使わせていたと思うのに、違いは何なんだろ。変なの。

すると、リヒャルト様はバツが悪そうに視線を左右に動かした。

「あれはだな、いろいろデータがほしかったからで……」

「聖女の力はデータ収集のためじゃなくて誰かを癒すためにあるんですよ」

まあ、リヒャルト様は実験とか検証とか大好きだから、データ収集の方が大切だったのかもしれませんけどね。

「そうなんだが……」

「疲れを取るだけならちょぴっとですし」

「だが……あ、こらっ」

先手必勝！

リヒャルト様の許可を待っていたらあーでもないこーでもないと続きそうな気がしたので、わたしはささっとリヒャルト様の手を取ると癒しの力を使った。

ほんの少しだけだから一瞬だ。

疲れはちょっとだけだったみたいで、少しの癒しの力でリヒャルト様の顔色はだいぶ良くなった。

「どうですか？」

「まったく君は……。だが、ありがとう。かなり楽になった。まあ、君がいる邸に帰るだけで疲れはある程度取れるんだがな」

ふ、と笑われてわたしの心臓がまたおかしくなりはじめた。

……うー、やっぱり変な病気っぽいんだよね～。

聖女の力をうまく制御できていないっぽいわたしは、常に力を少しずつ放出しているっぽくて、わたしの近くにいたら疲れにくかったり肩こりが治ったりという付加価値があるらしい。

わたし自身はよくわからないけど、実際に効果が表れた人が何人もいるから本当なのだろう。

だからリヒャルト様の「君がいる邸に帰るだけで疲れはある程度取れる」というのはそういう意味で言われたのだと思うけど、ちょっと変な勘違いをしそうな言い方だよね。

まるでわたしがいるから疲れが取れるみたいな。

力を放出させているのはわたしなので、どちらにしてもそう言う意味なんだろうけど、ちょっとニュアンスが違って聞こえると言うか……。

だからなんか照れ臭いと言うか……。

もじもじしたい気分になって、落ち着かない。

だから、馬車がレストランの前についたときにはホッとしてしまった。

リヒャルト様が馬車から降りるときにエスコートしてくれる。

ドレスの裾を踏まないように慎重に馬車を降りたわたしは、目の前のレストランを見て、ぽかんとしてしまった。

……な、なんか、見るからに高級そうなお店ですよ。

リヒャルト様のお邸を見慣れているわたしでも、思わずごくりと唾を飲んでしまうね。

レストランは、にぎやかな商店街から西に少し行った先にある、閑静な住宅街の入り口のあたりに建っていた。

レストランより西の住宅街は、貴族街ではないけれど富豪が多く住んでいる、いわゆる高級住宅街らしい。

レストランは、中央に時計塔のような尖った赤い屋根の建物があって、その左右に白い壁の箱型の建物がくっついているような外見だった。

このあたりは建築物の高さ制限があるらしくて、一番高い真ん中の尖った屋根の建物でも四階建ての建物くらいの高さしかないってリヒャルト様は言うけど、わたしは充分に高いし大きいと思うよ！

このレストランは完全予約制で、パーティーなども行えるそうだ。

貴族は自宅でパーティーを開くことがほとんどだが、平民になると富豪であってもパーティー用の広間つきの邸を構えている人は少ないので、そういう人たちが利用するらしい。

王都は貴族街が半分以上の面積を占めているので、貴族でなければお金があっても使える土地が少ないから大きな邸が建てられないとかなんとかリヒャルト様が言っていたけれど、よくわからないからスルーしよう。

考えたところで、リヒャルト様のいう「大きい」とわたしの想像する「大きい」には乖離がありそうなので、理解できない。

ともかく、わたしの認識では大きなレストランには、十段ほどの白い階段を上ったところに両開きの玄関扉がある。

白い階段にも真ん中に線を引くように、三人くらいが横並びで通れるくらいの幅の赤い絨毯が敷かれていた。

ここを歩けと言うことでいいんだと思うけど、絨毯がとても綺麗だから躊躇してしまうね。

両開きの扉の前には、支配人さんなのか、ぴっかぴかの白い手袋をはめたスーツ姿の壮年の男性が姿勢よく立っていた。

扉の彫刻もすごく細かいし、開かれた扉の奥の玄関ホールもとっても広い。

もちろん、リヒャルト様のお邸と比べたら大きな差はあるけれど、こんな豪華なレストランに入ったのははじめてですよ！

「ようこそいらっしゃいました」

支配人さんが綺麗に一礼してくれたので、わたしもつられてぺこりとすると、リヒャルト様が小さく笑う。わたしはぺこってしなくてよかったらしい。

「リヒャルト様、帽子は脱いだほうがいいですか？」

「そのままでかまわない」

なんと、おしゃれ帽子は室内でも脱がないらしい！

果たして、室内で帽子をかぶることに意味があるのか……と余計なことが気になっていると、リヒャルト様に腕を引かれた。

支配人さんがお部屋に案内してくれるそうだ。

玄関ホールの奥の中央階段を上って、右側の三階のお部屋がリヒャルト様がご予約してくれたお部屋らしい。

このレストランは、一階の左右のお部屋はパーティー広間になっているそうで、上の二階と三階が個室だそうだ。

何と、各階、左右に二部屋ずつしかないらしい。

つまり、一部屋がとってもとっても広いのだ。

通されたお部屋も、大きなお部屋の中央に、リヒャルト様のお邸のダイニングにあるくらいの大きさの長方形のテーブルが置かれている。

余裕で十人以上が座れそうな大きさだ。

わたしとリヒャルト様は、そのテーブルの上座と言われる端っこに向かい合わせで座った。

こんなに大きいんだから端っこを使わずに真ん中を使えばいいのにと思ったのだけど、これはマナーとか言うやつだと思うので黙っておこう。

見上げれば上に豪華なシャンデリアがぶら下がっているけれど、今はお昼で、今日はとってもいい天気だから灯りはともされていない。

大きな窓から降り注ぐ光だけで充分に明るいからだ。

支配人さんが綺麗な微笑みを浮かべてリヒャルト様に訊ねた。

「ご予約では五名様分のお料理をと承っておりますが、お連れ様は後ほどいらっしゃいますか？」

「いや、私たちだけだ。料理は五名分で構わない。もしかしたらさらに追加を頼むかもしれないが大丈夫だろうか」

「………………さ、さようでございますか」

あ、支配人さんが笑顔のまま固まった。

返事はしたけど、この顔は一生懸命考えている顔だ。

時折「うん？」と首をひねって、それからコホンと咳ばらいをして、支配人さんはもう一度確認を入れてきた。

「本日は二名様のご来店で、お食事は五名様分。さらに追加のお料理が必要になるかもしれない、ということでお間違えないでしょうか？」

「ああ」

「さ、さようでございますか」

同じ言葉を繰り返して、支配人さんはそれ以上深く考えないことにしたのか「かしこまりました」と、すすす、と部屋から下がっていく。

なんか、ものすごく動揺させちゃってすみません。わたしのせいですね。でも、リヒャルト様がいっぱい料理を予約していてくれたとわかってとっても幸せです！

そういえば、王都に来た時にゲルルフさんたちもポカンとしながらわたしの食事を見ていたなと思い出す。

食事量が普通の人たちからすれば、わたしの食べる量は驚愕ものなんだろうな～。

それを考えると、初対面の時に、動じずにたくさん料理を頼んでくれたリヒャルト様ってすごいよね！　好きなだけ食べなさいと言って、次々と追加も頼んでくれたもんね！　あのときは本当にお腹がすいていたから、食べた量は五人前どころじゃなかったと思うけど、お腹がいっぱいになるまで食べさせてくれたもんね！

「この店は魚介類が美味いんだ。今日も魚介料理にしたから好きなだけ食べなさい。領地では新鮮な魚介はあまり食べられないからな」

アルムガルド国の北には海があって、そこで取れた魚介類は運河を使って王都まで輸送されてくるらしい。最近は、大きな船の中に水槽が作られていて、生きたまま運ばれてくることもあるそうだ。

魚介類は傷みやすいので、陸路での運搬の場合は時間がかかりすぎて塩漬け以外は出回らない。だけど、運河を使えばあっという間に運べるので、王都には新鮮な魚介類が届けられるそうだ。

……そう言えば、神殿でも海のお魚は燻製とか塩漬けとかしか食べたことなかったね！　川や湖のお魚は食べたことがあるけど。

はじめての新鮮な魚介料理と聞いて、わたしの中の期待がむくむくと膨れ上がる。

リヒャルト様、連れてきてくれてありがとうございます！

最初に前菜が運ばれてきて、お酒を聞かれたけど、リヒャルト様はノンアルコールのものを頼んだ。

わたしの身辺を警戒しているからお酒を控えたんだろうなと思うと、ちょっと申し訳なくなるけど、わたしがそんなことを気にしていられたのも、前菜を一口食べるまでだった。

……何これ美味しい～！

前菜は、大きな丸いお皿に小さな料理が三品乗っていて、正直「少ない……」とがっかりしたのだけど、どれもたまらなく美味しかった。

お魚の味のするテリーヌと、トマトのマリネ、それから白身魚のカルパッチョだったけど、この前菜は毎日ちょっとずつ違うらしい。その日仕入れたお魚とかを見て決めるんだって。

全部一口でなくなっちゃったけど、わたしの前にはお皿が四枚も運ばれてくるから、それぞれ四口分！　美味しい、幸せ！

バクバク食べるわたしに、料理を運んでくる店員さんや支配人が啞然としているけれど、リヒャルト様は涼しい顔だ。個室だからマナーなんて気にせず好きに食べていいと言われているので、わたしは遠慮なくいただく。

……まあ、リヒャルト様に拾われてから今日まで、食に関してわたしが遠慮なんてしたことはないけどね！

続いて運ばれてきたのはお魚のスープ。

お皿に綺麗な赤い色をしたスープが運ばれてきて、お代わり自由なのか、白い陶器の壺のようなものにもスープが入れられて運ばれて来た。

もちろん、わたしはこれも四人分だ。

これを一気に全部飲むとお腹がたぷんたぷんになるので、リヒャルト様が食事を取りながら飲めばいいと言ってくれた。

なので、最初に壺一つ分だけ頂く。これだけでもお皿四杯分はあった。濃厚な魚介のスープ、幸せ！

スープが終わると、ようやくメイン料理のご登場である。

今日のメインは、ポワレというお魚料理だそうだ。

皮目がパリッとして、柑橘の香りのするバターソースが濃厚だけどさっぱりしている。魚の下に敷かれているキノコとかお野菜も大変美味しい！

……でも、ちっちゃい。

お皿は大きいのに、なんでこんなにちょぴっとしかお料理を載せないのだろう。

スープのときに出されたパンと一緒に食べても、全然お腹いっぱいにならない。

足りないって言っていいかな、と悩んでいたら、メイン料理がもう一品運ばれて来た。

……むむ？

運ばれてきたのは大きなエビの料理だった。

エビは縦に二つに切られているけど、これはどうやって食べればいいのだろう。

手で持っていいのか、それともフォークとナイフを使うべきか……。

リヒャルト様はマナーは気にしなくていいと言ったけど、さすがに手に持ってかぶりついたらまずいかもしれない。ほら、支配人さんの目もあるし。

……美味しそうだけど食べ方がわからないから食べられない～！　早く食べたいのに～！

ナイフとフォークを握り締めて悩んでいると、リヒャルト様がぷっと噴き出した。

「スカーレット、身を外してやるからかしなさい」

「はい！」

さすがはリヒャルト様！　優しい優しい！

わたしがお皿を差し出すと、リヒャルト様が綺麗なナイフさばきでエビから身だけを外してくれた。

……おお、ああすればいいのか～。でも、わたしがやったらたぶんぐちゃってなるね！

リヒャルト様が四皿分のエビの身を全部食べやすく殻から外してくれて、一皿にまとめて乗せてくれる。

……外すとこれもちょっとしかないな～。もっとこう、お皿に山盛りで持って来てくれていいのにな～。

四人前あったはずなのにすぐになくなっちゃって、物足りないな～と思っていたらデザートが運ばれて来た。

デザートということは、これで終わりだ。まだお腹の三分の一も膨れていない。

デザートはフルーツのケーキだったけど、これもちっちゃい。

あっという間にデザートを食べ終わったわたしを見て、リヒャルト様が支配人に「アラカルトメニューを」と言った。

何のことだと思っていると、わたしの食べっぷりを目を丸くして見ていた支配人さんが、二つ折りの冊子をリヒャルト様に手渡す。

「スカーレット、まだたくさん食べられそうか？」

「はい！」

「そうか。……では、上から順番に全品持って来てくれ」

ひょい、と冊子を支配人さんに返してリヒャルト様が言う。

支配人さんが、笑顔のまま固まった。再び！

そして、壊れたブリキ人形みたいにぎこちなく首を縦に動かして「かしこまりました」とこれまたぎこちない動作で部屋を出て行く。

ぱたん、と個室の扉が閉まる前に「全品？　全品だよな？」と支配人さんが思わずと言った様子でつぶやいた声が聞こえてきた。

……重ね重ねびっくりさせてすみません！　でも、まだ食べたいです！

このの ち、王都に来たときには、わたしはリヒャルト様とこのレストランを訪れるようになるのだけど、支配人はリヒャルト様からの予約が入ると、必ずいつもの仕入れの五倍は用意してくれるようになったそうだ。

ありがとう、支配人さん！　大好きです！


お腹も満足して、なんかちょっと疲労困憊な様子の支配人さんに見送られて、わたしはリヒャルト様とレストランを後にした。

「美味しかったか？」

「はい！　とっても美味しかったです！」

「それはよかった。魚介料理が気に入ったようだから、帰ったらゲルルフに取り入れるように言っておこう」

やった！　お邸でも魚介料理が食べられる！

海のお魚がびっくりするほど美味しかったので、王都にいる間はぜひお魚をたくさん食べておきたい。

「スカーレット？　スカーレットだろう？」

時間に合わせて、レストランの前に迎えに来てくれていた馬車に乗り込もうとしたわたしは、ふと声をかけられて足を止めた。

「え？　あ！　神殿長！」

聞いたことがある声だな～と振り向けば、わたしがお世話になっていた中央神殿の、前神殿長様がこちらに向かって歩いてくる。

リヒャルト様も気が付いて驚いたように目を見張った。

「カンナベル大司教……あ、いや、今は枢機卿でしたね」

……すーきけー？　何か聞いたことがある単語だけど思い出せないからまあいいや。

前神殿長様は、ちょっとぽっちゃりした外見の好々爺然としたおじいちゃんである。

わたしがたくさん食べても「仕方がないねえ」と言って許してくれた、とっても優しい人だ。

「よかった、会いたかったんだよ、スカーレット。今日、ヴァイアーライヒ公爵閣下がこのレストランを予約したと聞いて来てみたんだけど、会えてよかったよ」

「……スカーレットに、どのような用件でしょうか？」

リヒャルト様が警戒したようにわたしと前神殿長様の間に入る。

前神殿長様はとっても優しい人だから警戒する必要はないと思うんだけど、わたしのことを調べている貴族たちがいるっていうから、リヒャルト様は過敏になっているのかも。

「リヒャルト様リヒャルト様、前神殿長様はいい人ですよ」

リヒャルト様の袖を引っ張って言うと、何故かリヒャルト様があきれ顔をした。

「君にはもう少し警戒心というものを教えた方がいいのかもしれないな」

何故に!?

またお勉強が増えたとショックを受けていると、前神殿長様がわたしとリヒャルト様を交互に見て、おかしそうにくすくすと笑い出す。

「ああ、スカーレット、いい方に拾われたね。お前が神殿から追い出されたと聞いたときは、野垂れ死ぬのではないかと気が気でなかったんだが、ひとまず安心したよ」

前神殿長様の穏やかな笑顔にリヒャルト様が毒気を抜かれたような顔になった。

「スカーレットに用があるみたいですし、場を移しましょうか。ここで立ち話は目立ちますし、通行人の迷惑になるでしょうからね」

よかったら一緒に馬車に乗って我が家に、とリヒャルト様が誘うと、前神殿長様が頷く。

「それがいいでしょうな。では、お言葉に甘えて」

前神殿長様がわたしたちと一緒に馬車に乗り込む。

お邸に到着するまでの短い間、リヒャルト様に拾われてからのことを聞かれたので、たくさんご飯をもらえたお話をすると、「変わってないねえ」とまた笑われた。

その笑顔に、どこかあきれた雰囲気が混じっている気がするけど、どうしてだろう。

……この分だと、わたしの出し汁のお話とかしたらもっとあきれられそうだし、言っていいかどうかもわかんないから、黙ってよ～っと。

何より、わたしの出し汁のことが周囲に漏れて、活用しようなんて言い出されたら大変だからね！


お邸に到着すると、ゲルルフさんがすぐにサロンの準備をしてくれた。

その際、お腹のすき具合を聞かれたので「食べられます！」と言ったら、いつも通りたくさんのお菓子を用意してくれる。

わたしの前に置かれたお菓子を見た前神殿長様は、「相変わらずだねえ」とまた笑った。

「スカーレットは神殿でもこうだったんですか？」

「そうですねえ……。まあ、神殿では豪華な食事は出せませんでしたがね、よく食べる子ではありましたよ。小さい頃は空腹でよく倒れたりしましたっけねえ。いやいや、懐かしいねえ」

……あの、前神殿長様、空腹で倒れた時のことを懐かしがられても恥ずかしいのですけど！

わたしは難しいことはわからないけど、前神殿長様が中央神殿の神殿長を代わったのは、枢機卿という偉い方になったかららしい。

枢機卿は王都の大聖堂で暮らしていて、教皇の補佐をしている人たちのことなんだって。

……そう言えば、神殿に引き取られた時に、教皇とか枢機卿とか、そういう神殿内部のことを説明されたことがあったような、なかったような。うん、興味がなさすぎてすっかり忘れてた！

あの頃は、孤児院のみんなと離れて寂しいな～不安だな～ってことばかり考えてて、聖女の訓練がはじまったあとは、お腹がすいたな～しか考えてなかったから、他のことに興味なんてなかったんだよね～。

前神殿長様の昔話にわたしは滅茶苦茶恥ずかしくなったけど、リヒャルト様は面白そうに聞いていた。

そのおかげかちょっと雰囲気が和んで、リヒャルト様のピリピリした警戒も薄れたみたい。

「カンナベル枢機卿がスカーレットを大切に育ててきたというのがわかって安心しましたよ。神殿から追い出されたと聞いたので、いったいどんな生活をしていたのかと心配だったのですが……」

「それについては申し訳なかったですね。すまなかったね、スカーレット。新しく中央神殿の神殿長に赴任したヘプケン大司教は教皇猊下の派閥でねえ。閣下ならご存じかと思いますが、神殿の利益重視の方で……」

神殿にも、貴族と一緒でなんかいろいろ派閥があるらしい。

前神殿長様によると、現在の教皇は教会権力をぐぐんと大きくしようとしている野心的な人らしくて、ヘプケン神殿長はその教皇と同じ派閥の人なんだって。

ちなみに前神殿長様――カンナベル枢機卿は別の派閥で、神殿を、古き良き時代のあるべき姿に戻したい派閥なんだって。

つまり、質素倹約の精神で、損得勘定をせずに人々に救いの手を差し伸べる、初代聖女が生きていたころの神殿に戻したいんだそうだ。

聖女でお金儲けなど言語道断だと言っていたけど、現在の神殿の最大派閥が教皇派だからなかなか難しいのだとも言っていた。

……うん！　難しくてよくわかんない！

でも、そう言われれば、カンナベル枢機卿が神殿長だった時は、こそこそっと無償でお薬を提供していたな～って思い出す。

神殿長と言っても、神殿の中にはたくさんの神父さんとかがいるからあまり勝手はできない。

だから、聖女が作った薬は、販売用として倉庫に保管されていたんだけど、お金がなくて病気や怪我の治療ができなくて困っている人が助けを求めに来た時、前神殿長様がこっそりとわたしに内緒で薬を作ってほしいと言ってきたことが何度かあった。

そうやって、内緒で人を助けていたんだと思う。

……あの時はなんで内緒なのかなって思ってたんだけど、やっとわかったよ！

過去の謎が解けてすっきり～とチョコレートクリームのエクレアにかぶりついたわたしをよそに、カンナベル枢機卿とリヒャルト様のお話は続いていた。

「それで、今日はスカーレットにどのような用向きで？」

「スカーレットというよりは、あなたにですね。この子に話しても、たぶんきちんと理解しないでしょうから。昔から細かいことを考えたり、人の感情の裏を読んだりするのは苦手な子でねえ」

……うぐっ。

そんな、六歳のときから成長していないみたいに言わなくてもいいんじゃないかな～。

わたしだって、ちょっとくらい成長――

「そうですね。それはわかります」

リヒャルト様まで同意しちゃったよ！

「頭を使わせると、何故か解とは明後日の方向の回答が返ってくる子でねえ」

「ええ。明後日どころか、異次元の回答が戻って来ることもありますね」

「聖女の力のコントロールも、どうも感覚派でねえ……。細かいコントロールはどうやっても覚えられなかったから、教育に当たっていた聖女たちも匙を投げてしまって」

「なるほど、だからですか……」

「まあ、治癒に失敗したことはないから、スカーレットの感覚も間違ってはいないのだろうけど、少々力が強そうだから心配していたんですけどねえ」

「少々どころか、私が知る限りスカーレットほど強い……というか、規格外な聖女はいないと思いますよ」

「そうでしょうねえ。教皇に知られると困るから力を抑えるようにと教えたんですけど、わかっていなかったんでしょうねえ」

……え、そうなの？

そんな話聞いたかな〜？　と首をひねっていると、二人に揃ってため息をつかれた。

「この通り、説明したところで自分に興味のない話の場合、右耳から左耳に抜けて行ってしまう子で……」

「心中お察しします」

なんか、二人がわかりあったみたいな顔をしてるよ!?

「ですが、合点しました。少し一緒にいただけでもスカーレットの特異性が目についたのに、何故神殿では気づかれなかったのかと不思議に思っていたんですが……」

「知っていましたよ。私と、一部の聖女たちはねえ」

「そうやって隠していたんですね」

「ええ。すぎた力はトラブルの種ですし、この子はこういう性分なので知らない間に利用されそうだったのでねえ」

……あれ？　もしかしなくてもわたし、前神殿長様にものすごく迷惑かけてたの？

なんかごめんなさい。

「し、神殿長様、このエクレア美味しいですよ」

お詫びと言っては何ですが……、というかわたしが用意したものではありませんけど、お菓子、いかがですか？

そーっとエクレアを差し出すと、カンナベル枢機卿はくすくすと笑った。

「スカーレット、お前は困った子だけど、昔と変わらないでいてくれて安心したよ」

これはたぶん褒められたんだよね。お菓子効果すごい！

「そうそう、スカーレットに会いに来た用向きでしたね」

カンナベル枢機卿はエクレアを食べた後で、ちょっと姿勢を正した。

「中央神殿が、どうやらスカーレットの特異性に気づいたようなので忠告に来たのですよ。ヴァイアーライヒ公爵領の流行病の治療に、スカーレットの薬を使ったのではないですか？　中央神殿から教皇様へスカーレットを神殿に連れ戻す相談が上がりました。そのうち、国王陛下を通して連絡が入るかもしれません」

「……そう言うことですか」

「私の個人的な意見を言わせていただければ、この子を神殿に戻すのは反対なのですよ。利用されるのがわかっていますからね。下手をしたら初代聖女の再来だと崇拝対象にされかねない。そのようなことはこの子の幸せにはつながらないでしょう。……本当は、私がこっそり保護しようと思っていたのですけど、スカーレットは閣下の側で幸せそうですからね。私が保護するより閣下の側にいた方がこの子にとってもいいでしょうが、教皇様が動くと厄介ですよ」

「ご忠告感謝いたします。それについては考えていることがありましたが、猊下が動かれるとなると急いだほうがいいかもしれませんね」

「おや、お考えがあったのですね。それならば私が口を出すまでもありませんでしたか」

「いえ、神殿の情報は入りにくいので助かりました」

話が理解できなかったのでお菓子を食べることに集中していたわたしの頭に、リヒャルト様がぽん、と手を置いた。

「利用されるのがわかっていて、スカーレットを神殿に戻すことは絶対にしませんのでご安心を。それよりも、カンナベル枢機卿こそ大丈夫なのですか？　私に猊下周辺の動きをリークした形になりますが」

「よくはないでしょうが、閣下が内密にしておいてくれれば問題ございませんよ。権力はともかく、老獪さでは教皇様には負けませんからね」

優しいカンナベル枢機卿に老獪という言葉は似つかわしくない気もしたけれど、枢機卿というとっても偉い地位にまで上り詰めたんだからとっても有能なんだろうね。

「それではあまり長居をすべきでないでしょうから、私はこの辺で。会えてよかったよ、スカーレット」

「馬車を用意します」

「ありがとうございます。助かります」

「神殿長様、また遊びに来てくださいね！」

「ふふ、そうだね。今度は遊びに来るよ」

玄関までお見送りに行くと、カンナベル枢機卿は笑顔で馬車に乗り込んだ。

そして、この日からリヒャルト様が難しい顔で考え込んでいる姿をわたしはよく見かけるようになる。

問題が発生したのは、六日後のことだった。

十二、暴走

Hungry saint meets the duke (eat♪)

「ベティーナさん、そろそろ妻にしてくださいってお願いしに行ってもいいですか？」

「ダメです」

妻計画が始動してしばらくたつので、そろそろ「妻にしてください！」って特攻してもいいかな～と思ったんだけど、ベティーナさんにすげなく却下されてしまった。

……むむ、でも、いくら待ってもリヒャルト様、結婚を申し込んでくれないよ？

ベティーナさんの計画では、リヒャルト様から結婚の申し込みがあるはずだというのだけど、そんな気配はまったくない。

それどころか、王都に来てからというもの、リヒャルト様はずっと忙しそうだ。

六日前にレストランに連れて行ってもらったけれど、また忙しい日々に戻ってしまったのである。

……今日もお城に行っちゃったもんね。

王都には綺麗な人もたくさんいるし、早くしないとリヒャルト様が別に結婚したい人を見つけてしまうかもしれない。

リヒャルト様は貴族令嬢と結婚したくないみたいに言っていたけど、好きな人ができたらわかんないでしょ？

もちろん、リヒャルト様に好きな人ができたらわたしは潔く身を引くつもりだけど、結婚してもらう前に別の誰かと結婚されるのは、なんかもやもやする。

だから、ここはやはり「結婚してください！」と当たって砕けた方が（砕けたくはないけど）いい気がするんだけど、ベティーナさんはまだ時期じゃないと言うのだ。

……結婚の申し込みに時期があるのか～。

今は冬だからダメなのだろうか。春になったらいい？　その辺、はっきりしたことが知りたいな～。

「はい、まっすぐ前を向いてください」

ベティーナさんに言われて、わたしは目の前の鏡に向き直った。

朝ごはんを食べた後でリヒャルト様はお城に出かけちゃったんだけど、わたしは何故かこうしてドレッサーの前に座ってベティーナさんに着飾られている。

「ベティーナさん、なんで髪の毛を整えるんですか？」

「午後からお出かけするからですよ」

「え？　お出かけするんですか？」

またシャルティーナ様からのお誘いがあったのだろうか？

首をひねると、「まっすぐ」と言われて頭をくいっと元に戻された。

「朝食のときに、リヒャルト様が午後から出かけるとおっしゃっていたでしょう？」

「あれって一緒にお出かけって意味だったんですか？」

てっきり、リヒャルト様が今日もお出かけするって意味かと思ってた！

「そうですよ。お昼前にお戻りになるそうですので、それまでに支度を済ませておかないと」

「ごはん……」

「外で召し上がるそうです」

なるほど、レストランですね！

この前行ったレストランはとっても美味しかったので楽しみです！

「ですから、リヒャルト様がお戻りになるまでに支度を済ませてしまいましょう。今日は髪を複雑に結い上げますので、じっとしていてくださいね」

ドレッサーの上には新しい真珠の髪飾りがあった。ベティーナさんはこの髪飾りに似合う髪形は何だろうと、あーでもないこーでもないとやっている。

髪飾りは花を四つつなげたみたいな形をしていてとっても可愛いけど、髪型なんて何でもいいと思うんだけどな～。まあ、わたしにはわからないおしゃれポイントがあるんだろうから、何も言いませんけども。

「スカーレット様の髪は綺麗な赤色ですので、白い髪飾りがよく映えるんですよね」

「そうなんですか？」

「ええ。今度はもう少し大ぶりのものを試してみたいですね」

……あんなにたくさんあるのに、まだ買うつもりですか？

ベティーナさんはわたしのものを遠慮なくぽんぽん買っているけど、いいのかな〜？

リヒャルト様が許可を出しているっぽいけど、わたしの食費だけでとんでもない額を使っているはずなので、あれこれ買ってもらうと申し訳なくなると言うか……。

どんどん返せない恩が積み重なっている気がするよ。

このあたりで何かどどーんとお役に立ちたいところだけど、わたしができるのは聖女の力を使うこととお薬作りだけなんだよね……。

そう言えば、わたしが作ったお薬をどうするか国王陛下に相談するって言ってた気がするけど、リヒャルト様、相談したのかな？

聖女の薬は神殿の許可なく販売できないから、それをどうするかお話しするって聞いた気がするんだけど。

この前お城に行った時にはそんな話は出なかったな〜と思い出す。

せめてお薬が販売できるようになったら、ちょっとは恩返しできると思うんだよね。

ついでに「スカーレットは役に立つな、よし、一生面倒を見てやろう！」ってな具合に話が進めばとっても嬉しいのだけど。

そんな打算だらけなことを悶々と考えていると、わたしの左側の耳の上の髪が、お花みたいになっていた。編み込んだ髪をくるくると巻き付けたらしい。ベティーナさん、器用！

「今日のドレスは髪飾りに合わせて白にしましょうか」

白いドレスなんてあったっけ〜と思ったけど、考えるのをやめた。たぶん、髪飾りと一緒に新しく買ったんだろうなってわかったから。

……うんうん、新しく買ったから使いたいんですね、わかります！

ベティーナさんはこう見えて新しい物好きだ。新しく買ったものは決まってすぐに使いたがる。

そして毎回とっても楽しそう。

右側の髪も同じように編み込みはじめたベティーナさんを鏡越しに見やりながら、これはまだまだ時間がかかりそうだと判断したわたしは、今日のお昼ご飯に思いをはせることにした。

……へへ、今日も魚介料理だったらいいな～。


いつもの倍くらいの時間をかけて支度が終了した後。

お腹をすかせたわたしがおやつを食べ終えたころに、リヒャルト様が帰宅した。

玄関までお出迎えすると、顔の両サイドに髪で作られた花を飾っているようなわたしを見て、リヒャルト様が目を丸くする。

「これはまたすごい髪形だな。どうやったらそうなるんだ？」

「ベティーナさんがしてくれましたけど、複雑すぎてわかりません」

「だろうな。だが似合っている」

……えへへ、似合ってるだって！

わたしはただ座っていただけだけど、頑張ったかいがあったよベティーナさんが！

後頭部のあたりも複雑な感じになっているみたいだけど、そこは自分では見えないのでわからない。ただ、真珠の髪飾りは後頭部のちょっと上のあたりにつけられているみたいだよ。

「今日は雪がぱらついているが……、その格好なら大丈夫か」

今日の白いドレスはふわふわした生地で作られているからぽっかぽかだ。

その上にさらに白いコート、白いマフラーを身につけているわたしは、髪以外全身真っ白である。

……雪に埋もれそうな見た目だね！

積もるほど降っていないけど、雪が積もっていたらかくれんぼで一位になれそうな格好である。

リヒャルト様は帰宅したばかりだけれど、すぐに出かけると言うので、一緒に馬車に乗り込んだ。

今日は王都の東に向かうんだって！

用事があるのは王都の東の端っこらしいんだけど、その前にレストランに寄るそうだ。

……お昼ご飯、大切！

方向が逆なので、今日行くレストランは前回行ったところとは別のお店である。

リヒャルト様によると前回のレストランのように格式ばったところではないけど、お米料理が美味しいお店なんだそうだ。魚介料理もあるって言うし、楽しみ！

レストランにはすでに予約を入れてくれていたみたいで、お店についたらすぐに個室に案内された。

そして、リヒャルト様がメニュー表を手に、涼しい顔で「上から順番にすべての料理を持って来てくれ」と言って店員さんを凍り付かせたけれど、これはもう、初来店のお店だと必ず起きる現象だから気にならなかった。

　びっくりさせてごめんなさい、とは思うけれど、わたしは食に関して自重する気はまったくないので、もちろん遠慮して食べる量を少なくするとかは絶対にしない。

　だって、ちらっと見たメニューのどれも美味しそうだったんだもん！　全部頼んでくれるなら全部食べるよ!!

　黒くて大きな貝とエビが乗ったパエリアにはじまり、最後のデザートのフォンダンショコラまでわたしがぺろっと平らげると、店員さんは思考放棄したような笑顔で食後のお茶を出してくれた。

　うーん、満足満足！

　満腹になってぽっこり膨れたお腹をさする。

「今日はいつにも増して気持ちがいいくらいの食べっぷりだったな」

「お腹すいてたんです。今日の支度、二時間以上かかったんで」

「なるほど、その髪型か」

「はい、この髪型です」

　何故こんなに凝った髪型にしたかったのかは謎だが、ベティーナさんが楽しそうだったから「髪なんて何でもいいですよ～」なんて口が裂けても言えなかったのだ。

「すっかりベティーナの着せ替え人形にされているな」

「ベティーナさんは女の子におしゃれをさせるのが好きみたいです」

「それもあるだろうが、ベティーナの娘が生きていたらスカーレットと年が近かっただろうからな。

娘が出来たみたいで嬉しいんじゃないか？」

「え？」

ベティーナさん、娘さんがいたの？

わたしは驚いたけれど、ベティーナさんは三十二歳だ。男爵家出身だと言っていたし、結婚していても何ら不思議ではない。

「なんだ、知らなかったのか？」

わたしがこくこくと頷くと、リヒャルト様が簡単に教えてくれた。

なんでも、ベティーナさんは今から十二年前――二十歳の時に、幼い娘と夫を流行病で相次いで亡くしているらしい。

その後、嫁ぎ先の子爵家を夫の弟が継ぐことになったからと実家に戻ったそうだが、今から五年ほど前に実家を弟が継ぐことになって出て行かなくてはならなくなったそうだ。

それを知ったリヒャルト様が、ベティーナさんを雇ったという。

ベティーナさんのお母様とリヒャルト様のお母様が友人同士だったのもあり、放っておけなかったんだって。

「本人も再婚するつもりがないみたいだったからな、中途半端に期限のある家庭教師などになるより、うちで長く働いた方がいいだろうと思ってね。ベティーナの娘は生きていたら十四、五くらいだろうから、スカーレットを構うのが楽しいんだろう」

「ベティーナさん……」

ベティーナさん、すごくすごく大変だったんだね。

そして、リヒャルト様がベティーナさんを雇ってくれて本当によかった。

リヒャルト様のお邸で働く使用人さんたちはみんな家族みたいに温かいから、ベティーナさんも寂しさが紛れたんじゃないかなって思うもん。

……うん、ベティーナさんが楽しいなら、これからも着せ替え人形頑張ろう！

もうちょっと簡単でいいのにな～とか、絶対に言わないようにしなくちゃ。

食後のお茶を飲み終わって、わたしとリヒャルト様は外に出た。

時間に合わせて迎えに来ていた馬車に乗り込もうとしたとき、「殿下！」と誰かがリヒャルト様を呼び止める声がする。

リヒャルト様が声のする方を振り返って、わずかに眉間にしわを寄せた。

……あ、あんまり会いたくない人っぽい。

些細な表情の変化だったけど、わたしもそれなりにリヒャルト様と一緒にいたからね！　なんとなく雰囲気でわかるよ！

ぱたぱたと小走りで走って来たのは、額がつるっとしている五十過ぎくらいの男性だった。

前髪がないんだけど、おでこの真ん中のあたりに、ひと房だけ、豚のしっぽみたいにくるんと丸まっている髪がある。

……あの髪、どうなってるのかな？　ベティーナさんがわたしにするみたいに、コテでくるくるってやってるのかな？　でもなんであそこだけくるくるしてるんだろう？

気になる……。

と、わたしがどうでもいいことに気を取られているうちに、その男の人が目の前にやって来た。

リヒャルト様と何やら話し込みはじめたので、お仕事っぽいなと、わたしは邪魔にならないように一歩引いて見守ることにする。

男の人が何か言うたびに、少しずつリヒャルト様の眉間の皺が深くなっていくから、ちょっと心配だ。

たまにリヒャルト様が疲れた声で「大臣……」と呼び掛けているので、この前髪ひと房くるくるおじさんは大臣らしい。大臣が偉い人だっていうのは、サリー夫人に教えてもらったから知ってる。

……うーん、やっぱりあの前髪気になるな。気になる、気になる、めちゃくちゃ気になる……。

あれもおしゃれというやつなのだろうか。

……おしゃれって、複雑だね。わたし、一生理解できないかも。

帰ったらベティーナさんに訊いてみよう、と思っていると、突然、「うわーん」と子供の泣き声が聞こえてきた。

そこそこ人通りの多い大通りだったので、喧騒に紛れてはっきりとは聞こえなかったけど、気になって振り返ると道の端で男の子がうずくまっている。

転んでけがをしたのか、膝を押さえていた。

……リヒャルト様はもうちょっと時間がかかりそうだし……。

ここから五メートルくらいしか離れていないので、このくらいなら離れても問題あるまい。

男の子に近づいていくと、案の定、抱えた膝小僧に血がにじんでいた。転んだのだろう。

「大丈夫？　ちょっと見せて」

それほど大きな怪我じゃないけど、擦り傷ってヒリヒリして痛いよね。

男の子はわたしが突然話しかけたからか、泣くのをやめて涙でいっぱいの目をぱちくりとさせている。

わたしが膝の傷に手をかざすと、触れられると思ったのか、男の子は一瞬びくりと肩を揺らした。

「触らないから大丈夫だよ」

傷には触られたくないよね。

でも、触らなくても癒しの力は使えるから問題ないのだ。

わたしがささっと癒しの力を使って怪我を治すと、男の子はぽかんとした顔になって、わたしの顔と怪我とを交互に見比べる。

「お姉ちゃん、聖女？」

「うん、そうだよ」

「……お金、取る？」

「取らないよ〜」

すると、男の子はホッとしたように息をつく。

こんな小さな子も、癒しの力はお金がかかるって思っているんだね。寄付がないと癒しの力を使ってもらえないってこの風習、何とかならないのかな〜。

男の子が立ち上がって、バイバイと手を振ったので手を振り返しながら、わたしは先日カンナベル枢機卿が言っていたことを思い出した。

教皇様は神殿の権力を大きくしたい人で、だから聖女を使ってお金を稼いでいるんだよね？

……権力がほしい人以外が教皇様になればいいのにね。

そうしたらもっと変わるんじゃないかな～って思うんだけど、わたしが思っているほど世の中は簡単にできていないんだろうなとも思う。

世の中もっと単純だったら、わかりやすくていいのにね。

男の子の傷も癒したし、わたしがリヒャルト様の側に戻ろうとしたときだった。

「スカーレット!!　走れ!!　ハルトヴィッヒ!!」

唐突にリヒャルト様が大声で怒鳴って、わたしに向かって走って来る。

こっそり護衛としてついて来てくれているらしいハルトヴィッヒ様の名前も叫んでいたけど、どうしたんだろうと思いながら、走れと言われたのでわたしはリヒャルト様に向かって走り出す。

わずか五メートル足らずの短い距離。

リヒャルト様が腕を伸ばしてわたしの手を摑んで、そのまま胸の中に抱き込むようにして抱え込んだ。

その直後――

「殿下ッ!!」

ハルトヴィッヒ様の叫び声が、した。

——何が、起きたのか。

わたしを抱きしめたままリヒャルト様が倒れ込んで、すぐ近くでハルトヴィッヒ様やほかの護衛の人たちの怒号がした。

倒れこんだリヒャルト様を支えきれずにその場に膝をついたわたしは、リヒャルト様の肩越しに三十歳くらいの男性がハルトヴィッヒ様たちに取り押さえられているのを見た。

その手には、赤い血の付いたナイフが握られている。

……ナイフ。

頭の中が混乱していて、うまく考えがまとまらない。

だけど、あれはまずいやつだ。

そして、血がついているということは——

「リヒャルト様……？」

見下ろしたリヒャルト様の背中が——コートが、赤く赤く染まっている。

その赤は、わたしの真っ白なコートも赤く染めて、徐々に大きく広がっていた。

「リヒャルト様？」

リヒャルト様からの返事はない。

くぐもったうめき声が聞こえるだけ。

はらはらと、真っ白い雪が空から舞っている。

周囲から聞こえてくる叫び声や喧騒が、どんどん遠くなっていく気がした。

わたしの頭の中が、雪のように真っ白に染まる。

「――ッ!!」

わたしが茫然としていたのは、いったいどのくらいの時間だっただろう。

たぶん、そんなに長い時間じゃないと思う。

でも、わたしにとっては永遠のように長い時間で――はっきり言って、そのあとのことはあまり覚えていない。

ただ、ぷつんとわたしの頭の中の何かが切れて。

わたしの全身は、黄金色の光に包まれていた。

☆

スカーレットが怪我をした子供の元に向かったことには気が付いていた。

本当は側から離れてほしくなかったが、距離にして五メートル足らず。ハルトヴィッヒをはじめ護衛もついて来ているし、何よりスカーレットの行動の邪魔をしたくなかったから、そちらに意識を向けつつ彼女の好きにさせることにした。

おそらく彼女は、あの子供の怪我を癒しに行ったのだろう。

(まったく、困った聖女だ)

スカーレットほど惜しげもなく癒しの力を使う聖女を、他に知らない。

高額の寄付金を取って聖女で金儲けをしている神殿のやり方は気に食わないが、リヒャルトも、聖女の力はそれほど安売りすべきでないとは思っていた。

金銭を要求するか否かは置いておくとして、ちょっとしたことで簡単に使っていい力ではないはずだ。

アルムガルド国では——いや、恐らくどこの国でもだろうが、貴賤問わず、聖女は尊いものだと教えられる。

聖女の力は、神の力だ。奇跡の力だ。

奇跡は、そう何度も与えられると奇跡ではなくなってしまう。

その力と、聖女の尊厳と地位を守るためにも、聖女の力の使いどころは考えなくてはならない。

奇跡の力を、当たり前だと国民が勘違いしてはならないからだ。

(だというのに……)

スカーレットは、深く考えずにその力を使うのだ。

それは彼女の美徳とも言えるけれど、スカーレットが簡単に力を使うと世間が認識して、助けを求める人が殺到するのは困る。

そう思うと同時に、スカーレットの行動を制限するのも嫌だなと思う自分がいるから、どうすべきか悩ましくて仕方がない。

スカーレットの行動が気になりすぎて、目の前の大臣の話もだんだん聞こえなくなってきた。

この大臣は、反王太子派――つまり、リヒャルトを王にしようとしている派閥の人間だ。

どこで聞きつけたのか知らないが、リヒャルトがこのレストランを訪れると聞いて待ち伏せしていたようである。

雪の降る寒い日に、ご苦労なことだ。

簡単に言えば、スカーレットを娶るのをやめろと、文句を言いに来たのである。

リヒャルトは現在、スカーレットを娶るべく水面下で調整を重ねていた。

スカーレットをどこかの貴族に縁づかせることなく娶れば、リヒャルトの王位継承の可能性はぐんと遠のく。

アルムガルド国の法律で「王妃は貴族出身でなくてはならない」と定められているからだ。

ここがややこしいのだが、スカーレットの場合は「国の子」であるので、貴族が手続きを踏んで養女にすれば貴族にもなれる。

だが、「国の子」のままであれば貴族にはならない。

だからスカーレットを貴族の養女にする前にリヒャルトが娶れば、スカーレットは平民出身の妻という認識になるのだ。

ゆえに王妃になれない。

王妃になれない妻を娶れば、リヒャルトを擁立しようとしている一派にとっては大打撃だ。

だからこそ、大臣をはじめ、リヒャルトを王にしたい派閥の人間は、ああでもないこうでもないと、リヒャルトの妨害をしているというわけである。

だが、王が承認している状況で、彼らにできることは限られる。

大臣がわざわざ寒い日に待ち伏せしていたのも、リヒャルトを説得するよりほかに手はないと考えてのことだろう。リヒャルトが面会依頼をことごとく蹴っているので、こうして強硬手段に出たというわけだ。

「殿下、聞いていらっしゃいますかな！」

スカーレットに気を取られていると、大臣が焦れたように大声を出した。

リヒャルトはため息をついて、大臣に向き直る。

「何度も言うが、私は王にはならないし、そもそもこのような場所で話すような内容でもないだろう？」

「このような場所がお嫌ならば、きちんと場を設けてくださいませ！」

それは嫌だったので、リヒャルトは黙り込んだ。

場を設けたら最後、大勢で押しかけて来るのは目に見えている。

(私を担ぎ上げるより、イザークを教育する方が早いだろうに)

イザークはまだ十七だ。多少優柔不断な性格をしているが今なら矯正がきくだろう。何よりイザークにはエレンが――クラルティ公爵家がついている。

国内最大派閥のクラルティ公爵家を敵に回すと国が荒れるというのに、なぜそれがわからないのだろうか。

うんざりしてもう一度嘆息したとき、視界の端で何かが光った。

振り向いたリヒャルトは、ハッと息を呑む。

「スカーレット!! 走れ!! ハルトヴィッヒ!!」

それが何かを確かめる前に、リヒャルトは叫んで走り出した。

不思議そうな顔をしつつも、スカーレットが弾かれたようにリヒャルトに向かって走り出す。

薄汚れたコートを羽織った男が、スカーレット目掛けて駆けだしたのが見えた。

(間に合わない……!)

リヒャルトたちの邪魔にならないように、ハルトヴィッヒたちは少し距離を取って護衛任務に当たっている。

この短距離では、ハルトヴィッヒたちが男を取り押さえるのは間に合わないだろう。

咄嗟にそう判断したリヒャルトは、スカーレットの腕をつかんでそのまま胸の中に抱き込んだ。

男に背中を向ける形で体をねじり、ぎゅうっとスカーレットを抱きしめる腕に力を込めたその時、ドスンと強い衝撃がわき腹に走る。

痛いよりまず、熱い、と思った。

この寒い日にまた妙な感覚だと笑う暇もなく、足に力が入らなくなってスカーレットを抱き込んだままその場に膝を折る。

だが、スカーレットだけは絶対に離すまいと、痺れてきた指先を彼女の後頭部に回したとき、背後でハルトヴィッヒの怒号が聞こえてきた。

不審な男がハルトヴィッヒたちに取り押さえられたのがわかった途端、全身から力が抜けていく。

目の前が赤くチカチカして、ああ、これはまずいかもしれないと笑おうとして失敗した。

意識は何とか保っていたが、赤く染まった視界ははっきりとしないし、音まで遠のいて聞こえている。

（だがスカーレットは……無事だな……）

赤く染まった視界のせいで彼女の顔は見えないけれど、手のひらに触れる彼女は温かい。

スカーレットが無事ならそれでいい。

不審者についてはハルトヴィッヒに任せていたら問題ないだろう。

あとは、注目を集める前にこの場から立ち去りたいが、さすがに今のリヒャルトでは自力で立ち上がるのは無理そうだった。

（参ったな……）

痛みで意識が遠のきそうになるのを必死につなぎとめて、荒い息を繰り返す。

リヒャルトはいいが、スカーレットが注目されるのは避けたい。

ハルトヴィッヒに言って、スカーレットだけでも馬車の中に避難させたいところだが、うまく声が出なかった。

（ベティーナを連れてくればよかった）

ベティーナがいれば、リヒャルトが命じるまでもなくスカーレットを避難させただろう。

失敗したな、と自嘲したくなった、そのときだった。

全身が、急に暖かい光に包まれた。

驚く間もなく痛みが急速に引いていく。

赤く染まっていた視界が正常に戻った時、視界を埋め尽くしていたのは目もあけていられないほど強い金色の光だった。

何が起こっているのだろうかと思って眩しさに目を細めれば、スカーレットから金色の光が溢れている。

この光は見たことがあった。

見たことがあったが――まずい、とリヒャルトの脳が警鐘を鳴らす。

過去に二回、スカーレットが本気で聖女の力を使ったときに見た金色の光。

だが、今の光はそれとは比べ物にならないほどに強いものだ。

「スカーレットっ」

おそらく傷が癒えたのだろう。痛みも完全に引き、問題なく動けるようになったリヒャルトは慌ててスカーレットの肩を摑む。

そして、ぎくりとした。

スカーレットが、泣いていたからだ。

ぎゅっと眉を寄せて、怒っているのか悲しんでいるのかわからない複雑な表情で、ぼろぼろと泣いている。その目は、焦点が合っていないように見えた。

リヒャルトの声が聞こえていないのか、スカーレットは唇をかみしめて何も言わない。

「スカーレット！」

何度か肩を揺さぶると、ようやく彼女がハッと目を見開く。

そしてリヒャルトを見て、ホッとしたように笑って――

「スカーレット!?」

彼女は、倒れた。

☆

――じゃあ、元気でな。

リヒャルト様が、そう言って遠くで手を振っている。

暗い暗い、夜よりも真っ暗な中で、リヒャルト様の綺麗な金色の髪がぴかぴか光っていた。

優しく微笑んだ彼は、わたしにくるりと背中を向ける。

……待って！

おいて行かれると、わたしは急いで追いかけたけれど、リヒャルト様はとっても速くて追いつけない。

……やだやだ、待って！　おいて行かないで！　また、一人にしないで！

物心ついたときは、孤児院にいた。

家族の顔を知らずに育ったわたしは、孤児院のみんなが家族だった。

でも、六歳の時に、わたしは孤児院から連れ出されて神殿にやってきた。

また家族と離れたわたしは、今度は神殿のみんなが家族になった。

でも、孤児院も神殿も、家族だったけど何かが違う。

みんなに囲まれていても、わたしの中には小さな孤独感のようなものが常にあって、家族だけど家族じゃないみたいな、変な気持ちを抱いていた。

みんなのことは大好きだったし、大切だったけど——わたしだけの、家族じゃない。

そんなことを思うのは、わたしが「家族」を知らずに育ったからかもしれないと、漠然とだけど思っていた。

だから神殿から追い出された時も、すごく悲しかったけれど、心の中では仕方がないとも思っていた。

わたしはみんなと本当の家族じゃないから、だからいらなくなったら捨てられる。

いつか、大食らいで何もできないダメなわたしを、家族として温かく迎えてくれる人が現れるのかななんて、そんなことを考えながらとぼとぼ歩いて、お腹がすいて動けなくなった時、ふと、視界にぴっかぴかに磨かれた黒い靴が飛び込んできた。

『どうした？』

顔を上げると、びっくりするくらいに綺麗な人が、身をかがめて心配そうにわたしを見つめていた。

お金持ちだ、とすぐにわかった。

後ろには靴と同じくぴかぴかの馬車があって、その周囲には護衛の人とかも一緒にいる。

とってもお金持ちだ。

そして、普通はそんなとってもお金持ちの人は、わざわざ馬車を停めて行き倒れている人の様子を見に来たりしないだろうに、変なのって、なんとなく思った。

もしそんな優しい人がいても、様子を見に来るのはきっと使用人さんとかで、本人は来ない。

だけど目の前の人は見るからにお金持ちで、たぶんこの人は使用人さんじゃなくてご主人様の方だ。

だから、変なの。

お腹すいたなって、そればかりが占める頭の片隅で、変な人って。でも優しい人って、そんな風に考えた。

『どうした？』

優しい人は、わたしが答えなかったからか、また同じ質問をしてきた。

なんて答えたらいいだろう。

お腹すいたって、正直に言っていいかななんて考えていたら、ぐぅ～っとわたしのお腹が鳴った。

お腹が鳴っちゃったから隠せないなって、正直に「お腹がすきました」って答えたら、優しい人は虚を突かれたような顔になって、顎に手を当てて考え込んだのち、わたしに向かって手を差し出した。

「すぐに食べられそうなものは持っていない。これから近くの町に行くからついておいで。そこで食事にしよう」

いいの？　って、またわたしはびっくりした。

だってわたし、お金を持ってない。

お金がないと、外ではご飯は食べられない。

いくら常識知らずのわたしでもそのくらいは知っていて、だから「いいんですか？」って訊いた。

あとでお金を請求されても、わたしは持っていないからどうしようもない。

先に言っておかないと、あとで怒られたらいやだなって、そう思った。

すると、優しい人は苦笑して、わたしの手を摑むと助け起こしてくれた。

「くだらないことを気にしなくていいから、ほら、来なさい。こんな寒い時期にいつまでも道端に座り込んでいたら凍死するぞ」

そう言って優しい人はわたしを馬車に乗せてくれて、町のレストランまで連れて行って、たくさんたくさん――それこそわたしの底なしの胃が満足するまでたっくさんのご飯を食べさせてくれた。

優しい優しい人。

リヒャルト様。

リヒャルト様はとっても偉い公爵様で王弟殿下で、とってもとっても偉い人なのに、わたしをそのまま拾ってくれてお家に連れて帰ってくれた。

優しいリヒャルト様のお邸で働く使用人さんたちは、リヒャルト様と同じでとっても優しい人ばっかりだった。

だから、ずっとここにいたいなって思った。

リヒャルト様なら、わたしを家族にしてくれるんじゃないかって、期待した。

養女計画は失敗したけど、ベティーナさんを参謀に迎えた妻計画はうまくいきそうな予感がしたし、リヒャルト様もわたしがリヒャルト様の側にいたいという希望を聞いて考えてくれると言っていた。

だから、家族にしてもらえるかもしれない。

そう期待して、わくわくそわそわしていたのに――、リヒャルト様が、行っちゃう。

バイバイって、手を振って、遠くに行っちゃう。

……やだやだ！　行っちゃヤダ!!

おいて行かれたくないから、わたしは走る。

走って走って、必死に走って――

そうしたら、先を歩いていたリヒャルト様がふと足を止めた。

そして振り返って、仕方がないなって笑って、わたしに向かってそっと手を差し出してくれる。

必死に追いかけてリヒャルト様の手をぎゅって摑んだ時、わたしはふと、目を覚ました。


「スカーレット！」

目を覚ましたわたしの視界いっぱいに、大好きなリヒャルト様の顔が飛び込んできた。

直後、わたしのお腹がぐぅうううう〜と、かつてないほどに大きな音を立てる。

ものすごく、すごくすっごく、お腹がすいていた。

「スカーレット様、とりあえずこれを」

ベティーナさんの声がしたので首を巡らせると、リヒャルト様の背後にいた。

一口大に切ったリンゴが載ったお皿を差し出されたので、起き上がって受け取ろうとしたら、その前にリヒャルト様がひょいってお皿を取ってしまう。

……りんご！

あ、と思っていると、フォークに刺したリンゴを、口元に近づけられた。

なんか、前にも同じようなことがあったなと思いながら口を開ける。

しゃりしゃりと咀嚼して飲み込むと、リヒャルト様があからさまにホッとした顔になった。

あーん、と口を開けると、次のリンゴを口に入れてもらえる。

もぐもぐとリンゴを食べさせてもらっている間に、料理を載せたワゴンが運ばれて来た。

……あれ、そう言えばここ、王都のお邸だ。

さっきまで外にいた気がしたのだけど、わたしが寝ているのは王都のリヒャルト様のお邸の、わたしの部屋のベッドだった。

なんか記憶がつながらないなと思いつつも、今はお腹がすいているのでご飯が最優先である。考えるのはあとにしよう。

リンゴを全部食べ終わると、ワゴンごと料理が近くまで持って来られた。

「えっと、起きますよ？」

ベッドの中で食事をするのはよくないから起きようとしたのに、リヒャルト様にやんわりと止められる。

「まだ安静にしておきなさい。倒れたばかりだ」

……倒れた？

はて、と首をひねる。

だめだ、やっぱり記憶がつながらない。

「スカーレット、オムレツがいいか？　それともハンバーグにするか？」

「オムレツ食べます！」

考えている途中だったけれど、ご飯を目の前に出されたらそれしか考えられなくなる。

リヒャルト様がふわとろのオムレツをスプーンですくって口に運んでくれた。

……もぐもぐもぐ、自分で食べられるんだけどな～。ああでもオムレツ美味しい！　とろとろ！

ケチャップも美味しいっ！

リヒャルト様の中でわたしは重病人になっているのだろうか。

お腹がすいているだけで、あとはピンピンしているんだけど。

オムレツをぺろりと食べた後は、一口大に切ったハンバーグを差し出されたのでそれも食べる。

スープもパンもサラダも食べて、わたしのお腹は飢餓状態からようやく回復した。

まだまだ食べられるけど、ひとまず限界からは脱したのでホッとしつつお腹を撫でる。

もちろんもっと食べたいが、その前に繋がらない記憶を何とかしたかった。

「リヒャルト様リヒャルト様、わたし、外で美味しいご飯を食べていたと思うんですけど、いつお家に帰って来たんですか？」

「……覚えていないのか？」

「エビと貝のパエリアがとっても美味しかったのは覚えてますよ！」

「そこじゃない」

……うん？　じゃあ、イカのリゾットのことかな？　それともトマトスープのことかな？　デザートも美味しかったけど、デザートはリヒャルト様は食べなかったよね？

どの料理のことを言っているんだろう。たくさん食べたけどメニューの名前は全部覚えてないから、特徴を言ってくれないとわかんないな。

どれも美味しかったんだけど……うーん、と考えていると、リヒャルト様が額に手を当てた。

「どれも美味しかった、じゃない。料理を思い出せとは言っていないぞ」

あ、口に出ちゃってたみたい。

料理じゃないならなんだろう、と左右に首をひねっていると、リヒャルト様がやれやれと息をついた。

「本当に覚えていないのか？　聖女の力を使った後で倒れたんだ。おそらく無茶な力の使い方をしたのだろう。あの時見た光は、驚くほど強かったからな」

……力を使って、倒れた？

うーん？　とまた首をひねったわたしは、そこでようやくハッとした。

「リヒャルト様、怪我!!　怪我はどうなりました!?　血がいっぱい……！」

そうだった！　リヒャルト様は刺されて怪我をしたのだ。

転がるようにベッドから降りようとすると、リヒャルト様がわたしの肩に手を置いて押しとどめる。

「落ち着きなさい。怪我ならもう癒えた。君が癒してくれたんだ。覚えていないのか？」

「わたしが？」

そう言われたら、そうだったような気がしなくもない。

ただ、あのときのわたしは気が動転していて、はっきりと覚えていないのだ。

感情がぐるぐるして、叩きつけるように聖女の力を使ったような気がするにはするのだけど……

うーん？

……うん、思い出せない。だけどリヒャルト様が無事ならそれでいいよ！

よく覚えていないけど、意識を失う前のわたしはちゃんとやるべきことはやったらしい。よかった！

でも、怪我をしたリヒャルト様は痛かっただろうから、それは心配だ。

……だってあの怪我、わたしを庇ったからだよね？

リヒャルト様がわたしを守るように抱きしめたのを思い出した。

だからあれは、わたしを庇って負った怪我だ。

そう思うと、ずーんと心が沈んでくる。

……わたし、役立たずどころかリヒャルト様に怪我までさせちゃった！

額に脂汗を浮かべて倒れこんだ、リヒャルト様の青い顔を思い出す。

思い出すと急に心配になって来て、わたしはベッドの上を這ってリヒャルト様の側に寄った。

「本当に怪我は治りましたか？」

「ああ、綺麗に治ったよ」

「痛くない？」

「どこも痛くない」

「念のため、もう一度癒しの力を――」

「やめなさい。倒れたと言っただろう。心配しなくても、本当に綺麗に治っている。それより、君の方こそ、もうあんな無茶な力の使い方をしてはだめだ。いいね？」

無茶な力の使い方って言うけど、わたし、よく覚えていないからわからない。

でも、わたしが空腹で倒れるのは珍しいことじゃないし、リヒャルト様が治ったのならそれでいい気がするんだけど――なんて言い訳をしたらリヒャルト様が怒りそうな気がしたので黙ってよ。

「もう少ししたら夕食だ。スカーレット、君はあれから四時間も意識が戻らなかったんだよ。義姉上にも来てもらったが、力の使い過ぎだろうから回復を待つしかないと言われて、私もベティーナも他のみなも本当に心配したんだ」

わたしの場合、力の回復を待つ前に空腹で死ぬんじゃないかと気が気でなかったらしい。

……確かに、あり得るね。

このまま目を覚まさなかったら、無理矢理にでも口に食べ物を突っ込もうと考えていたらしい。

ご心配をおかけしてすみません……。

様子を見に来てくれたシャルティーナ様とベルンハルト様は、そのままお城へ向かったと聞いた。

今日のことに大変怒り狂ったシャルティーナ様とベルンハルト様は、今日の件を企んだ犯人たちを徹底的につぶすべく国王陛下とお話をしているらしい。

ということは、リヒャルト様を刺した犯人に心当たりがあると言うことだろう。

リヒャルト様も、わたしが目を覚ましたのでお城へ向かうと言っていた。

刺されたばかりなのにもうお仕事に戻るらしい。

「すまない。本当は今日、君を連れていきたい場所があったんだがそれはまた後日にしよう。その前に馬鹿どもに制裁を加えるのが先だ」

……うん、リヒャルト様の笑顔が怖い。

普段温厚な人が怒ると怖いね。ついでに、リヒャルト様は大変有能でいらっしゃるので、わたしの知らない犯人さんたちはきっと逃げられないだろう。

でも、リヒャルト様に怪我をさせたんだから、同情なんてしないけどね！

リヒャルト様は夕食はお城で取ると言うので、今日は別々だ。

寂しいけど、仕方ないよね……。

「明日の朝までには戻るから、朝食は一緒に食べよう。もうすぐすべてが片付くから、落ち着けば領地にも帰れる。もう少しだけ我慢してくれ」

「はい」

さっき見た夢のことがあったから不安だったけど、ちゃんと帰ってきてくれるって言うからホッとした。

リヒャルト様は、わたしを置いて遠くに行ったりしない。

夢の中みたいに、ちょっと離れてしまっても、仕方がないなって笑って立ち止まってくれる。

よくわからないけど、なんか、そんな確信があった――

エピローグ

Hungry saint meets the duke (eat♪)

わたしが王都に来て一か月が過ぎた。

わたしを庇ってリヒャルト様が刺されてからリヒャルト様は輪をかけて忙しくなったけど、昨日で全部片付いたと報告があった。

昨日の夜、もう大丈夫だから明日は出かけようと言われて、何が「大丈夫」なのかわからないまま、わたしは二つ返事で了承した。

リヒャルト様とのお出かけを、断る理由なんてない！

リヒャルト様が刺された日に連れて行ってくれる予定だった場所に向かうらしい。

ベティーナさんがお腹を締め付けないけれど可愛いドレスに着替えさせてくれて、シャルティーナ様に買ってもらった白い方の帽子をかぶり、わたしはリヒャルト様と馬車に乗り込んだ。

わたしが途中でお腹をすかせたらいけないからと、お菓子がたくさん詰まったバスケットも馬車に積んである。

今日は、王都の東の端っこに向かうそうだ。

……王都の端っこに、美味しいお店でもあるのかな？

王都の東のレストランには行ったけど、東の端っこには行ってない。

どんな美味しいものがあるのかなって、わくわくしちゃうね。

馬車に揺られて一時間。

濠の近くの、長方形に長い大きなお邸の前で馬車は停まった。

……レストランじゃないよね？　というか、ここ、誰も住んでないんじゃ……？

大きなお庭は整えられているし、門番さんもいるので管理はされているのだと思うけど、なんだか人が住んでいる気配がない。

予想と違って、「ううん？」と首をひねったけど、そう言えば、リヒャルト様からはご飯を食べに行くとは言われていなかった。

今日はお昼ご飯を食べた後にお出かけしたし……、ということは、ご飯じゃなかったよ！

すっかり美味しいものを食べる予定だったわたしはちょっぴりがっかりしたけど、リヒャルト様がわたしをここに連れていきたいと言っていたから何かあるのは間違いないだろう。

門番が開けてくれた門をくぐって、馬車はお邸の玄関前に向かった。

玄関前で馬車を降りても、中から誰かが出てくる気配はない。

「リヒャルト様、ここは？」

「百年ほど前まで使っていた古い王宮なんだ」

……王宮！　なんか高貴な響き！

リヒャルト様は鍵を取り出すと、玄関の鍵を開ける。

「おいで」

手を差し出されたのでわたしは反射的に手を繋いで、リヒャルト様とともに玄関をくぐった。

「お邪魔します……」

誰もいないからか、わたしのつぶやきが広い玄関ホールに大きく響いて聞こえる。

……とっても豪華だけど、人がいないからかな。ちょっと怖いかも。

掃除が行き届いているのか、埃っぽさは感じない。

吹き抜けから玄関ホールに日差しが降り注いでいるので、薄暗いわけでもない。

……だけど、大きな建物ががら～んとしてるのは、何かよくないものが出てきそうな感じがして不気味だよね。わたし、夜の神殿も苦手だったもん。夜の神殿って、カツーンカツーンって足音が響いて、怖いんだよね～。

その点、リヒャルト様のお邸は、領地のカントリーハウスも王都のタウンハウスも怖くない。夜は暗いけど、常に人の気配があるし、同じお家の中にリヒャルト様がいるって思うと安心するんだよね。

この王宮に何の用事があるのかはわからないけど、リヒャルト様はわたしの手を引いて二階に上がっていく。

いくつかの部屋を見せてもらったけど、家具のほとんどにカバーがかけてあって、部屋を見て回る行為に何の意味があるのかは理解できなかった。

「あの、リヒャルト様。もしかしてここにお引越しするんですか？」

　すると、リヒャルト様は楽しそうに笑った。

「ああ、違うよ。ほら、スカーレットが以前言っていただろう？　聖女を神殿の外でも生活させられないかって」

　……あ、わたしの思い付き！

　シャルティーナ様とお買い物に出かけた時にふと思いついたことは、その日の夜にリヒャルト様にご報告した。

　リヒャルト様は優しいから、わたしのふとした思いつきも真面目に聞いてくれて、「考えてみようか」と言ってくれたのだけど、それとこの王宮に何のつながりが？

「あの話だけど、兄上にも相談してみたんだ。そうしたら、ここを使ったらどうかって」

「え？　えええええええ!?」

　兄上って、もしかしなくても国王陛下ですよね？　古い王宮を使っていいってぽーんと言っちゃえる人は国王陛下しかいないもんね？

「下に行こうか」

　二階を見て回ったので、リヒャルト様は今度は一階のダイニングにわたしを連れていく。

　ダイニングもとても広い。

　三十人くらいは座れそうな巨大なダイニングテーブルにはカバーがかかっていて、椅子も上に上げられていた。

「兄上……陛下とも相談したんだけど、聖女の無償奉仕の原則を、やめようと思ってね」

リヒャルト様はわたしの手を引いて庭に出ると、鳥かごのような形の四阿へ向かう。

四阿の椅子に座って、持ってきていたバスケットをテーブルの上に置くと、中からカヌレを出してわたしに渡してくれた。

渡されたので、わたしはもちろん食べますよ！

もぐもぐもぐ、カヌレ、美味しぃ！

夢中でカヌレを食べているわたしに優しいまなざしを向けて、リヒャルト様が続ける。

「神殿と敵対するのは変わらないけど、君に危険が及ばないように、君の意見を参考に多少の緩和策を考えたんだ。まず、聖女の無償奉仕をやめる。そもそも、聖女を保護する代わりに無償で働かせるというのは間違っていると思うからね。だけど、いきなり働いて金を稼げというのも、酷な話だ。だから、聖女の仕事場は国が用意することにした。そして、発案者が私ということを全面的に打ち出して、神殿側の敵意が兄上とイザークに向かないように調整する」

ほうほう、なんだか難しい話になってきましたよ？

わたしの脳はもう半分くらい限界です。

でも、そんなことをして神殿はおとなしくしているのかな？

カンナベル枢機卿が言っていたけど、今の教皇様は権力が大好きなんでしょ？

権力を大きくしたいのに、リヒャルト様が聖女の無償奉仕をやめたら神殿の権力が小さくなっちゃうんじゃないかな？

わたしの脳はいっぱいいっぱいだったけど、そのくらいなら想像がつくもんね！

わたしに想像がつくんだから、リヒャルト様が想像しないはずないいんだけど。

すると、リヒャルト様がちょっと悪い顔で笑った。

「君には教えておくが、スカーレット、先日君を狙った男がいただろう？」

「えっと、リヒャルト様に怪我をさせたあの人ですか？」

顔ははっきり見てないから覚えてないけど、存在は覚えていますからね！　もしあったら、ばちこーんって一発殴ってやろうと思ってましたから！　会わせてくれるんですか？　だったらばちこーんって殴る練習しておきますよ？　ベティーナさんに頼めばきっと教えてくれると思います！

「ああ、その男だ。その男は、神殿の関係者だった」

「……え？」

「正確に言えば、現中央神殿の神殿長、ヘプケン大司教の手のものだ」

えっと、それはどういう意味だろう？

あの日、男の人の手にはナイフがあった。

リヒャルト様がわたしを庇って刺されたことを考えると、わたしを刺すつもりだったはずだ。

……ってことは、え？　わたし、神殿長に恨まれてた!?

ヘプケン神殿長が赴任してきてからわたしはそれほど長く一緒に暮らしてない。

だって「燃費が悪い！」ってすぐに追い出されちゃったからだ。

その間、恨まれるようなことはしていないと……思いたいけど、わたし、何かしたのだろうか？

わたし、いったい何をしたんだろうと神殿で暮らしていたときのことを思い出そうとしたけど、全然わからなかった。そもそもヘプケン神殿長とお話しした記憶もちょっとしかない。

「何を考えているのか知らないが、スカーレットが気に病む問題ではない。ヘプケン大司教がスカーレットを襲わせたのは、自分の保身のためだ」

「どういうことですか？」

「君が神殿に連れ戻され、その大きな力を証明されるのを恐れたんだよ」

ますますわからない。

うーん、と首をひねっていると、リヒャルト様がもっと詳しく説明してくれた。

「中央神殿から教皇猊下にスカーレットを神殿に戻すように嘆願があったのは知っているだろう？」

「前神殿長様が言っていたやつですね！」

わたしがヴァイアーライヒ公爵領で調子に乗ってお薬をたくさん作ったせいで、なんかわたしがすごい聖女みたいに思われているっていうあの話だ。

ただお薬を作るのが得意なだけで別にすごくもなんともないのに、変な話だなとは思っていた。

リヒャルト様も規格外だなんて言うけど、要するにわたしは力のコントロールがうまくできないポンコツなだけなんだけどね……。

「そうだ。あの話は、ヘプケン大司教からではなく、中央神殿の神官たちから上げられた嘆願らしい。神殿の中でもいろいろな意見があると言うことだ。だが、ヘプケン大司教からすれば、自分の判断で金の卵を産む鶏を追い出したようなものなんだ。わかるか？」

「わかりません」

「ええっと、スカーレット。たとえ話だが、君は薬を作るのが得意だろう？」

「はい！」

「聖女の薬は、とても高価だ」

それもわかったので、大きく頷く。

「たくさん薬を作れる君は、たくさんお金を稼ぐことができる。つまり、金を稼げる聖女を、燃費が悪いと言うだけでヘプケン大司教は外に追い出してしまったというわけだ」

なるほど、それならわかるけど、でも神殿では作る薬の本数は決められていたから、たくさんは作らなかったよ？

「もっと言えば、聖女を神殿から追い出すという行為そのものも問題なんだ」

「そうなんですか？」

「ああ。よほどの問題を起こせば別だろうが、君の場合はただ食費がかかると言うだけだからな。それは理由にならない」

なんと、燃費が悪いのは追い出す理由にならなかったらしい。

「話を戻すが、ヘプケン大司教はつまり、君を追い出したことで罰せられる対象だった。だが、兄を通して神殿に苦情を入れたが、猊下がかばったようだ。派閥の問題だろうな。しかし、そのスカーレットが、神殿にとって莫大な利益を産む存在だとわかれば勝手が変わってくる。神殿に多大なる損失を与えたとして、ヘプケン大司教は罰せられるはずだ。さすがに今回は猊下も庇わないと思う」

つまり、ヘプケン大司教は猊下に怒られるってことね！

ほうほう、と聞いていると、リヒャルト様は「わかっているのか？」と怪訝そうな顔をしたけど、話を途中でやめずに続けることにしたようだ。

「ヘプケン大司教としては、今の地位を追われたくない。だからスカーレットが有能な聖女だと証明される前に消すことにしたのだ」

「消す？」

「……殺そうとしたということだよ」

「え⁉」

わたし、殺されるところだったの⁉

「あの日私に話しかけてきた大臣がいただろう？　あれとも協力していたらしい。あの大臣は私を王にしたい側の人間で、スカーレットが邪魔だったんだ」

リヒャルト様を王様にしたい人が、わたしを邪魔に思うって言うのがよくわからなかったけど、あの時の前髪くるんおじさんも悪い人だというのはわかった。あの人もばちこーん対象に入れておこう。当然、ヘプケン神殿長もだ。これはいよいよ、ばちこーんと殴る練習をせねば！

「あの一件では義姉上もかなり怒っていたからな、義姉上からも神殿に苦情を入れている。義姉上は神殿内部での発言力があるから、いくら教皇猊下でも無視できない」

なんと、シャルティーナ様偉い人だった！

あ、でもベルンハルト様は王弟殿下で公爵様だから、その妻であるシャルティーナ様が偉いのも当然だね。うん。

リヒャルト様によれば、現在王国にいる聖女の中でシャルティーナ様の地位が一番高いらしい。聖女の力も強いが、何よりその身分が高すぎるからである。

つまり、シャルティーナ様を激怒させたってことは、王国にいる聖女全員を敵に回したも同然ということになるそうだ。シャルティーナ様、すごい！

「とまあ、そういう事情で、このタイミングで聖女の無償奉仕の問題を取り上げれば、神殿も文句は言えないというわけだ。もし文句を言おうものなら、スカーレットを狙った件を大事にすると言えば黙るだろう。義姉上を敵に回したくもないだろうし、猊下はこちらの要求を呑むしかない」

なるほど！　それはいつぞやシャルティーナ様が言っていた外堀というやつですね！

「もちろん、聖女も国の方針に振り回されるのは大変だろうから、これまで通り、神殿で面倒を見てもらって無償奉仕を続けるやり方と、国が用意した仕事場で仕事をし、金を稼いで自力で生活するやり方、好きな方を選んでもらおうと思う。聖女の力の使い方も、神殿以外で学べる場を作ろうと思う」

「ええっと、つまり……、聖女は強制的に神殿に引き取られなくてすむってことですか？」

「ああ。そうなるな」

……うん、それは、メリットしかないね。

わたしは孤児だったけど、聖女仲間の中にはそうでない人もたくさんいた。

家族に会うことは禁止されていなかったけれど、洗礼式で聖女の力があるとわかると生活拠点を神殿に移されるから、家族と一緒に生活できなくなる。

でも、聖女が「仕事」になったら、家族と離れ離れにならなくてもいいよね？

「聖女の無償奉仕をやめ、神殿以外でも聖女の癒しを受けられるとわかれば、神殿も高額な寄付金を徴収するようなことはしなくなるだろう。寄付金の方が何十倍、何百倍も高くつくとわかれば、誰も神殿に助けを求めなくなるからね。やがて適正価格と言うものが生まれるはずだ」

テキセイカカク……。うん。わかんないからスルーしよう。

「えーっとつまり、わたしもここでお仕事をすることになるんですね」

いつまでもただ飯ぐらいのままリヒャルト様のところでごろごろするわけにはいかない。

……あれ？　でも、ここで働くなら、わたしは王都が生活の拠点になるのかな？　リヒャルト様と一緒に領地に行けない？　え、それはヤダ!!

「そのことなんだが……」

リヒャルト様は、言いにくそうに眉を寄せた。

「君には、ここで働いてほしくないと思っている」

「え!?」

ってことは、もしかして神殿に戻れってこと!?　もっとヤダ!!

さーっと血の気が引いたわたしを見て、リヒャルト様は慌てた。

「すまない、言い方が悪かった！　君を追い出そうというわけではなく……あー、その、君は私の家にいたいと、そう言っただろう？」

「言いました！」

わたしはぶんぶんと首を縦に振った。

お願いだから追い出さないでほしい。お仕事でも何でもするから！

養女計画改め妻計画は、参謀ベティーナさんの指示により「様子見」になっていて、特に何もしていないが、これは、今ここで跪いてお願いした方がいいのではなかろうか？

やだやだ、出ていきたくないと、反射的に手を伸ばしてリヒャルト様の手に触れると、リヒャルト様が握り返してくれる。ホッ。

「君がこのままずっと私の側で生活するための、方法が一つある」

「なんですか!?」

わたしが食い気味に訊ねると、リヒャルト様はちょっとだけびっくりしたように目を丸くしてから、わたしの手を握っていない方の手で頬をかきつつ続けた。

「ええっとだな……、君が、私の妻になれば、その、この先もずっと一緒にいられる」

「わかりました！　妻になります！　よろしくお願いします!!」

「ちょっと待て！　即答していい問題ではないだろう!?」

即決したわたしに、何故かリヒャルト様が慌てだした。

だが、もともと妻計画を練っていたわたしである。断る理由なんてないし、むしろ渡りに船だ。

「提案した私が言うのも何だが、もっと考えて返事をしなさい」

「大丈夫です考えています。妻になります。妻にしてください。リヒャルト様の妻になりたいです！」

このチャンスを逃してなるものかと、わたしは必死で訴えた。

それなのに、リヒャルト様の顔がどんどん胡乱気になっていく。

「あー……、スカーレット。君は『妻』という単語の意味を知っているか？　いや、それ以前に、結婚が何か理解しているか？」

「いくら何でもそれくらいわかります！」

わたしは確かに非常識だが、そこまでなにも知らないわけじゃない。

「結婚とはずっと一緒にいると誓いあって子供とかも作って楽しく暮らすことです！」

「内容は間違ってはないんだが……君が言うとなんだか違う意味に聞こえてくるから不思議だ」

何故に？

むーっと口をとがらせると、リヒャルト様が苦笑する。

「君がいいのであれば、そうだな、一年くらい婚約期間を設けたのちに結婚することにするが、それでいいのか？」

「いいです、むしろ結婚は今日でもいいですよ！」

「それはさすがにまずい」

「世間体とか言うやつですか？」

「どこでそんな言葉を覚えた……」

に振る。

自慢するように胸を張ってみせたが、リヒャルト様はこめかみを指先でぐりぐりしながら首を横

わたしだって日々進歩しているのだ。出会った頃のまんまの非常識なわたしではないのである。

「サリー夫人に教えてもらいました！」

「確かに世間体と言うものもあるが、それだけじゃない。ひとまず、ヘプケン大司教を含め、幾人かは君を狙っている証拠を突き止めて処罰しておいたが、まだ全部とは言い難い」

「わたし、他にも狙われていたんですか!?」

そう言えば、シャルティーナ様がわたしのことを調べている人たちがいるって言ってた！

……そっか、他の人にも狙われてたのか～。どんなふうに狙われていたのかは知らないけど。

ほへーと聞いていると「わかってないな」と笑われた。

「さっきも言ったが、私を王にしたい人間にとっては君が邪魔だったようだ。私が養女にしてイザークの新しい婚約者にすれば、私が王になる芽はなくなると考えていい。そうならないために、君を攫って神殿に引き取らせようという作戦があったようだな。それからもう一つ、私が君を他の貴族の養女にしないままに妻にすれば、これもまた私の王になる芽を摘むことになる。どちらに転んでも、君の存在は私を王にしたい人間にとって無視できなかったということだ」

「えっと……ヘプケン神殿長はわたしを殺したかったけど、わたしを神殿に連れ戻そうとする人もいて、なんかごちゃごちゃしていたってことですね！」

「ま、まあ、間違ってはいないが……」

間違ってないんだって！　おお、やっと理解できたよ！

「貴族たちの間でもいろいろな思惑があって、それぞれを黙らせるには黙らせたんだが、まだ諦めていない者もいるにはいる」

リヒャルト様がここのところ忙しそうに社交をしていたのは、わたしを攫おうとしていた人たちの情報をかき集めていたからだそうだ。

そして証拠を見つけて罰しておいたと言う。

……すごいね！　わたしたちが王都に来てから一か月だよ？　早い！

「君と結婚式を挙げるまでに、残っている残党たちもどうにかしておきたい。君を養女ではなく妻にすると言っても、やはり妨害はあるだろうからな」

「わたしを妻にしたらリヒャルト様は王様にはなれないんですよね？」

「君を貴族の養女にせずに妻にした場合、そうなるな」

ここ、アルムガルド国では、貴族以外の王妃は認められていないのだ。

わたしは「国の子」として洗礼式を受けているので、貴族の養女になれば貴族になれるけれど、貴族にならずにリヒャルト様の妻になれば、貴族だけど貴族じゃないような扱いになるという。

貴族は結婚しても実家の立場が大きいので、実家がないわたしは、リヒャルト様の妻という貴族でありながら、同時に純粋な貴族ではないと認識されるのだとか。

うん、ややこしくてわけわかんないから、スルーしよう！

「君と結婚することで私は王にはなれなくなる。私を王にしたい人間にとっては面白くないだろうからな。必ず妨害してくる。逆にそれを利用して、君を傷つけようとする人間を一網打尽にしておきたい。そのための婚約期間だ」

「なるほど〜」

「わかっていないな。まあ、君はそれでいいよ」

リヒャルト様は、わたしとつないでいる手を握りなおした。

「それで、君は本当に、私の妻になっていいのか？」

繋がれている手が温かくて、そしてリヒャルト様の綺麗なラベンダー色の瞳がびっくりするほど真剣で、わたしの心臓がドキドキしてきた。

……ああっ、わたし、やっぱり病気かも！

あいている手を胸の上において、なんだか不安になって来たわたしは、リヒャルト様を見つめ返してその不安を口にする。

「わたしはリヒャルト様の妻になりたいので妻にしてほしいですけど……、あの、わたし、あんまり長く生きられないかもしれません」

「なに!?」

リヒャルト様が大きく目を見張って息を呑んだ。

「どういうことだ!?」

「心臓がおかしいんです」

「病気か？　いやだが、たいていの病気は、聖女であれば自分の力で治せるだろう」

「そうなんですけど、これにはどうしてか効かなくて……」

胸に当てた手のひらで鼓動の速さを確かめながら、わたしはしょんぼりと肩を落とす。

「よくわかんないんですけど、こうしてリヒャルト様に触れられていたりすると、胸がドキドキしてきゅーって苦しくなっておかしくなるんです。ベティーナさんに言ったら病気じゃないって言ってたけど、絶対におかしいと思うんですよ。きっと未知の病気なんです。だから聖女の力も効かないと……リヒャルト様？」

わたしが必死に説明しているというのに、リヒャルト様はぽかんと口をあけてしまった。

どうしてそんな顔をするのだろうと口をとがらせると、今度はリヒャルト様の顔がどんどん赤くなっていく。

「君は……！」

何故か怒ったように言って。

リヒャルト様は四阿のテーブルに突っ伏すと、小声で「勘弁してくれ……」とつぶやいた。

わたしは真剣なのに、なんでそんな脱力してしまうんだろう。

首をひねったわたしが、その意味を知るのはまだ少し先のことで。

「リヒャルト様、これ、何の病気でしょうか？」

早死にするかもしれないと不安で仕方がないわたしは、リヒャルト様にしつこいくらいに何度も訊ねてみたのだけれど、リヒャルト様はテーブルの上に突っ伏したまま、全然教えてくれなかった。

……むー。いいもん。生きている間に美味しいものをたくさん食べてやるんだから！

わたしは突っ伏したままのリヒャルト様を不満げに見下ろして、バスケットから二個目のカヌレを取り出したのだった。

あとがき

Hungry saint meets the duke (eat♪)

ＳＱＥＸノベルさんでは初めましてになります、狭山ひびきです。

この度は本作をお手に取ってくださりありがとうございます！

さて、早速ですが……、本作、ＷＥＢ版からの大量加筆の末に分量倍の二十万字超えという大ボリュームでお届けしております！

この厚み、自分でもやらかした自覚はありますが、一応ね、言い訳はあるのですよ。

というのも、本作を改稿するにあたり、もちろん担当様との打ち合わせがありますよね？　で、ですね、結論から申しますと……担当様方のアドバイスが、最高すぎました！

素敵なアドバイスをいただいてテンションマックスになった私が、後先考えずに書きたいだけ書きなぐって改稿した結果、普通なら二冊分だよね～という分量に仕上がってしまった次第です。

書いた後で削れと言われるかと戦々恐々としておりましたが、なんと！　一冊にしていただけることになりまして、一安心(ふ〜!)。担当様方、ありがとうございます!!

でも、自分で言うのもなんですが、すっごく楽しい作品になったと思います!

スカーレットを書くのは楽しいですし(一人称で書いているのもあって、スカーレットがなかなか暴走しまくっていますが)、振り回される周囲を書くのも楽しいです。スカーレット、次は何をやらかすんだろう、とわくわくしながら読んでいただけると、とっても幸せです。


そうそう、私の作品を他にもお読みくださっている方は気づかれたかもしれませんが、最近、一人称にはまっています。以前はどちらかと言えば三人称で書くことが多かったんですけど、ヒロインが明るくてはっちゃけていると、一人称の方が書いていて面白い! ということに気づきまして、現在一人称ブームです。もちろん、このヒロインは三人称の方が合っているなと思ったら三人称で書きますが、本作の場合は一人称向きだと思っています。

スカーレットを三人称で書くと、面白さが半減すると思うんですよね(笑)。

なので、一人称ならではのスカーレットのずれた思考と、周囲の反応とかのギャップとかも楽しんでいただけると嬉しいです! 「あ〜、スカーレット、君思いっきり勘違いしてるよ」とか「から回っているよ」とか、突っ込みながら読んでくださいませ〜!

それでは、最後になりましたが……。

まず、イラストを担当してくださいました雪子先生。雪子先生は以前別作品でもお世話になりまして、本作もご担当してくださると聞いてとても嬉しかったです！　可愛いスカーレットとカッコいいリヒャルトたちを、本当にありがとうございます！

次に、担当様方！　すっごくすっごく素敵なアドバイスをありがとうございました！　おかげさまでとっても楽しく改稿できました！　引き続き、ご指導ご鞭撻のほどよろしくお願いいたします！

それから、本作の刊行に当たりご尽力くださった皆様、ありがとうございます！　皆様のおかげで、こうして無事に本になりました！

最後に、この本をお手に取ってくださった読者の方々！　はじめましての方も、いつもお読みくださっている方も、皆様本当に本当にありがとうございます！　できることなら、次の二巻でお逢いできれば幸いです！

またどこかでお逢いできることを祈りつつ!!　皆様、お元気でお過ごしくださいませ!!

狭山ひびき

GC UP!
毎月7日発売
ベル・プペーのスパダリ婚約
～「好みじゃない」と言われた人形姫、我慢をやめたら皇子がデレデレになった。実に愛い！～
原作：朝霧あさき・セレン
漫画：セレン
悪役令嬢は溺愛ルートに入りました!?
原作：十夜・宵マチ　作画：さくまれん
構成：汐乃シオリ
神達に拾われた男
原作：Roy　漫画：蘭々
キャラクター原案：りりんら
転生賢者の異世界ライフ
～第二の職業を得て、世界最強になりました～
原作：進行諸島（GAノベル／SBクリエイティブ刊）　漫画：彭傑（Friendly Land）
キャラクター原案：風花風花
凶乱令嬢ニア・リストン
病弱令嬢に転生した神殺しの武人の華麗なる無双録
原作：南野海風　漫画：古代甲
キャラクター原案：磁石・刀 彼方
あなたのお城の小人さん
～御飯下さい、働きますっ～
原作：美袋和仁・ｎ猫R
漫画：栗原一実
片田舎のおっさん、剣聖になる外伝
はじまりの魔法剣士
原作：佐賀崎しげる・鍋島テツヒロ
作画：空路恵　構成：渡辺樹
マンガUP!　毎日更新
●ここは俺に任せて先に行けと言ってから10年がたったら伝説になっていた。　●お隣の天使様にいつの間にか駄目人間にされていた件
●勇者パーティーを追放されたビーストテイマー、最強種の猫耳少女と出会う　●落第賢者の学院無双 ～二度目の転生、Sランクチート魔術師冒険録～
●悪役令嬢の矜持 ～婚約者を奪い取って義姉を追い出した私は、どうやら今から破滅するようです。～　他
©Roy　©Shinkoshoto/SB Creative Corp.　©Umikaze Minamino

BG
COMICS
ビッグガンガン
毎月25日発売
薬屋のひとりごと
原作：日向夏（ヒーロー文庫／イマジカインフォス） 作画：ねこクラゲ
構成：七緒一綺
キャラクター原案：しのとうこ
シノハユ
原作：小林 立
作画：五十嵐あぐり
父は英雄、母は精霊、娘の私は転生者。
原作：松浦（カドカワBOOKS）
作画：大堀ユタカ
キャラクター原案：keepout
ハイスコアガール DASH
押切蓮介
ゴブリンスレイヤー
原作：蝸牛くも（GA文庫／SBクリエイティブ刊） 作画：黒瀬浩介
キャラクター原案：神奈月昇
となりの猫と恋知らず
あきのこ
スーパーの裏でヤニ吸うふたり
地主
月刊ビッグガンガン
BG
Monthly BIG GANGAN
毎月25日発売

GC JOKER
毎月22日発売
賭ケグルイ
原作：河本ほむら
作画：尚村透
龍とカメレオン
石山諒
ラグナクリムゾン
小林大樹
ヴァニタスの手記《カルテ》
望月 淳
京兼家の花嫁
日野杏寿
事情を知らない
転校生がグイグイくる。
川村拓
履いてください、
鷹峰さん
柊裕一
月刊 GANGAN JOKER ガンガンジョーカー
毎月22日
発売

GC
毎月12日発売
黄泉のツガイ
荒川弘
僕の呪いの吸血姫
金井千咲貴
ひねくれ騎士とふわふわ姫様
古城暮らしと小さなおうち
葵梅太郎
戦隊レッド
異世界で冒険者になる
中吉虎吉
不徳のギルド
河添太一
英雄教室
原作：新木 伸　作画：岸田こあら
(ダッシュエックス文庫／集英社刊)
キャラクター原案：森沢晴行
©新木伸・森沢晴行／集英社ダッシュエックス文庫
ワンルーム、日当たり普通、天使つき。
matoba
Monthly Shonen 月刊少年ガンガン
GANGAN
毎月12日発売

GC ONLINE
毎月12日発売
月刊少女野崎くん
椿いづみ
合コンに行ったら女がいなかった話
蒼川なな
スライム倒して300年、知らないうちにレベルMAXになってました
原作：森田季節　漫画：シバユウスケ
（GAノベル／SBクリエイティブ刊）
キャラクター原案：紅緒
わたしの幸せな結婚
原作：顎木あくみ　漫画：高坂りと
（富士見L文庫／KADOKAWA刊）
キャラクター原案：月岡月穂
転生したら序盤で死ぬ中ボスだった
―ヒロイン眷属化で生き残る―
原作：稲下竹刀
漫画：正覃(Friendly Land)
経験済みなキミと、経験ゼロなオレが、お付き合いする話。
原作：長岡マキ子
漫画：カルパッチョ野山
キャラクター原案：magako
アサシン&シンデレラ
夏野ゆぞ
私がモテないのはどう考えてもお前らが悪い！
谷川ニコ
SQUARE ENIX WEB MAGAZINE
ガンガンONLINE
オンライン
毎日更新

SQEXノベル

燃費が悪い聖女ですが、公爵様に拾われて幸せです！（ごはん的に♪）①

著者
狭山ひびき
イラストレーター
雪子

2025年3月7日　初版発行

発行人
松浦克義

発行所
株式会社スクウェア・エニックス
〒150－6215
東京都渋谷区桜丘町１番１号　渋谷サクラステージSHIBUYAタワー
（お問い合わせ）スクウェア・エニックス　サポートセンター
https://sqex.to/PUB

印刷所
TOPPANクロレ株式会社

担当編集
稲垣高広、長塚宏子

装幀
楠目智宏（arcoinc）

ISBN978-4-7575-9667-2 C0093

Printed in Japan